暹巴锡

刘向阳◎著

郑州大学出版社

图书在版编目(CIP)数据

渥巴锡 / 刘向阳著. — 郑州：郑州大学出版社，2022.11（2024.6重印）
ISBN 978-7-5645-8869-4

Ⅰ.①渥… Ⅱ.①刘… Ⅲ.①史诗－中国－当代 Ⅳ.①I227.3

中国版本图书馆 CIP 数据核字(2022)第114306号

渥巴锡
WOBAXI

策划编辑	李勇军	封面设计	孙文恒
责任编辑	孙精精	版式设计	孙文恒
责任校对	暴晓楠	责任监制	李瑞卿

出版发行	郑州大学出版社（http://www.zzup.cn）
地　　址	郑州市大学路40号（450052）
出 版 人	孙保营
发行电话	0371-66966070
经　　销	全国新华书店
印　　刷	廊坊市印艺阁数字科技有限公司
开　　本	890 mm × 1 240 mm　1 / 32
印　　张	12.625
字　　数	297千字
版　　次	2022年11月第1版
印　　次	2024年6月第2次印刷

书　　号　ISBN 978-7-5645-8869-4　定　　价　68.00元

《渥巴锡》主要人物介绍

渥巴锡 土尔扈特汗国汗王。

母后 渥巴锡的母亲，在白灾中不幸丧生。

曼德莱汗后 渥巴锡的妻子，在黄灾中不幸丧生。

那木扎勒 渥巴锡的长子，十三岁。

宝音 渥巴锡的幼子，五岁，与母亲曼德莱汗后在黄灾中丧生。

雅兰丕勒 渥巴锡的岳父，曼德莱汗后的父亲，杜尔伯特部的首领。

策伯克·多尔济 渥巴锡的族侄，土尔扈特汗国议会（扎尔固）的议长。

达仕敦杜克 渥巴锡的堂弟。负责土尔扈特汗国的财政和筹集东归祖国所需的物资。

巴木巴尔 渥巴锡的堂弟。因为打仗雷厉风行，人称风之子。

舍楞 渥巴锡的族弟。因跟从噶尔丹和阿穆尔撒纳叛乱，被清政府通缉。

丹增大喇嘛 渥巴锡的精神导师，土尔扈特汗国宗教首领。

阿克扎巴和达瓦扎巴 丹增大喇嘛的两位弟子，军中医生。

策凌 达仕敦杜克的副将，牺牲于奥琴峡谷。

马尔哈什哈 巴木巴尔的副将，牺牲于乌拉尔草原。

阿廖沙 渥巴锡的族弟，属渥巴锡的叔父敦罗卜旺布家族。敦罗卜旺布家族投靠沙俄，被女皇赐封为敦杜克夫公爵；阿廖沙被女皇敕封为陆军准将后返回土尔扈特部，企图代替渥巴锡成为汗王。阿列克谢·敦杜克夫是其俄文名字，阿廖沙是简称。

伊凡　阿廖沙的仆人，土尔扈特人。

扎木扬　渥巴锡的叔父，屡次向沙俄政府告发土尔扈特人东归祖国的计划。

苏日格　扎木扬的第二个妻子，揭露了扎木扬的告密行径。

色克色那　扎木扬与苏日格的儿子，渥巴锡的侍卫长。

得力格　渥巴锡所领的牧户，擅长说唱，在白灾中丧生。

其其格　得力格的女儿，曼德莱汗后的侍女，色克色那的未婚妻。

乌兰　其其格的寡嫂。

腾格尔　多才多艺的能工巧匠，人称花刺子模国王。

钢巴图　策伯克·多尔济所领的牧户。黄灾时煽动民众逃跑，被处决。

江基尔·巴图和扎瓦·巴图　策凌的部下，兄弟俩因巧思妙计而屡立战功。

查干　渥巴锡的传令兵，牺牲于奥琴峡谷。

阿古拉　司炮，管理四门铜炮。

托雅　被哥萨克劫走的男孩儿小卡尔梅克的母亲。

叶卡捷琳娜二世　沙俄女皇。

娜塔莉亚·阿列克谢耶夫娜　女皇的女官。

别克托夫　尼古拉·阿列克赛·别克托夫，钦差大臣，阿斯特拉罕省长。

杜丁大尉　杜丁·涅克拉索夫，沙俄派驻土尔扈特汗国驻军的长官。

列昂尼德·罗戈佐夫　沙俄军官，驻守库拉金纳要塞，战死在奥琴峡谷。

米高拉　俄军头目，战死在奥琴峡谷。

阿列克赛·特劳宾贝格少将　龙骑兵团总指挥。

尼古拉·雷奇科夫上尉　龙骑兵团军官，用日记记录追击土尔扈特人的行动。

普利马科夫·马克西姆维奇中尉　龙骑兵团军官，神秘主义者。

谢尔盖·别洛夫　龙骑兵团士兵，人称猎人。

巴克斯　巴什基尔人，同情土尔扈特人，向渥巴锡祈求得到白骆驼。

萨雅克　布鲁特人的部落酋长。

努尔阿里汗　哈萨克分为大帐、中帐和小帐，也叫作玉兹，努尔阿里汗是小帐（小玉兹）哈萨克的汗王。

乾隆　清朝皇帝。

色布腾巴勒珠尔　清朝御前大臣，固伦额驸（公主驸马），赞成接收土尔扈特部。

舒赫德　清朝经理回部事务的大臣，乌什（新疆乌什）参赞，赞成接收土尔扈特部。

巴图济尔噶勒　清朝大臣，属于蒙古杜尔伯特部，反对接收土尔扈特部。

前　言

17世纪初，为了躲避准噶尔部的威胁，蒙古土尔扈特部的民众在头领和鄂尔勒克的带领下，移牧至荒无人迹的伏尔加河下游。伏尔加草原土肥水美，土尔扈特人在此安居乐业，自立为土尔扈特汗国。

进入18世纪，原本与土尔扈特汗国势均力敌的沙俄逐渐强大，企图控制边疆民族，采取挤压牧场、摊派徭役等手段，变本加厉地逼迫和奴役土尔扈特人。沙俄女皇叶卡捷琳娜二世持续地分化和收买土尔扈特汗国的上层，意图将土尔扈特勇士驯服为雇佣军。仅1768年，沙俄就向土尔扈特汗国征兵8次。土尔扈特勇士离开亲人，奔赴前线，沦为沙俄对外战争的炮灰。同时，土尔扈特人的生活形态与宗教信仰也遭到威胁。沙俄强迫和利诱牧民放弃原有的信仰，转信东正教，将衣食礼仪等民俗尽量地俄化。

在渥巴锡执政土尔扈特汗国的10年间，沙俄在土尔扈特汗国征兵达32次，征畜达56次，土尔扈特勇士战死者高达8万余人，征去战死的大牲畜多达40万头，土尔扈特人到了灭种的边缘。

生死存亡之际，公元1771年1月5日，年轻勇敢的土尔扈特汗王渥巴锡率领人民起义抗俄，带领 17 万族人踏上回归祖国的艰难旅程。

渥巴锡亲手把自己的木制宫殿焚毁，舍弃辎重，同时把汗国境内监视人民的沙俄官员和武装分子尽数歼灭。沙俄政府负责汗国事务的俄军指挥官基申斯科夫上校紧急调集援军前来镇压，也被全歼。

渥巴锡率众快速行军，摧毁库拉金纳要塞，渡过结冰的乌拉尔河。不料，在冰雪覆盖的哈萨克草原遭到哥萨克骑兵的偷袭。虽与敌艰苦鏖战，但因部众分布太过分散，彼此无法及时地呼应救援，结果近 1 万民众不幸牺牲。

此后，英勇的土尔扈特勇士攻克奥琴峡谷，历经白灾（暴雪）和黄灾（瘟疫），战胜其他部落的骚扰和哈萨克联军的围堵，终于回到祖国。

土尔扈特部抵达新疆伊犁时，受到清廷地方官员的盛情接待。随后，乾隆皇帝在承德召见渥巴锡等人，勉励嘉奖并且妥善安置其部众。

渥巴锡带领同胞历尽艰险，喋血苦战，经过 7 个月的时间，跋涉万里，从出发时的17万人，减员为不足7万人，九死不悔，回到祖国，谱写了一曲人类历史上最悲壮的民族大迁徙的宏伟史诗。

目录

一、决议 …… 001
二、起义 …… 020
三、女皇 …… 052
四、牺牲 …… 075
五、奥琴峡谷 …… 124
六、白灾 …… 160
七、黄灾 …… 211
八、乾隆 …… 243
九、巴什基尔人 …… 255
十、布鲁特人 …… 282
十一、龙骑兵 …… 309
十二、谈判 …… 334
十三、决战 …… 381
尾声 …… 392

后记 …… 393

一、决议

1770年秋天，渥巴锡从对土耳其作战的高加索前线回来后，随即与亲信王公越过伏尔加河左岸，在维特梁卡（属于阿斯特拉罕省富尔加和县）召开了一次绝密会议。参加会议的除土尔扈特汗国汗王渥巴锡和议会（扎尔固）的议长策伯克·多尔济外，另仅有将军舍楞、巴木巴尔（渥巴锡的堂弟）、达仕敦杜克（渥巴锡的另一个堂弟）和大喇嘛丹增等数人。会议决议：离开俄国，返归祖国；日期定在1771年年初，待伏尔加河封冻后立即启程。

“诸位，你们猜猜，我最担心的是什么？”
渥巴锡望着汹涌的伏尔加河，目光坚定，
他没有回头，似乎并不期待众人的答复。
“汗，我猜猜看，您最担心的是俄国佬
按照他们的法律裁决咱们的事务。那样，
人民会慢慢遗忘蒙古人的《卫拉特法典》。”
策伯克·多尔济脱下帽子，右手讲究地
捋一下鬓发，扫一眼众人，仍把帽子戴好。

“我说，您担心咱们的牧场被哥萨克挤占。”
巴木巴尔从侍卫长色克色那手里接过烤肉，
“土尔扈特人的负担从没像今天这般繁重。”
巴木巴尔的身材不高却很壮实，卷发浓密，
高高的发际线，细长的眼睛显得温暖平和。

“俄国佬把咱的扎尔固归属他们的外交部，
策伯克·多尔济，他们是不是企图架空汗？”
舍楞笑嘻嘻地说，瞟一眼策伯克·多尔济，
“您是扎尔固首席，年俸比别人高一倍多。
我想，您不会拒绝这样的待遇，是不是？”
舍楞的头发黑亮，短须和颊髯却已经灰白。

“将军，我虽是沙皇任命的扎尔固首席，
你听，这里跳动着一颗土尔扈特人的心。”
策伯克·多尔济右手捂住左胸口向舍楞说，
“你晓得，咱们方方面面都受女皇的压迫，
沙俄粗暴地对待咱们，想把咱们变成农夫。
瞧，俄军的据点撒满乌拉尔河和伏尔加河，
草原的北部边界挤满了俄国人，不用多久，
就会垦殖顿河、捷列克河和库玛河的两岸，
把咱们挤到缺水的沙漠。这次动作更敏感，
让渥巴锡汗的王子做人质，让三百名子弟，
让三百名最优秀的子弟到圣彼得堡去学习。
咱们的处境显而易见，前途是二者选其一：
要么当奴隶，要么离开俄国，告别这侮辱。”

策伯克·多尔济的声调平稳，像人们

常见到的那样：用词谨慎，神情严肃。
舍楞瞄一眼渥巴锡，笑一笑没有反驳。

“还有，沙皇逼着咱们民众信奉圣母，
汗王，土尔扈特人绝对不能改变信仰。”
巴木巴尔说道，“不过呢，色克色那，
你爹爹扎木扬，听说偷偷地独自受洗了？”

“随他吧，什么神明都猜不透他的心计。
我的信仰不会扔下我。”色克色那红着脸，
向炭火里添几节木炭。他单膝跪在火前，
翻动着烤肉，不时擦一下眉毛上的汗滴。

“明年开春，女皇必会命咱们兵发土耳其。
汗王，在此之前应该拿出决议：要么继续
给俄国佬当炮灰，要么从长计议。心痛啊，
不晓得明年又要白白牺牲多少优秀的子弟。”
策伯克·多尔济望向渥巴锡，神情忧郁。

“再这么拼下去，土尔扈特只剩下妇女。”
舍楞说完这句话，叼住烟斗狠狠吸一口。
他比同龄人壮实，肩宽背厚，眉毛见稀，
那张通缉犯的面目不像传说中令人恐惧。
“咱们汗国本来与沙俄一般高低，现如今，
形移势易。女皇仗着野心赌国运，战火四起，
那咱们就回避。只是，民众在伏尔加河两岸
生息百年有余，牧场处处留下人和畜的足迹，
而今说走就走，怕不是所有人都能轻易舍弃。”

“诸位，你们猜猜看，我最担心的是什么？”
渥巴锡眺望着伏尔加河对岸，重复这一句，
好似喃喃自语。哥萨克爱干净，漆成白色
和浅蓝色的装有百叶窗的屋子，鳞次栉比；
喝伏特加喝啤酒，也喝蜂蜜。在院里种烟叶，
用长长的弯弯的烟袋抽烟。这好斗的邻居。
不过呢，草原上谁不爱别人的财物和妻女？

渥巴锡回身，在毛毡上坐下，凝视着炭火，
像是回答自己的问题，又像是自言自语：
“一怕忘了祖宗，二怕祖国的神忘记咱们。
这才是我最担心的事。咱们中间的一些人，
正在失去自己。而俄国佬则更是变本加厉，
变本加厉地搜罗和驱使。从前年开始算起，
俄历 1768 年，以这一年为例，征兵达八次，
女皇向我征兵八次。咱们的勇士被驱赶会集，
奔赴前线，化为黑海岸边的灰尘，了无痕迹。

“跟土耳其人波兰人瑞典人打仗，两万勇士啊，
咱们的鲜血洒在土耳其洒在波兰，竟然结出
奴役的果子。”渥巴锡面朝策伯克·多尔济，
手中捻着一枚铜钱大小的勋章，“说说看，
策伯克·多尔济，你识文断字觐见过女皇，
如果咱们从她的眼皮底下连人带牲口逃逸，
女皇作何处置？”策伯克·多尔济闻听此，
若有所思。他接过那枚勋章，摩挲片刻，
随手扔进火里，神色平静地说：“女皇，

叶卡捷琳娜，一头有天赋的吃独食的母狮。
叶卡捷琳娜骄傲自负，野心勃勃，凭几个
英勇献身的小情人和几位死而后已的臣子，
凭这些人，再蛊惑一大批前赴后继的愚民，
向他们描画越来越嗜血、越来越膨胀的明日。
她要掌控的不是一时一世，而是千秋万世。
不过呢随她去，咱们不逃走必然国灭族息。”

“汗王，十四年前乾隆皇帝剿灭准噶尔，
伊犁至今罕有人迹，正所谓千里好牧场。
千里好牧场，就盼着细心的牧人和牲畜。
我初来之时已同您讲，咱们的祖居之邦，
凭着勇敢，可以在伊犁重建富足的家乡。”
舍楞说道，“不过怕您不能再位居汗王，
而是屈尊为被乾隆皇帝册封的一位亲王。”
舍楞说完，接过巴木巴尔递来的酒碗，
瞄一眼渥巴锡脸上的神情，嘴角上扬。

“十个俄国佬九个是强盗，另一个是贼。
女皇也不例外，天才和魔性一样的丰沛。
鄙视珍宝轻视黄金，只看重边疆的范围。
她不想让帝国以外的人畅饮伏尔加河水，
一心把沙俄淬炼成最强的锋刃，为野心，
她牺牲任何人。追随她的如果今天变心，
明天就会被处死，她随即笼络新的炮灰。”
策伯克·多尔济说道，“她招募哥萨克，
既种地又能征战的蛮族，驱使他们杀戮
同样信奉自由的人。这片土地再无和平，

只有热衷于消灭所谓蛮族的野蛮的同类。”

“监视咱们的这帮兵全是白痴。依靠着
千把个乳臭未干不会看准星的愣头小子，
就能唬住向来目中无人的蒙古人？笑话。
土尔扈特人从来没做过奴隶，将来也不，
除了神明之外，土尔扈特人不怕任何人。”
舍楞道，“对吧，诸位？哪里有什么退路？
土尔扈特人必须自由来去。我就是例子。
当然喽，自由嘛，必须拿鲜血来博取。”

“说俄语吃鱼子酱，握鹅毛笔写俄文，
让孩子们学会这些管理臣民？只怕呀，
没一个蒙古人听信。”巴木巴尔说完，
朝烤肉的色克色那看去，“色克色那，
你阿爹会不会把你送到圣彼得堡去？”
色克色那清秀的面孔上泛起一片红云，
他连声辩解：“我明白爹爹的小心思，
可是我喜欢帐篷，不乐意睡在石屋里，
更说不来一嘟噜一嘟噜的拗口的俄语。”

“乾隆皇帝若不接纳咱们，何处安身？”
达什敦杜克问，“若他比女皇更残忍？”
好像害怕答案，他的眼神疑惑又担心。

“达什敦杜克，说起伊犁来我最熟悉。
眼下那儿全无人迹，如果能安全抵达，
往后再不受外人欺侮。你方才的问题，

我猜呢无非两计：一是乾隆接纳咱们，
当然不会允许咱们再称土尔扈特汗国，
毕竟天无二日；二是我会被怎样处分？
我这戴罪之身仍被通缉，竟公然潜回？
不过呢，我早有妙计，绝不连累各位，
请打消顾虑。我可以投靠小帐哈萨克，
努尔阿里汗是我信得过的朋友和兄弟。”
舍楞说完，把烟斗从嘴这边移到那边。

“只要不受欺侮，大可不必称什么汗。
准噶尔汗国如何灭亡？其中道理浅显。
我看安心生产比称王称汗能多得平安。”
渥巴锡面色凝重，心中似有所念，
“我想起黑海那次战役，百十门大炮被
安置到指定炮位，十几万发炮弹轰击。
炮轰开始，土耳其把第一道战壕放弃，
只留岗哨。过了几天，又放弃第二道，
退守至第三道战壕。到第十天的上午，
使用波浪战术，土耳其人竟列阵反击，
十二道人墙冲出战壕，排山倒海之势，
一波接着一波地冲出战壕，推向前去。

“从烧焦的树墩后面，还有沙丘后面，
各种掩体的后面，射出密集的弹雨。
炮兵不时地来一轮猛烈的火力压制，
震天动地的轰鸣滚滚而来滚滚而去，
响彻方圆几俄里。土耳其人拼死冲击，
半晌未能占领阵地。最后的三道波浪

刚刚冲到铁丝网，就被炸得血肉成泥。
那一天，八千多人倒毙在荒凉的野地……”
渥巴锡还未说完，舍楞急忙接茬道：
“准噶尔部的勇士在一对一作战时，
不比谁差，集合冲锋更是天下无敌。
但乾隆枪更多炮更利。所以，你瞧，
准噶尔部被剿灭，这是枪炮的道理。”
舍楞说完，将酒碗传给达仕敦杜克。
达仕敦杜克接过酒碗，笑嘻嘻说道：
“将军从未说起如何来到伏尔加河，
是不堪回首还是担心别人知晓底细？”

舍楞没拒绝这话题，他摆摆手说道：
“唉，没一天消停，整日枪林弹雨。
我们打得很不顺利，大伙各自逃逸。
我被四个骑兵追击，贴着马背狂驰，
战马像一只鸟贴着草喘息。雾气中，
远处的畜群若有若无，果树的芳香
时淡时浓，一条溪流弯弯曲曲远去，
芦苇丛生的堤岸，看得见人畜足迹。
我祷告说，远离杀戮吧，求佛赦免
曾经的罪孽，我只想安静地过日子。

“茫茫草原上逃生，星星是指路明灯。
无一片树叶遮身，无一根木桩蹭痒。
尊荣的职位和世袭的特权化为空想，
一个没有家国的通缉犯只顾得逃亡。”
舍楞转向渥巴锡，双手合十，说道：

“您的父汗收留我，赐我帐庐牛羊。
我在伏尔加河畔忘记被追杀的惊慌，
疲倦的心常常因为思念故乡而冰凉。
世上何曾有美酒能安慰游子的愁肠？
我无时无刻不想念着回到故土祖邦。”
舍楞摇一摇头，熄灭热切的目光。
这时隐隐传来牧歌，众人抬眼远望。

渥巴锡眺望左岸。河水冲刷着河堤，
稳稳地牵引平底船的拖船喘着粗气。
穿梭往来的船千姿百态，样式各异。
沿岸散布盐矿，其中几个声名远扬。
离岸半俄里，点缀着哥萨克的村子。
村与村之间有门和围墙，村与村间隔
七八俄里，村与村之间道路相联系。

伏尔加河的过去，时而是一条鸿沟，
时而是一条纽带，时而是一条通衢。
但愿它成为界标，隔开自由与奴役。
想到这里，渥巴锡转身对众人说道：
“我想起黑海边的另一次战役，阵地
扼守一条陡峭的山脊，悬崖成为屏障，
下面的云杉林中埋伏骠骑。营地四周
构筑土墙和壕沟，山前还有两条深渠，
靠河设立指挥部营地。土耳其人来时，
我站在方阵队列前，一门火炮的后面。
火炮竟炸膛崩成碎片，我被震倒在地。
我挣扎着站起，一个大胡子土耳其兵

举刀朝我攻击。我朝他胸口开了一枪，
他扑倒在泥地。土耳其人就势放起火，
火势蔓延到林子，整座森林瞬间灼烧，
浓烟包裹住所有东西。人人气喘吁吁，
大家四散奔突，拼死拼活地连冲带挤，
仿佛蜂群从燃烧的蜂巢里夺路逃逸。
火焰舔舐他们的双脚、胡子和手臂，
听不到一声叫喊，听不到一声哭泣，
浓烟堵塞住呼吸。勇士一个个倒下，
有的毙命倒地，有的狠狠扯着脖子。

“晚上，当我裹在褥子里抚摸着身体，
抚摸着可能变凉的躯体，不禁饮泣。
咱们每个土尔扈特人都泡在苦水里。
用堡垒把咱们严实地围起，每年夺去
羊毛和牲畜，反过来逼咱们买高价货。
咱们拥有的羊多了，日子却过得更苦。

“这片土地，这新世界变成可怕的梦。
女皇的塑像，竖立在乡村还有城市，
标榜着不朽的开疆拓土的丰功伟绩。
勇士们的尸首深埋在地底，在乡村，
在旷野，墓志写满被人奴役的冤屈。”
渥巴锡的目光投向河对岸，神色坚毅。

“逃走的下场说不定很惨，诸位谨记，
再惨也惨不过今日。这是可见的事实。
女皇像蛇一样一节一节地吞噬着咱们，

眼看吞到咱们的肚脐，咱们竟然逃逸。
我打赌她会大发雷霆，派出她的猎犬，
追剿不息，直到咱们服输或灭亡为止。”
舍楞说完，把烟斗从嘴左边移到右边。

“是蛇也好是鹰也罢，咱不当鸽子。
哪任汗王不是把他们的青春和勇气
全都奉献给了保卫同胞的战斗里？
不论严寒的冬天，还是酷热的夏日，
他们不是驰骋在疆场上，保护牲畜，
从伏尔加河一直扩到乌拉尔河牧区。
那时，哪里有女皇叶卡捷琳娜几世？”
达仕敦杜克说完，饮下一口马奶酒。

“诸位请勿再多虑。烧掉一切累赘，
出发，上路！火药和口粮准备充足。
渥巴锡汗，您来做主，要么让族人、
让土尔扈特人都沦为奴隶，要么呢
让族人从此得安逸。奴隶还是自由，
这事的决定权掌握在汗王您的手里。”
舍楞说完，把烟斗从右边移到左边。

“俄国的神老了，再无教化的能力。”
丹增大喇嘛手持念珠一字一顿地说，
“除了老人、穷人和吃教堂的神父，
再没人向他们的神求助。复活的神
统治天堂，安慰被风湿和贫穷折磨，
被无穷无尽的劳苦折磨得一无所有，

坐在火炉前等死的穷人。如众所见，
这女皇一登基，就扮演俄国的上帝。
不过呢，她带来的只是虚荣和贪欲。”

“汗王，是否应该请丹增大喇嘛
和两位弟子阿克扎巴和达瓦扎巴
先行启程赶赴朝廷，向乾隆皇帝
呈明咱们的本意，以便朝廷知悉？”
策伯克·多尔济望向渥巴锡。

“若路途安全，此提议可议。只是，
大喇嘛何时动身？两弟子是否同去？
哪条路线妥当？能否躲得过俄国佬、
哥萨克和哈萨克的偷袭？直奔京城，
还是先行前往伊犁将军的行营禀报？
现在就可以细细地商议。舍楞将军，
你对此有什么考虑？”渥巴锡问道。

“汗，您的决定我舍楞全无异议。
我实在不愿回首那惨痛的记忆。
几万人灰飞烟灭，连同异邦兄弟。
护国法师阿鲁台，本来是波斯人。
阿穆尔撒纳败亡，手下风吹云去。
乾隆认定幕后黑手是阿鲁台法师。
阿鲁台既然蛊惑叛乱，必有妖术，
不能轻易地将其枭首，必须烧死。
柴火堆起，阿鲁台法师捆在中间。
一声令下，士兵将火燃起。奇怪，

火在脚下燃烧，阿鲁台双手脱出，
反复擦脸像以火洗面。他请求说，
把火烧旺些吧，火烧得再旺一点。
长官就命令士兵堆放更多的柴火，
木柴多得简直把阿鲁台埋在火里。
大火就像一个茧，包裹着阿鲁台。
阿鲁台法师在火堆里高声地叫喊，
还没烧着，还没烧着，再旺些吧。
士兵们气急败坏，往火上浇油脂，
再用长矛去扎他。熊熊的火焰里，
阿鲁台举起燃烧的双手，高喊道：
‘我将重生，我将重生，不留舍利。’
半个时辰，阿鲁台法师化为灰烬。
翻遍灰堆，果真没找到一根骨殖。”

“舍楞将军，千万不要纠缠过去。
咱们无法回头，只能也必须往前去。
伏尔加河结冰的第二天，咱们起义。”
渥巴锡的神色越发得庄重坚毅。

“汗王，咱们境内的俄国佬有千把人，
杜丁大尉的驻军，还有一帮毛皮贩子
和几个皮匠铁匠，一千三百人有余。
如何处理？起义之时是不是尽数除去，
还是缴械将他们驱逐？”色克色那问。

渥巴锡盯着闪闪的篝火，缓缓地答道：
“色克色那，你这样问，我想起件事。

扎木扬，我的好叔父，就是你的爹爹，
算上去年的五年里，每年向沙俄告密，
密告咱们土尔扈特人即将逃离。告密，
竟然有五次。别克托夫把密件批示给
监视咱们汗国的基申斯科夫上校处理。
上校在酒后向我炫耀此事，我才得知。
这一次，色克色那，如果扎木扬叔父
仍然跑去向俄国佬告密，由你来处置。
至于杜丁大尉和那些兵士，投降的，
作为俘虏带走；不降的，一律处死。”

“汗王，开战日请派我去款待杜丁大尉，”
巴木巴尔兴冲冲道，“我对这位失意者，
对这位性情孤僻的军中诗人充满好奇……”
达仕敦杜克没等巴木巴尔说完，打断道：
“汗，到那天请派我去招呼杜丁大尉吧，
因我的营地离他的驻地更近。您知道，
我钟情俄国人的伏特加和烟丝。”说完，
达仕敦杜克双手合十，做出请求的样子。

巴木巴尔把食指挡在嘴前轻嘘一声，
掏出一枚金币，向空中轻轻地一抛，
握在掌心里，伸到达仕敦杜克面前。
达仕敦杜克没有犹豫，说：“女皇。”
手一张开，达仕敦杜克轻轻地一笑，
众人轻声地笑起。巴木巴尔把金币
扔给色克色那，说：“失意者归你了。”
色克色那接住金币：“遵命，将军。”

“汗王，诸位，我还要请教一件事：
女皇从圣彼得堡派来的什么贾恩夫人，
那娘儿们虽被咱们糊弄回圣彼得堡去了，
她的小儿子，叫什么？阿廖沙，对，
这个阿廖沙被女皇敕封个空头准将，
整日套着鲜艳的制服，见谁都端着
将军的臭架子，还让人喊他将军大人。
若是他不随咱们起义，将他如何处置？”
达仕敦杜克说完，目光落在舍楞身上。

“会和咱们同行的，他名下三千帐牧户，
是他的母亲从汗王那里撒泼打滚讹来的。
贾恩夫人同汗王吵闹，借口是她的鼻烟，
要么嫌太干，要么嫌太潮，要么不够细。
她一发脾气脸色就变黄，再干号上一场，
然后，把她那去世的丈夫吊在嘴上暴尸。
现在这娘儿们灰溜溜地滚回圣彼得堡去，
撇下这个年俸一千卢布的空头陆军准将，
无所谓，反正这陆军准将无一兵无一卒，
只有个伶牙俐齿的仆人伊凡。”舍楞道，
他把烟斗移到嘴角，又干脆把烟斗拿开。
“按说呢，我原来的逃亡路线安全又便利。
四月里的草原上葱葱郁郁。哈萨克草原
草甸子多得可以藏身，丘多山少可望远。
散步似的走走停停。夏天时不用穿外套，
遍地是细草，光着身子躺在上面更惬意。
诸位，不管哪条路，咱绝无回头路。

从汗王驻扎的卡巴尔达小镇出发向南，
至少七天到达库拉金纳要塞。我猜啊，
四门铜炮火力全开，一天内拿得下来。
守将列昂尼德算是一位优秀的指挥官，
攻和守他都擅长，不到万不得已，
他绝不会放弃这要地。我想，汗王您
虽然不曾和他并肩战斗，出生入死，
但您应在土耳其战场风闻过他的事迹。
突破库拉金纳要塞的封锁只是第一步，
冰上渡过乌拉尔河，突进哈萨克草原，
那时女皇的龙骑兵就不占便宜。不过，
老对手哥萨克必然时不时地搞个偷袭。
再往前去就是奥琴峡谷，我走过一遭，
真发怵走这遭回头路。鹰也不愿落脚，
狼也不来觅食的绝地，可真是鬼见愁。
只是不知道，峡谷盘踞着多少守军。
那堡垒像个蛋，被一条毒蛇盘在窝里。
必经之路的天险之地，大炮怕轰不开，
咱们得靠运气。敌人若重兵以逸待劳，
咱们会损失好多勇士。通过奥琴峡谷，
在哈萨克的无边草原上，巴什基尔人
和哥萨克的散兵游勇顶多算追逐游戏。

“诸位，俄国佬不见得重兵追袭，是的，
我怀疑女皇可能会派出重兵尾随追击。
她更加担忧的是土耳其人。草原之上，
咱们十七万勇士谁不怕？还有什么呢？
哦，多变的天气。万事不可掉以轻心。

“那些哥萨克蛮子，别看他们人多势众，
其实就是一群不晓得‘是非’的奴隶，
只要给钱啥都肯卖。他们虽说不交税，
却也不免除兵役。说是被迫参战也好，
说爱杀人也罢，他们是把杀人当生计。
这些蛮子不识字，更不热心诵什么经，
不懂得用开会解决问题和决议；像马，
像马一样浑浑噩噩地混日子。头疼嘛，
当然要算哈萨克人。中帐的阿布赉汗
和小帐的努尔阿里汗，他俩才是大敌，
等着咱们像晚餐一样自动地送上门去。

“二位汗王，努尔阿里汗最狡猾最歹毒，
他虽没有您的天赋，亲爱的渥巴锡汗，
但是仗着通晓巫术，自认是天选之士。
不过，此人既贪财又好色，跟他交手，
倒不如小恩小惠，送他一车黄金美玉。
不错，哈萨克人才是咱们的最后一劫，
闯过去再走上十天半月，就是伊犁，
就是咱们的祖居之地、会宗之地伊犁。
思来想去，没有其他更妥当的线路，
诸位还有什么路子，不妨一并说出。”

“达仕敦杜克，你要不要说上两句？”
渥巴锡提醒道。达仕敦杜克连忙道：
“东归所需的物资，想必各位在意，
已经准备了不止一时一日。不敢说

什么也不短缺，枪炮弹药粮食马匹，
甚至被褥毡子和牛粪，都足额备齐。”
达仕敦杜克忍不住笑起来，继续道，
“我猜咱们的强劲之敌准是哈萨克，
因为筹备物资，从今年的夏天开始，
抢了三次，抢了哈萨克足足有三次。”
众人朗声大笑，渥巴锡也抿嘴笑起。

“策伯克·多尔济，我想听你的建议。”
渥巴锡面对着策伯克·多尔济，说道。
“没有新建议，汗，我赞同您的决议。
只是我没有想到一切来得这么迅疾。”
渥巴锡闻言起身，众人陆续站起身来。
色克色那拨雪埋住炭火，把酒浇上去。
远处炊烟袅袅，浓云的碎片半遮落日。
白桦枝轻轻摇晃，草原仿佛屏住呼吸。

色克色那牵过坐骑，缰绳递给渥巴锡。
“彗星将至，正合天时，不可迟疑。”
丹增大喇嘛翻身上马，对渥巴锡说道。
渥巴锡双手合十颔首示意，没有言语。

舍楞与渥巴锡走在众人后面并辔前驱。
“汗王，有一句话我不愿总憋在心里：
您想想，他是您的近支宗室，您垮台，
他就上去。依我看，他既然居心不良，
谋算继承汗王之位，甚至想在扎尔固
用合法的投票手段把您选下去，那么，

您把他当作亲信留在身边，事事商议，
算不算妇人之举？他平日里甜言蜜语，
处事貌似公正，巧取不少牧户的欢心。
若他领头叛乱，老百姓没准会随他去。
春天的时候，恶草的根儿还扎得不深，
若是不趁早锄掉，恐怕等它滋长起来，
爬得满坑满谷都是，反倒把牧草挤死。
我可是一心向着您，不由得对那议长
日后给您造成的伤害，多唠叨一两句。
若是我的眼眶子太浅，您就把我的话
当作妇道人家的没事找事，好不好？
若有人有更好的证据消除我的顾虑，
我认输，承认冤枉了策伯克·多尔济。”
舍楞说完，把烟斗从右边挪到左边。

“水越深水面越平静。策伯克·多尔济
绝无邪恶的心思，绝不会对我进行颠覆。”
“谁不知道您唯一的弱点是手软心慈？
只要罪人一流泪，您的心肠立马软下去。
只要罪人说认罪的话，必得到您的宽恕。
吃这么多苦头，您还不把心肠放狠些吗？
您得做狠心的汗才行。”舍楞催动坐骑，
回身喊道，“汗，要么完蛋，要么起义。
咱们得把自己从那老女人手里解救出去，
汗，一切手段，必须无所不用其极！”

二、起义

公元1771年1月5日（乾隆三十五年农历十二月），土尔扈特人民爆发了反抗沙俄的武装起义。

清晨，巴木巴尔的副将马尔哈什哈率领精锐部队袭击了渥巴锡驻地卡巴尔达小镇的俄军杜丁大尉兵营。然后，达仕敦杜克的副将策凌在离雷恩沙漠二十俄里处，歼灭了基申斯科夫上校派来增援杜丁大尉的援军。接着，渥巴锡分兵袭击了阻挠起义的几个哥萨克村镇。

因为遭遇暖冬，汹涌的伏尔加河迟迟没有封冻，左岸的一万余户土尔扈特人无法过河。右岸的三万三千余户约十七万人只好先行出发。

起义队伍遗弃辎重等物，渥巴锡亲手点燃了自己的木制王廷。

土尔扈特人组成三路大军，以精锐骑兵为先锋，踏上东归征程。

1

乡亲们拥挤乱成一团，肩膀碰着肩膀，

车辕别着车辕，密密麻麻，东倒西歪，
在冰上踉踉跄跄前行。忽听一声巨响，
渥巴锡眼见伏尔加河厚厚的冰层裂开，
嘎吱嘎吱响着片片裂开，浪涛扑面打来，
后浪推前浪，浪头不高却裹挟着冰块，
来势澎湃。民众进退不得，纷纷落水，
随浪浮沉。一时人喊马嘶，鬼哭狼嚎。
渥巴锡见状不禁内心剧痛，大喊道：
“天哪，我是个罪人！”他猛地坐起，
从噩梦中惊醒过来，却原来身在卧室。

渥巴锡发觉汗湿衬衣，那凄惨的梦境，
虽非实情却浮现脑中，不由得忧心忡忡。
正在独自苦闷中，只听房外一人说道：
“汗王吉祥。”帘子挑开，丹增大喇嘛
大步跨进房来。渥巴锡连忙起身施礼，
丹增大喇嘛在对面落座，打量一番道：
“汗王，莫非您刚刚得到一个异梦？”
“正如上师所言。方才午饭后小憩，
斜卧床铺，打个盹儿竟被噩梦惊醒。”
渥巴锡一一告知大喇嘛梦中的情景。
丹增大喇嘛笑道：“合当如此。刚刚，
我也得到一梦：梦见汗王您身处波峰，
被无数镜子包围，镜子逐个破裂分崩……”
话未说完，只听王廷外女人哭喊连声，
卫兵还没有报告，一位大婶闯进房中，
扑通跪倒在渥巴锡的脚前，急慌慌说：
“汗王啊你快派兵，你的叔父扎木扬

去给俄国佬报信，怕是已到俄国兵营。”
渥巴锡见是扎木扬的妻子苏日格婶婶，
不由得抬眼，与丹增大喇嘛目光相碰。

“卫兵，通知巴木巴尔带两千精兵
突袭杜丁大尉兵营，一个活口不剩。”
卫兵答应，尚未转身，渥巴锡再命令：
“不，降者不杀，留杜丁大尉性命。”
卫兵得令转身出去。渥巴锡再命令：
“来人，侍卫长色克色那去了哪里？”
一名侍卫进来答道：“回汗王的话，
色克色那队长早上奉汗王您的命令，
携带酒和茶砖，前去礼赠将军舍楞。”
“好，速通知色克色那和舍楞将军，
命令他们接应巴木巴尔，攻打兵营。”
渥巴锡布置完毕，问道：“大喇嘛，
分兵是否周详？敌人是否增派援兵？”

“汗王，分兵十分妥当，按照预想，
先拔掉杜丁大尉的兵营。至于援兵，
最近的就是基申斯科夫上校增兵，
别等他来救援，咱们派兵主动相迎。”
闻听大喇嘛此言，渥巴锡点头道：
“来人。”一名侍卫进屋行礼待命，
“传我的命令，命达仕敦杜克将军
前往雷恩沙漠埋伏，遭遇俄军援兵，
一律歼灭不留活命。如若未遇增援，
前往基申斯科夫的兵营，不论寡众，

不论是否抵抗，一律歼灭不留活命。”

渥巴锡部署完毕，问道：“大喇嘛，
是否还有什么疏漏？何时告知民众？
咱们何时启程？左岸民众如何随行？”
“虽说事发突然，却早已在意料之中。
汗王，事已至此只有前进，再无回程。
请汗王命各领主和百姓速速集合王廷，
由汗王训示令下，今日即刻整装发兵。
左岸的一万多户部众，只好择机而动。”
“卫兵，”渥巴锡召唤卫兵，忽然道，
“传令兵查干在何处？为何不见踪影？”
未等卫兵回话，渥巴锡旋即命令道：
“速发射三支响箭，召唤领主和百姓，
召唤各位领主和所属百姓前来王廷。”
话未落，曼德莱汗后同王子来到房中。

汗后双手合十向大喇嘛行礼，问道：
“汗王，我听见人声嘈杂脚步匆匆，
不知什么情形？”渥巴锡示意稍停，
“请大喇嘛到宫外廊台，暂候佳音。
苏日格婶婶你起身，到汗后处稍等，
想必色克色那见到响箭定速速回营。”
渥巴锡请大喇嘛先行，手挽汗后道：
“扎木扬叔父又向俄国佬报信通风，
恐怕咱们今日不得不提前踏上归程。”

“也好。每日思念伊犁，盼望返乡，

行李早安排妥当，我吩咐仆人分装。”
曼德莱汗后说完，嘱咐两位王子道，
“不要打扰父汗，那木扎勒照顾弟弟。”
那木扎勒答应，将弟弟宝音搂在怀中。
曼德莱汗后随即吩咐侍女：“其其格，
你去禀告母后，母后每日念叨的回乡，
即刻就要启程。她老人家的行李不重，
原是我帮她归拢，大不过一个樟木箱，
放着几个包裹、一把梳子和一柄妆镜。”

渥巴锡打量着两位小王子，内心隐痛。
渥巴锡蹲下身子握住宝音的小手，说：
“宝音，你要收好棋盘，棋子别乱丢，
路上勤练习。师傅昨天传授什么招数？”
宝音答道：“父汗，咱们这是要去哪里？
棋盘也带上吗？师傅昨天传授的新局，
说开局稳，后面行棋就不会乱杀乱冲。”
渥巴锡闻言站起身来，对那木扎勒说：
“那木扎勒，能否照顾好母后和弟弟？”
“父汗，算上祖母，请交由儿臣保护。
吃喝拉撒的小事情，不劳父汗叮咛。
遇见无法对付之大事，遵照父汗决定。”
那木扎勒少年的脸庞充满着自信神情。

2

“带过来。”渥巴锡指点着廊下台阶的位置。
扎木扬穿一件蓝呢面狐皮大衣，戴着护耳帽子，胡须稀稀拉拉，窄窄的脸和前额疙里疙瘩。
扎木扬走到台阶下，仰起脸斜望着渥巴锡。
“同胞们，”渥巴锡对王廷前的部众喊话，
“扎木扬，我的叔父，就是出卖咱们的人。”
扎木扬侧身微微挺胸，本想与渥巴锡对视，
渥巴锡眼神却不与他相碰。扎木扬靠着扶手，
扫视人群，脸上浮现出一丝蔑视和同情。
“扎木扬背叛汗国，玷污了蒙古人的荣誉，
现在，我要把叔父扎木扬交给你们来处置。”
渥巴锡说完，黑压压的人群慢慢向前拥去。

“渥巴锡，你断送了土尔扈特人。逃跑，
女皇饶不了咱们，你断送了土尔扈特人。”
扎木扬仰脸喊道，余光提防着人群。

“这老酒鬼，心肝和脑袋早烧成了灰。”
苏日格婶婶站在不远处的勒勒车旁，
愤愤地说，“不是祷告，就是下棋，
嘴不离烟斗，还侍奉圣母，假惺惺。
我看哪，圣母才不稀罕你这老色胚！”

“女皇是最模范的教徒，神给她祝福。
咱们的子弟为啥不能到圣彼得堡受教育？”
扎木扬并不理会妻子，冲渥巴锡喊道，
“把年轻人带到高级社会教化成绅士，
指引他们训练他们，见识城市的文明，
难道不比一辈子跟牛羊打交道更高贵？”
“不跟牛羊打交道，你吃什么喝什么？

你这老糊涂哪里来的烟钱酒钱？嗯？
跟牛羊打交道就低贱吗？你比牲口贱！”
苏日格婶婶指点着扎木扬，厉声呵斥。

“叔父，你知道我一向心怀仁慈，可是
你这番话却叫我醒悟，无论待你多厚道，
无论按你的身份所供应的物资多么丰厚，
而叔父你呢，还是会为了区区几个铜板，
就去勾结俄国佬，还无耻地向敌人发誓，
要把同胞谋杀在异国土地。就为几个钱，
你果真要把我们的血脉亲族关系铸成
一块块卖主求荣的金币吗？你这种叛逆，
据我所知，算来是第五次呢还是第六次？”

“渥巴锡你不会成功的，东归就是死路！
为什么蒙古人非得一辈子逐水草放牧？
为什么不可以在肥沃的土地上种麦子？
为什么不可以在伏尔加河上撒网捕鱼？
嗯？为什么不可以喝红酒品尝鱼子酱？
渥巴锡，你有私心，你担心汗位不保！
我可警告你，乾隆皇帝比女皇更歹毒，
他一定会像剿灭准噶尔部一样剿灭你！
你觉得伏尔加河水苦吗？伊犁的河水
就是甜的吗？你贪图孔雀翎的帽子吧？
你就是稀罕乾隆赏赐的孔雀翎的帽子！
傻瓜，你正带领着百姓往虎口里去。
你是罪人、罪人，不是蒙古人的英雄！”

“愿你的圣母肯赦免你。听好判决吧：
从敌人手里领受钱财当作出卖的定金，
把自己的君王和族人出卖，任人驱使；
把臣民卖给歹毒的异邦人，任人奴役，
把整个汗国出卖给那奸淫掳掠的沙俄。
扎木扬，你所犯下的罪行证据确凿，
我现在就把你交给《卫拉特法典》。
没骨头的可怜虫，去吧，惩罚在等你。
愿你的圣母叫你安心忍受惩罚的雷击，
也愿你衷心忏悔这种出卖同胞的罪恶。”
渥巴锡说完，两个卫兵将扎木扬踹倒，
用牛皮绳从他脖子处向后勒去，结结实实，
将扎木扬的双手绑在背后，提溜起来，
扔麻袋一般，摔到王廷的台阶下面。

“打他，打这个叛徒，不许他害我们！”
“用刀砍！用枪刺！”人群慢慢往前挤。
“你们……你们不能这样，头上有个上帝！”
扎木扬嗓音嘶哑地分辩，“不信上帝，
到那个世界，你们想想吧，不信上帝，
没有灵魂只有一口气，头上有个上帝。”
“砍他的头，看看他头上有没有上帝！”
“用斧子砍，砍呀，下手啊，用门闩！”
人群愤怒地向前挤，把扎木扬团团围住。
苏日格婶婶靠着勒勒车慢慢滑坐在雪地。

“把好酒端上来，”渥巴锡吩咐卫兵道，
“今日即刻启程，也给扎木扬叔父送行。”

此时，策伯克·多尔济走到渥巴锡身旁，
环视骚动愤怒的民众，摆手示意众人安静：
“听我说，俄国佬想把咱们变成庄稼人。
你们瞧，哥萨克的村子布满伏尔加河两岸，
草原上挤满日耳曼人和犹太人。不用多久，
我们就会被赶到不毛之地，牲口也被夺去。
沙皇已发下谕旨，胁迫一位王子去当人质，
还强迫三百名子弟到圣彼得堡去学习俄语。
再征调一万名勇士，充到沙俄的军队里去。
你们想明白，今天只有两条路摆在这里，
要么结束这一切苦难，要么永远受奴役。”

“可不能把孩子送到圣彼得堡，要不然，
咱们还说蒙古话，可孩子们却只会说
半生不熟的俄语，忘记了祖宗的教谕。”
“咱们蒙古人永不当奴隶，收拾家当，
现在就出发，回到太阳升起的祖国去。”
“咱们的子孙不当奴隶，回到伊犁去！”
众人群情激奋，七嘴八舌，跃跃欲试。

“眼下，就是东归祖国的黄道吉日。
七天前，大彗星出现，预示着佳期。
我们今天就及早出发，万不可犹豫。”
策伯克·多尔济说完，退在渥巴锡身后。

渥巴锡捧起酒碗，面向东方高声祝祷：
“第一碗酒敬献给神明天地；第二碗酒
敬奠埋骨在此的先祖，愿他们魂息相依，

回归东方的圣地；第三碗酒敬给伏尔加河
和富足的鄂吉勒草原，感谢它们的恩赐。”
渥巴锡将酒泼洒在地，接过熊熊的火炬。

突起的主殿斗拱飞檐。站立两翼的殿顶，
向东可眺望到沙碛，向北瞭望伏尔加河。
正殿的两侧设楼梯，连通到一楼的平地。
檐下立柱雕刻双龙戏珠。立柱后的拱门，
刷成浅浅的蓝色，雕刻朵朵金色的百合。
游廊贯穿中央，步入殿门，再过月亮门，
进入会客的房间，三面墙各有一扇小窗。
墙壁上原本依次悬挂着七代汗王的画像。

曼德莱汗后和母后的帷车已经驶离王廷。
渥巴锡将熊熊火炬扔进一扇敞开的窗子，
侍卫们纷纷将火把扔向王廷。火苗冉冉，
继而烈焰熊熊。墙壁和地板爆裂声不停，
还有梁柱轰然倒塌的呼啸声，道道火光，
夹杂狂舞的火星，漫无目的地纠缠在一起，
忽而落下，忽而直升上天空。此情此景，
好似喜悦的解脱，也伴随着一丝丝痛惜。

人群在王廷前排好队形，不再骚动。
全副武装的勇士驱策着昂扬的战马，
口令此起彼伏；要么停步要么转弯，
保持队形，绕过搬家的民众。蹄声
和刀枪的碰撞声，仿佛欢快的律动。
四门锃亮的铜炮，坦然横卧炮车中，

点火杆和洗膛杆的硫黄味依然浓重。
司炮阿古拉和年青的炮手们，无论
胖大的身板还是结实的腰身，个个
束得紧紧绷绷，腰带上别着短火枪，
眼神坚毅，面孔红彤彤。一切就绪。
各队留出两车宽的间距，依次出发，
三个纵队保持着呼应和救援的距离。

忽然响起一阵兴奋的喊声："回来了！"
众人嚷嚷着，喧哗声把阿廖沙惊动。
他本来钻在帷车里整理柳条箱的书籍。
我是否跟随渥巴锡去伊犁？为何向东？
东归不是我的使命，我来汗国要上位，
接替汗国的王位。这话不知何时挑明，
因为他看到扎木扬的处境。从未告密，
他想，我从未向俄国人告密。不过呢，
我也不说"反对"，不然小命活不成。
当他听到群众的欢呼声，忙从帷车里
退着爬出来，立在车辕上想找人打听。

只见西北方向不紧不慢驰来一队人马，
战马后拴着缴获的马匹，有的拴一匹，
有的拴着一溜，鞍鞯齐全，颜色各异，
有的马鞍上残留着暗红色的斑斑血迹。
凯旋的勇士们肩头斜背着好几杆火枪，
面带笑容，纷纷挥舞马鞭向众人示意。
"蒙古人不做奴隶，我们是自由人！"
一浪高过一浪，雷鸣般的欢呼声响起。

“俄国佬算勇敢，咱们更是所向无敌。”
说话的是巴木巴尔的副将马尔哈什哈，
他吁住胯下坐骑，向渥巴锡汇报战绩，
“敌人拼死抵抗，咱们勇士奋勇杀敌。
汗，遵您的命令，为致敬对手的勇气，
咱们打发他们全去见上帝，步伐整齐。
只留下杜丁大尉一个活口，回来复命。”
马尔哈什哈的容貌干净，嘴唇宽又厚，
说话声平稳，脸上没有一丝骄矜之气。
“圣母啊，我若能够赴汤蹈火凯旋，
该多么幸福。”阿廖沙见状喃喃自语。

“干得好，马尔哈什哈，这是你的一贯手法。
色克色那和舍楞将军是否及时去接应？”
渥巴锡话音未落，驰过来一匹枣红马，
马来到渥巴锡跟前，骑士从腰间抽出
一支珐琅银把的短火枪，呈给渥巴锡：
“这次的战利品，汗王，请您笑纳。”
“你留着吧，色克色那。你瞧，你阿妈，
在汗后的帷车那里，正皱着眉头哭泣，
她是为你阿爸发愁，担心再见不到你。”

色克色那把短枪别回腰里，纵马前去。
王廷烧得正旺，细细的黑灰随风散去。
苏日格婶婶靠着勒勒车，轻轻地战栗，
两手无处安放，双眼闪动无声的恐惧。
“怎么啦，阿妈？”色克色那下得马来，

把缰绳随意缠在车辕，上前搀住母亲。
“你阿爸他……他又跑去向俄国佬告密。”
扎木扬坐在地上，双手倒缚靠着车轮。
眼神忧郁不知望向何处，却不看儿子。
色克色那轻轻地拍去母亲衣服上的雪
和一层细细的黑灰，说：“我宰了他。”

“色克色那，儿啊，你可千万不能蛮干。”
“我宰了他，他不是我爹，他亲口说的。”
扎木扬抬起头用仿佛要把人穿透的目光，
在儿子的脸上扫来扫去，冷冷地笑一下。
色克色那弯腰抓住扎木扬的后脖领子，
将他一把拎起来，又一把掼在地。
“等汗王讲完话。”色克色那扶母亲进车里，
“阿妈你收拾家什，一会儿就要出发，
去找其其格来帮你吧，她在汗后那里。”
色克色那说完翻身上马，驰向渥巴锡。

此时，一支队伍从东南方向疾驰而至。
为首的勇士横握着火枪，吁住了坐骑。
“汗王，我猜马尔哈什哈，或者就是
色克色那，保准又给您呈献了战利品。
我的运气不算好，总网罗些小鱼小虾。”
话音未落，众人哄地笑起。渥巴锡道：
“你一猜就准。不过呢论打仗没有谁
比你下手更刁更狠，策凌，什么消息？”
“汗，马尔哈什哈收拾杜丁大尉之后，
我们在雷恩沙漠的外围堵住了骑兵队。

增援杜丁大尉的三百零七人全部被歼，
得了一个好利市，枪、刀和战马不错，
可惜三百套漂亮的军服前后被穿了眼儿。”
策凌勒住缰绳，战马的头高高地仰起，
他向渥巴锡汇报伏击沙俄援军的战绩。
渥巴锡还没答话，听到阿廖沙喊什么，
他拢住缰绳，见阿廖沙挥舞着帽子说：
“汗王，下次的战斗请给我一个机会。”
渥巴锡原本要说“好”，话还未出口，
燃烧殆尽的王廷轰然倒塌，火星腾起。

“汗，哥萨克不会坐等女皇的驱使，
他们听到咱们东去的消息一定暗喜，
谋算着趁火打劫大发一笔。汗，
请准我来断后，向哥萨克朋友致意。”
渥巴锡闻言笑着点头，对策凌说道：
“我能体会你对老朋友的深情厚谊，
只是，马尔哈什哈负责殿后。策凌，
一台大戏等着你唱主角。列昂尼德，
想必你也记得，对，高加索的好汉，
驰骋土耳其，咱们曾和他并肩驰驱。
你也知道，他盘踞在库拉金纳要塞。
清点你的勇士吧，出发，你是先锋，
大队人马到达前，你得把要塞荡平。”
策凌闻言不再说话，双眼目光炯炯。

渥巴锡向策伯克·多尔济颔首示意，
策伯克·多尔济从马鞍上直起身子，

朝部众们环顾一周，命令："出发！"
队伍缓缓启动，只见一骑从北而来，
到跟前吁住马，气喘吁吁地说："汗，
北边的牧户们正在烧带不走的杂物，
不用咱们等待，他们会慢慢赶上来，
就像牛一样，虽然慢，但不会走丢。"
渥巴锡笑道："查干，你是传令兵，
不是斥候，别只顾探视，自己走丢了。"

土尔扈特人的村落升起了漫天黑烟，
伏尔加河东岸四处烈焰，火光熊熊。
多余的日用之物被部众们彼此相送，
赘物投进火中。桌子、椅子和柜子，
通通扔进火里，只为把大车腾空，
方便装载枪支弹药干粮和伺候伤兵。

每间隔一刻钟，出发两万人的部众。
大车轧轧，轻车辚辚，一辆接一辆。
勇士们合着歌曲的节拍，不知不觉
步伐更齐整。车轮辘辘，马蹄声声，
成千上万的土尔扈特老人和妇孺们，
乘马车和骆驼，由横枪的勇士护送，
一队一队依次启程。母牛拉着大车，
饲料满满的大车，吱呀呀响个不停。
骆驼昂着硕大的脑袋，眺望着远方。
孩子们从车上站起来，踮着脚张望。
少年们骑着小马，吆喝着山羊绵羊。
鹰站在猎人的肩头，猎犬左右奔忙。

远处的村落陆续赶来，汇入队伍中。

姑娘们轻声哼唱《土尔扈特故乡》：
“在高高山岗上，一片浓雾白茫茫。
我生长的家乡，日夜思念想断肠。
在重重的山岗上，一片大雾白茫茫。
我美丽的家乡，朝夕思念想断肠。
骑在黑色骏马上，策动缰绳脚步忙。
我神奇的家乡，四季思念想断肠。”

队伍在一千多平方俄里的地面上，
以一百多俄里宽的幅面向东行进。
巴木巴尔和舍楞率领精锐为先锋，
一万名勇士腰佩长刀，手持火枪。
达仕敦杜克和大喇嘛率领着两翼。
各队之间留出的通道宽约十俄里，
渥巴锡和策伯克·多尔济殿后居中，
辎重、老弱妇孺行进在中队的当中。
编成三个纵队行军，各队及时照应。
十七万民众，浩浩荡荡地踏上归程。

3

红白蓝三色的帽子上绣着彩色杠杠，
代表陆军准将头衔，三色的腰带上
挂着一把军刀，还插着一支短火枪。
阿廖沙脚踩着车辕，一手扶着车顶，
一手挥舞着帽子：“女士们、先生们。”

众人哄的一声笑起，阿廖沙愣一下，
连忙改口喊道："我是个蒙古人！"
众人又哄一声笑起，比方才更响亮。
一个人喊："老爷，您不是蒙古人，
蒙古人不叫阿廖沙。"众人又起哄。
几个女人抹着眼泪，笑得西歪东倒。
阿廖沙红着脸，挥舞着帽子高声道：
"好了，你们不要笑了，说正经的。
作为贵族，我把你们都当作朋友。
我在圣彼得堡皇家剧场演过戏剧。"

"什么臭贵族，呸，鼻子翘上天！
我看你那个花帽子就是一个靶子。"
巴木巴尔抬起枪，砰的一声枪响，
阿廖沙的帽子飞上半空转个不停。
人们再次哄堂大笑，孩子们和狗
争抢着落地的帽子。阿廖沙捂着脑袋，
冲冷笑的巴木巴尔道："挑衅，挑衅！"
巴木巴尔道："这是枪法，不是挑衅。"
"伊凡，快去，把我的帽子抢回来！"
伊凡冲入人群，追逐抢帽子的男孩儿。
但他瘦弱的身板远没有男孩儿灵动。

孩子们忙着嬉闹，女仆忙着整理行李。
"还能塞一个人，"其其格对汗后说，
"我的位子让出来，几个箱子还能挤挤。"
"杂物车匀给他们，"曼德莱汗后吩咐，
"我猜他们缺少大车，其其格你跟着我，

空车交给色克色那用，安置病人和伤兵。”
仆人们忙碌穿梭，女孩子们快活又兴奋。
乌兰照汗后的吩咐卸下衣物，重新归整。
“塞一塞吧，多带些。”她自言自语，
眉毛微微皱着。乌兰体态丰盈，嘴唇上
冒出一层淡淡的绒毛，像擦不掉的灰。
这时，她瞥见阿古拉笑眯眯地踱过来。
阿古拉端着鼻烟壶，直直盯着其其格：
“出落成大姑娘啦，才多久呀其其格，
记得你还拖着鼻涕呢。瞧，我鬓角全白。”
阿古拉泛黄的脸上布满一道道的皱纹，
一对深陷的小眼睛，脸色兴奋又温和。
“您说吧，要怎么帮您，阿古拉大叔？
您是来夸自己头发白的？有事情就说。”
“乌兰妹子，借光，请让我侄子朝鲁，
看在佛的面上，在你的车上找个空儿，
他也没什么行李，一副胸甲不好放在
我们炮车上，找个空儿就行，帮帮忙……”
阿古拉未讲完，身后的朝鲁红着脸说：
“别求人，叔叔，这胸甲我可以穿着。”
“哟，好嘛，”乌兰说，“还害羞呢。
车归你了年轻人，宽敞得够你们摔跤。
喏，把那车腾出来，杂物归拢到这辆。”
乌兰说完，心想这阿古拉明明有所图，
却装出帮侄子的样子，谁还不知道吗？

队伍不紧不慢前行，马车比牛车快。
牛车跟在最后面，装着坛坛罐罐。

牲口体味和毛毡被太阳蒸晒的气息，
牛奶的腥气和说不上是什么的怪味，
混合在一起，在鼻孔里钻进又钻出。
忽然，远远的东南响起隐约的炮声，
有人喊叫：“瞧啊，这一大片黑烟！”
此时北面也窜起黑烟打着旋冲上天，
与乌云混在一起，焦煳味随后四散。

渥巴锡伴行在曼德莱汗后的帷车旁边。
这正是他熟悉的世界，大嗓门的战士、
闪亮的刀枪、嘶鸣的战马组成的残酷
而美丽的世界。蓝白的战旗猎猎飘动。
眺望着草原上无边的人群，十七万人，
他心里默念道：“我们谁也不畏惧。”
“我还是觉得这里合适，已经服水土。”
曼德莱汗后端坐在车窗旁，缓缓说道，
“不过，咱们总归是要回到先人之地，
还是告别这座见证三代汗王的王廷吧。
那个月亮门那些塑像那些雕花的柱子
和王廷后的小花园，漂亮的花玻璃窗。
告别吧，你将立起一尊不朽的雕像。
在伊犁，你将立起一尊不朽的雕像。”

渥巴锡神色犹豫地垂下头又抬眼远望：
“你说到我将会立起一尊不朽的雕像，
让我不禁想起咱俩游历过的圣彼得堡。
女皇的宫殿被小花园和一道道的铁门，
还有收起的吊桥隔离。严肃的侍卫军

身披斗篷手握长剑，隐藏在树丛后面。
从寝宫到花房、浴室暖房、厨房地窖、
会客室、餐厅、图书馆和军械陈列室，
以及情人们才知晓的密道，是座迷宫，
也是城中之城，更是一个堂皇的监狱。
女皇安于监狱，也想把臣民关进监狱，
关进巨大的无形的歌功颂德的监狱。
也想把咱们关进监狱，把这块土地上
说俄语不说俄语的都关进无形的监狱。

“不，我不留恋这种安逸又屈辱的日子，
甚至感叹命运对土尔扈特人太不公平。
对岸的一万户怎么办？只怕再不相逢。
只怕永不能赎清这罪过。我愧对祖宗。”

“不要自责，我的汗王。今年是暖冬，
伏尔加河不结冰，如何算成你的罪行？
还是想想身边事吧，提防眼下的险情。
我想提醒你，汗王，策伯克·多尔济，
你发觉了吗？他的举动变得好怪异。”
曼德莱汗后停顿一下，好像斟酌用词，
“嗯，该怎么说，他简直变了一个人。
记得他刚从圣彼得堡回来时和颜悦色，
说话低声，只要我们远远地望他一眼，
他马上致意。上上下下谁不夸他谦虚？
可是现在迎面碰见他，他就皱着眉头，
眼睛望向别处，再也不先开口打招呼。
他在汗国地位仅次于你，不是小人物。

我提醒你，汗王，他的动向你得留意。”

“我的汗后，我得感谢你心思细密，
观察细致，当然也是不必要的多虑。
策伯克·多尔济，他好歹也是亲戚。
战斗时，随侍在我的身边不离十步。
平日不管下雪或下雨，总等我安歇，
他才返回近在咫尺的自己的帐篷去，
随便用斗篷什么的裹住身子，枕着
一块随便什么的硬东西呼呼地睡去。

“他没啥个人算计，凡事习惯考虑，
也肯着手去做。他听人劝，记得人言，
把一切安排得妥帖合适。有益的事情，
他不妨碍；有害的事情，他也不姑息。
他善于观察事情和揣摩背后的规律，
因而也就善于放弃对纷繁杂事的参与。
最主要的是，我为什么信任他呢？
不仅是亲戚，他还是扎尔固的首席。”

“好的，你是王者，当然自有法度。
那木扎勒和宝音在母后的帷车里，
你过去向母后问安吧，她忙忙活活，
从早上到现在，牙还未曾沾一粒米。”

渥巴锡策马向前，伴随在母后的车旁。
“野兔的脚印好多啊，宝音，你快看。”
那木扎勒的语气满含着男孩子的好奇。

“好清楚啊，哥哥。”宝音盯着雪地。
“好了，我的小王子，”母后劝说道，
“别伸出头去，外面正刮风，会着凉。”
“没有刮风啊奶奶，你看好大的太阳，
好多灰。”宝音说着从车窗缩回头去。

冬天时，母后总爱坐在窗下织袜子，
仆人有什么烦心事，她都真诚地倾听，
给予财物的帮助。她的天总是蔚蓝的。
她最爱看两个小孙子玩耍，满面笑意，
时而提醒：“哎哟，可别摔着，看脚下。”
这一年来母后显老，她常常忽然入睡，
醒来后询问丹增大喇嘛教授的新功课，
忽然又入睡；也想不起刚刚吩咐的事，
对好早以前的事反而记得特别清晰。

“汗王，我的儿啊，你可听见阿妈说话？”
“母后，我就在车窗旁，字字听得清晰。”
“那就好，娘有一番话要对你讲。儿啊，
娘记得那一件事，就像是昨天历历在目。

“沙皇的使者拜访你父汗，这人络腮胡子，
两个眼角和鼻子尖儿耷拉，一看就很刁钻。
衣服色彩鲜艳，没带武器，像是文职官员。
不过呢，看这钦差的双手，一准出身低贱。
五指生得开，骨节粗大，缠绕着黑紫血管。
虎口处堆起好几层老皮，掌心里一层硬茧。
这使者与你父汗相对而坐，起初好言相劝。

无非要土尔扈特汗国认他们的沙皇为皇帝。
你的父汗与他周旋。使者就以哈萨克为例，
说什么哈萨克的大中小汗都接受沙皇加冕。
你的父汗有些不耐烦，说：‘我忘了你前面
说的是啥，所以也听不懂你后面讲的东西。’
你父汗如此表态，让使者以为应该谈谈钱。
使者挑起嘴角，就那么一笑，非常轻贱，
我记得那德行，像在眼前。他拿出个金币，
金币印着沙皇的侧脸。当着你父汗的面，
使者把金币在两手间来回传，不时哈口气，
冲着你父汗展现。然后，金币向上猛一抛。
谁见识过那大场面？儿啊，从帐篷的顶端，
哗哗地往下掉钱，掉钱。娘亲眼看到金币，
金币好像下雨一般。不消片刻，堆成小山，
金币就在你父汗面前堆成小山。二人无言。
你父汗摘下腰间的佩刀，冷冷抽出一半，
只见刀锋寒光闪闪。你父汗一刀下去，
小山样的金币一下子消失。只剩一枚金币，
被你父汗砍为两半。你父汗收刀入鞘，说：
‘一人一半，沙皇也就值这么多。送客。’
大胡子恼羞成怒，抓起半拉金币拂袖而去。

“咱们离明天越来越近，离今天越来越远。
儿啊，你性格刚强，要学会与敌人周旋，
更要忍让同宗。只有团结，才会有明天。
你像你父汗一样沉稳，像他一样顽强和坚韧。
他安息在苦难，给后人留下周密的安排。
你是灯芯，他的心和血都在你身上延展。

伊犁啊迢迢万里，此去不止一时几天，
娘的身体啊怕不一定能撑到汗腾格里。
你听娘说，你务必照顾好汗后曼德莱，
这为你生养儿女的好女子曼德莱，
一个好女人，你要让她看到孙子成才……”

“阿爸，有两个小孩儿和他们的阿妈
被大象吞到了肚子里，这是真的吗？”
宝音打断祖母，从窗户里探出小脑袋。
“是的，儿子。”“大象肚子里什么模样？”
“在大象肚子里有森林有大河有高山，
有狗有牛有帐篷，都在大象的肚子里。
嗯，女皇，大象肚子里还有一个女皇。”

“宝音，你跟我学，女皇是个大坏蛋。”
那木扎勒在宝音身后，拽着宝音的衣角。
“要是我学了，你奖给我什么呢，哥哥？”
“啥也不奖。你忘了你是土尔扈特人吗？”
“我是土尔扈特人，我生在伏尔加河边，
那你奖给我什么呢？奖给一个蛋糕不？”
“快跟我说，宝音，女皇是个大坏蛋，
女皇追来了，她的狗皮靴子跑丢了。
快拿棍子打，快拿棍子打她的脚踝。
女皇恶狠狠地说，不许逃跑到伊犁。”
“女皇是个大坏蛋，女皇追来了，
狗皮靴子丢了。拿棍子打她的脚，
可是我……我打不过女皇呀，哥哥。”
“不要紧的，色克色那会帮咱们。”

"奖给我糖块，我刚说了，我会说。"
"你这个难缠的小家伙，没有糖块。"

"说得好，宝音，女皇是个大坏蛋。
我们是天空下独来独往的蒙古人，
不管是谁，都休想夺走咱们的自由。"
渥巴锡打断两个小家伙，夸奖道。
"那么，有没有蛋糕的奖励呢？"
宝音歪着头问，渥巴锡轻声笑起。

"父汗，为什么风之子巴木巴尔
喝酒时摸着被他杀死的敌人的手，
一会儿哭又一会儿笑的，为啥呀？"
那木扎勒在宝音身后，想探出脑袋，
可宝音扒着窗户，一点儿不想让开。
"你是问巴木巴尔吗？是的，他总是
喝酒时抚摸着他杀死的敌人的手掌，
一会儿笑一会儿哭。因为他从手掌里，
感受到那个死人的气息，感受到死者
经历的喜怒哀乐。他就会联想到自己，
联想起亲人，联想起自己的种种磨难。"

"如果他抚摸着活人的手掌呢？父汗，
他会不会感觉到快活的幸福的气息？"
渥巴锡笑着说："这个嘛你得问他。"
"我喜欢伏尔加河，咱们为啥离开？
父汗，咱们不幸福吗？我问过奶奶，
咱们为啥非得离开？我也问过母后，

她说女皇不让咱们放牧。可以打鱼呀，
伏尔加河的鱼多得满当当，大小都有，
长的扁的。咱们为啥要离开，父汗？”

渥巴锡缓辔而行，沉思片刻回答说：
“女皇想把土尔扈特人变成牲口和鱼。”
他扭头瞅一眼盯着他的那木扎勒，说：
“懂了吗？女皇看咱们就是牲口和鱼。”
那木扎勒闻言不再答话，他收回眼神，
脸上平添几分沉思。“看，色克色那。”
那木扎勒探出头来，向车后面张望着。
色克色那飞驰而至，到跟前吁住坐骑。
“汗王，紧邻咱们的几个俄国的村子
出现了骚乱，俄国佬抢夺咱们的物资。”
渥巴锡没有答话，拨转马头向后驰去。

色克色那还未转身，那木扎勒喊住他：
“色克色那，你杀了扎木扬爷爷吗？”
“那木扎勒王子，你还小，不懂这些。”
“你才比我大五岁，色克色那。”
“可我就要结婚了，不能算是小孩子。”
“可你还没结婚啊，还算不上是汉子。”
“哈，好吧，斗不过你，宿营时再来。”
色克色那说完，“驾”一声，纵马疾驰而去。

4

“前面的是猎户星，天狼星向着南方，

火炬一样亮。最美的是牧羊人那一颗，
汉人叫它太白金星，黎明时迎接牧人，
黄昏时目送着牧人回家。伏尔加河啊，
我把内心独白对伏尔加河说，永别了，
伏尔加河，我永远铭记你的雄伟壮阔。
我带走你的深情厚谊和你的汹涌波浪。”
阿廖沙接过伊凡抢来的帽子，奋力挥着，
“在血染的旗下，在祖先的荣耀下高歌！
不能听任勇士的尸首腐烂于衰草和荒漠，
再也不能任凭成千上万的女人变成寡妇。
踏上征程的个个要同心协力，留下来的，
没有一个不眷念着东方，不想念着伊犁。”
阿廖沙朗诵完毕，四周却没有响起笑声。
没人发笑，人们忙着赶车忙着吆喝牲口，
孩子们也不再关心他那顶彩色的帽子。
他从车辕上跳下，神情落寞地吁口气，
然后钻进帷车里，发发呆，和衣躺卧。

“说得对啊，只怕我是见不到伊犁了。”
得力格老人挥挥马鞭子，眼眶潮湿，
他自言自语，并不是说给阿廖沙听。
他轻声哼起歌，歌声悠悠，忽高忽低。
“老人家你走慢点，乌兰妹子找你。”
伊凡冲得力格老人说，“她马上来。”
“找我吗？你跟我说话吗，伊凡？”
“是的，乌兰妹子刚才在王廷那里
打听你老半天，可是没有人看到你。”
得力格点点头放慢速度，朝后望去。

伊凡冲旁边的车夫喊道："怎么样？
那俄国佬什么杜丁大尉，他怎么样？"
那车夫的右手比常人大得多，捂得住
任何人的脸。车夫摇摇头指一指车厢，
轻声地呜哩哇啦几句。伊凡压低笑声。
"来时威风凛凛，眼下垂头丧气吧？"
伊凡继续问车夫说，"你怎样，腾格尔？"
腾格尔咧嘴笑了笑，举起拿马鞭的手，
冲伊凡伸出大拇指，那拇指大得出奇。
"好的，陛下。"伊凡的话音未落地，
腾格尔的车里一个人坐直身子，一脸
浅浅的络腮胡子，挑起窗帘向外探视。

"放心吧杜丁大尉，你一准喜欢伊犁。
夏天水果多，冬天可比圣彼得堡暖和。"
伊凡礼貌地招呼，杜丁大尉没有搭腔，
把绑着的手举起来，食指抹一抹鼻子。
"睡吧长官，我可不想打搅您的好梦。"
伊凡点点头，挥动鞭子，"驾，驾。"
帷车跟随上大队的车流慢慢向前驶去。
腾格尔甩起铁皮裹梢的鞭子，一声脆响，
马向前猛一用力，杜丁大尉顺势倒下，
缩回暖暖和和的褥子，长长地吁口气。

5

雪踩硬了更难走。空气生冷而潮湿，

空中飘着薄薄的霜雾。黄昏的阴影
从西北方袭来，狼钻出隐蔽的山洞，
试探着短促地低声嚎叫。婴儿啼哭，
老人咳嗽连连，男人忙把帐篷支起，
妇女在车板下临时生起取暖的炭火，
潮湿的牛粪直冒烟。勇士们在巡逻。
大牲口用嘴唇摸索着积雪下的草皮。

色克色那来到一片宿营地，在大车
和牲畜间摸索着向前。大车的下面，
孩子蜷缩着说着梦话，牛嚼着草料，
用温柔的眼睛打量他。两个小女孩
顶着毛毡挤坐在一峰骆驼的驼栏里。
小羊羔尖声地叫着，蹄子踏得冻土
笃笃响。干草、羊奶和牲口的气味，
一股股地飘来，伴随着闲谈和笑语。
“我打过比狼更厉害的。”篝火旁，
战士们闻着锅内咕嘟嘟散发的肉香，
为勇敢争吵着。“我只吃了块奶酪。”
色克色那正这么思想时，从不远处
传来急促的马蹄声。一匹棕色儿马
小碎步直奔过来，快到跟前时吁住。

骑马女子攥着缰绳，把头巾掀开，说：
“太狠心了色克色那，知道我多担心？”
“我能怎么办呢？他这已经是第六次，
第六次背叛汗国啊，去向俄国佬告密。”
“我不是说你对你阿爹，是说你对我。”

“好其其格，我心里只有你，快回吧。”
“我们虽说穷，可不是叫花子，不会
向你家讨要什么彩礼，也不接受施舍。”
“其其格，我不要世界只要你，好吧？
去照顾好汗后，不要离开宝音小王子。”
“色克色那，你有没有杀了你的阿爹？”
“怎么了？我杀的坏人太多，记不住。”
“你阿妈整日不停地念叨，哭哭啼啼，
说你杀了阿爹，一会儿又夸你杀得好。”
“劳你照顾阿妈，改天送新头巾给你。”
“哼，又是头巾，上次许的还没见着。”
其其格拨转马头，“驾”的一声催动坐骑。
“晚上伺候好汗后，你跟阿妈睡一起。”
“要你吩咐？不巡逻时记得来看阿妈。”
“别操心头巾，我的命都是你的。”
色克色那说完，已不见其其格的身影。
他仰起头，一颗流星滑过深蓝的夜空。

6

杜丁大尉一挨到枕头就能进入梦乡。
上帝啊，被俘之旅竟然能治好失眠？
突然，他清晰地听到远处砰砰的枪声，
听到呻吟、喊叫和炮弹开花的轰隆声，
闻见血腥味和火药味，恐怖一下子
抓住了他。他醒了，从大衣下伸出头。
一切静悄悄。远处传来人畜的嘈杂声，
鼻腔里还是干草、牛粪和寒冷的味道。

只是没听到腾格尔像往常哼哼着小调。
他披上大衣，蹬上皮靴，从车里钻出来，
却看不到腾格尔，准是讨要给养去了。
他搓搓发皱的脸，伸一个大大的懒腰。
头顶上明净无垠的天空仿佛正在降临。

远处响起马蹄声，几个人朝这边驰来，
不一会儿来到跟前。三个战士勒住马，
绕车子转一圈儿，确认没有发现异常。
他们交流一下眼神，利索地跳下马来，
火枪挎在胸前，保持快速出枪的姿势，
走到跟前来，三点式围住马车。然后，
一个等在原地，另外两个找了些树枝。
他们在杜丁大尉身旁蹲下，开始生火。
火堆上支一口小锅，奶酪掰碎扔进去，
一边撕吃牛肉干。奶酪和牛肉的香味
直冲鼻子，杜丁大尉挺直腰望向别处，
不去碰他们的眼神，肚子却咕噜噜叫。
“你干什么的？”一个战士用俄语问。
杜丁大尉撇撇嘴耸耸肩，说：“俘虏。”
战士瞥一眼他被绑着的双手问：“饿吗？”
杜丁大尉撇撇嘴耸耸肩，说：“等会儿。”
战士们笑起来，一个问：“啥叫等会儿？”
杜丁大尉咧嘴笑道：“看守一会儿就回来。”
战士们不再问话，埋头享受热乎乎的食物。

大海般的草原上，杜丁大尉回头张望，
向遥远的深邃的黝黑的圣彼得堡望去。

在汹涌的夜空下，在乡下的老宅子里，
妻子此刻一定窝在沙发里，挨着壁炉，
喝着果酒，读着他写的最后一封家书。

三、女皇

得知土尔扈特人起义东归的消息，女皇下达追击土尔扈特人的命令。

“陛下，非常重要的消息要向您禀报，
非常重要，其实是，嗯，不幸的消息。
不宣而战，我们的战士被土尔扈特人
残忍地杀害，因为渥巴锡疯狂的暴动。
忠诚的战士变成一千多具冰冷的尸体，
年轻的战士躺在冰天雪地，尸首分离。
自从狡猾的渥巴锡登上汗位之后，嗯，
您试图相信他，希望他是称职的奴仆。
可是陛下，令人无法想象他背叛了您，
他辜负了您的期望。您是所有的美好
和真实的化身，他是背信弃义的暴徒，
残酷的东方的歹徒。这暴行令人震惊，
他完全辜负了您给予他的希望和友谊。

“这个谦卑而且谨慎的渥巴锡怎么变成
一个凶手，一个不可理喻的怪物了呢？
我提醒过基申斯科夫上校要多留意他，
让他提防着集结，显然他没有听进去。
是的，他总以为我的忠告包藏恶意。
这个渥巴锡注定要在历史上留下恶名，
跟失败的暴徒们一样。是的，他喜欢
和他的人民待在一起，此刻正率领着
十七万的野蛮的鞑靼同胞朝东方挺进。
我猜测他们想回到故土去，就是伊犁。”
别克托夫微微弓起脊背，脑袋向前伸，
从一旁看上去像警惕的公猫，脸上却
满是浓浓歉意。眉尖高高耸起，嘴角
一个上扺另一个下拉，像时刻准备着
用无奈的神情来应对女皇严厉的呵斥。

“亲爱的别克托夫，您打断了我们。”
女皇抬起下颌，双眉向上微微挑起。
洁白的长裙，上衣很短，绿色羽缎
绲一道粉红的镶边。胸衣也是绿色，
粉丝带束成简单花式，从腰到锁骨，
正好遮住胸脯。衬衣袖口束着丝带，
领口缀着的勋章像一颗紫红的榛子。

“我在回忆十岁时初次见到我的丈夫，
就是你们说的彼得三世，他刚十一岁，
已经饮酒，酒精摧残他那张瘦削的脸，
毫无血色，整个人越发显得颓废垂死。

哪里有什么精致的命运？我无非是一个
资质平平的女子。家庭教师卡戴尔小姐
对我母亲说，您女儿的一生将风平浪静。
可是，一位精于手相的天主教神父却说，
他在我的掌心看到三顶王冠。那个下午，
神父托着我的右手，借着玻璃窗透的光，
在我的手心仔细地搜寻。钓得金龟婿时，
得到一顶王冠，是不是所有少女的梦想？
我当然不例外。您看，我头上几顶王冠？”

女皇微微抬起右手，别克托夫趋前几步，
轻吻女皇柔弱的纤手，再轻轻后退几步，
上身微微前倾，恭敬地站着，没有坐下。
“亲爱的朋友，告诉我，您的健康如何？”
“蒙陛下过问，虽有劳累，亦是当尽之责。”

“黑海之滨多么快活呀。天鹅野鸭云雀，
还有狐狸，鲟鱼和鳇鱼在水中游来游去。
年轻的军官们用希腊语、阿拉伯语赋诗。
渥巴锡身材高瘦，眉眼谦逊，未蓄长须，
而是剪得很短很齐，富有生气的黑眼睛
闪着智慧的光芒，说话总爱拣文雅的词。

“您知道的，鞑靼人的天性是睚眦必报，
再微小的仇恨也不担心会被时间腐蚀。
不过我们能消灭他，他消灭不了我们。
渥巴锡，他只是逃命而已，仓皇逃离。
即便他只是逃命，我也很生气，因为，

您知道的，奴隶的命运得看主人的心意。
不能因为害怕指责，就怠慢我们的天命。
无知之辈如何能了解我？与我素昧平生，
却对我横加指责，是不是？请允许我说，
古往今来，位高权重者常遭到种种算计。”

“陛下，当今君王没人比您更处事忍让，
更事事垂范。您说的每句话都心存仁慈。”

“我们要戒备其他的蛮族，什么哈萨克，
什么哥萨克，什么巴什基尔人，以免他们
像村子里的狗那样，听见别的狗叫唤了，
也狺狺狂吠，虽然不知道在抢哪样东西。
‘伏尔加河的狮子回到东方，
身后的狮群浩浩荡荡。’童谣应验了吗？

“我站在草原上，看到渥巴锡飞驰而来，
晚霞给他的周身涂抹一层薄薄的光彩。
我朝他喊道：‘年轻的猎人，收获怎样？’
渥巴锡回答说：‘还好吧陛下，您瞧，
抓住的扔掉了，没抓住的带回来了。’
说完这话，渥巴锡从马背腾空而起，
他的双肩生出了翅膀，一只遮住了
伏尔加河，一只盖住了哈萨克草原。
我一直猜测梦境的含义，今天才明白
是他计划逃离，之前的一切都是掩饰。

“土耳其是土尔扈特人流血最多的战场，

牺牲的青年太多让他无法向族人交差。
渥巴锡端着自己的小脾气，铆足了劲，
把所有的怨恨，一股脑地都砸向我来。
他就是那迷人的焰火，在永远熄灭前，
要强地盛开，想要空洞地无谓地怒放。”

“是的陛下，非常形象，好像您在现场。
渥巴锡的拳头向上高高举起，声嘶力竭，
脖子上血管凸出，眉毛紧锁，神情昂扬。
‘自由！’他喊道，好像伏尔加河的巨浪。
声音和神情，让他看上去像自由的肉身。
他容光焕发，藐视一切，民众被他鼓动，
就像狂风劲吹下的野草，随意地倒伏。”

“策伯克·多尔济，出类拔萃的美男子，
能言善辩的指挥官，谙熟《卫拉特法典》。
为什么不派出密使，致函策伯克·多尔济，
要他相机行事？事成之后，承认他为汗王，
并且敕封帝国的爵位。扎尔固里还有谁
可以分化或者利诱？那个准将阿廖沙呢？”

“是的陛下，扎尔固里还有另外几个人。
渥巴锡的堂弟巴木巴尔，善于收集消息，
主管外交和保密，为人慷慨好客，只是
没有争夺汗位的野心；帐下所领的牧民，
数量次于策伯克·多尔济。他嗜血成性，
总是喜欢在战斗结束后把俘虏都屠尽。

“达仕敦杜克，是渥巴锡的另一个堂弟，
帐下的牧户次于巴木巴尔，负责财政
和军火的供给；为人练达，深谋远虑，
土尔扈特人和哈萨克人屡次争抢牲畜，
都由他挑起，现在看是为了储备军需。

“丹增大喇嘛是土尔扈特人的宗教领袖，
负责执法和祭祀，他的地位无人能比。
还有个叫舍楞的，曾随阿穆尔撒纳反清，
后来率领残部投奔渥巴锡。他身负命案，
我猜他应该不敢前往准噶尔汗国的旧地。
渥巴锡的汗后曼德莱，虽非扎尔固成员，
却是敏感和不容忽视的女子，善于决断，
对某些事务的判断，抵得过世故的男子。”

“亲爱的别克托夫，您有没有此种遭遇？
二十五年来，我一直处于这奇怪的境地：
觉得消化不良，睡眠也不好，迷迷糊糊，
似睡非睡。愈思考，愈不明白身在何地。
我怎么能在那时就预见到今天的时局呢？
世界比以前更糟，暴力和偏执一点没减少。
善良的心怎能料到，我会被人们一口咬定：
是魔鬼是篡位者是杀人犯或者帝国救世主？
激动和恼怒交替，灵魂被折磨得痛苦不堪，
陷入左支右绌的无奈的战阵中，无处可逃。
您知道，我是既没朋友又没有希望的女人。
我拼命地讨好和进取，还是丝毫不见成效。
您知道我缺乏心计，也不懂得权力的技巧，

还冒进唐突，直来直去的，行事太过急躁。
也许，时过境迁，我得罪过的善良的人们
会心平气和，不再恨我，如果他们还活着。
曾爱过、尊敬过和信任我的人，会怀念我，
在夜晚独自流泪，偷偷地念叨我的名字。

“海洋，哦，一个向海洋开放的伟大帝国，
看，将是一个多么开阔多么自信的世界。
您说是不是？我想起什么，穿皮胸甲，
内衬丝衣，好酒肉，马匹耐寒，下雪天
是否反而有利于逃逸？蒙古人的小伎俩。
这草原，本来就是神明没有廊柱的庙宇，
连接着人与神，生与死。这无垠的草原，
也与更遥远的神域相连。漫长的岁月里，
在这块绿色、白色和黑色相间的土地上，
众多的民族和部落出没的这块土地上，
名称虽不同，却无法掩饰共同的无能。
他们始终未能在腐殖土上和沼泽地旁
建立起一种文明，总是处在面目不清
和半死不活的混沌的状态，是不是？
这些游荡的半开化的民族，出于无奈
归顺帝国。他们反复无常，喜欢叛乱，
惨无人道，不懂遵纪守法和安居乐业，
连累我们教化他们，强迫其变得文明。

“风中的羽毛改不了风向。渥巴锡的民众，
胆寒的士兵、老人和妇孺这些乌合之众，
收他们做奴隶吗？帝国的奴隶已经满圈。

把他们扔给乌拉尔河畔的哈萨克人吧，
努尔阿里汗会非常乐意派给他们活计。”

壁炉的上方雕刻着十二只巨兽的兽头，
兽头上方刻着伟大的预言家的一句话。
天花板装饰着镀金的百合花，地板上
散落着几张羊皮纸，再远一点是画家。
画家的衣着并不考究，他微微仰着头，
更多时微微弓着背，一条腿斜伸出去，
两条竹竿长腿都套着白色的束腿长袜。
他手中的画笔像是一条多刺的毛毛虫，
他想扔掉，可又奢望它赚来更多金币。
枢密官的长袜考究，深红色的紧身上衣，
胸前挂着几枚徽章，镀金之处闪闪发亮。
别克托夫悄悄把目光移向女官娜塔莉亚，
就在这时，他听到女皇提高音调，说道：
“国库空虚，军中三月无饷。商贸凋敝，
奸商多囤积之举。国政松弛，各部亏空；
政务几近停滞，司法竟然沦为蛇鼠一窝。
我，是我，大刀阔斧，恢复帝国的光荣。
俄罗斯帝国必须强大，对此我坚信不疑。
必须让世人深信俄罗斯是欧洲的救星。
这是我的信条：俄罗斯才是欧洲的救星。

“六个都城的大帝国。我要建立一个伟大的
六个都城的帝国，圣彼得堡、柏林、维也纳、
巴黎、君士坦丁堡、阿斯特拉罕六个首都。
一个横跨欧亚的大帝国——大俄罗斯帝国。

帝国需要无数的能征善战前赴后继的勇士！
应该鼓励这些年轻人，他们滚烫的热诚、
引以为傲的对自由的热爱乃是一种天性。
但我无法接受血腥的背信弃义，您说呢?
本来可以相处得很好，之前不是挺好吗?
他偷偷溜掉会松动帝国的夯土，我本来
想给他完全的自由，但他既然这样下作，
我也就不必再许诺什么。他的每桩行事
都显示他是一个虚荣和傲慢专横的蛮子，
他和我们的土耳其邻居堪称一样的颟顸；
相较而言，出身更低贱。实际上没有人
看得起膻气的鞑靼。他们背叛了俄罗斯，
背叛了伟大的帝国，背叛了信任他的我。”

“是的，陛下。您的判断和裁决无比准确。
基申斯科夫上校获悉后惊恐万状不知所措。
之前我移交给他这项职责时，曾一再提醒。
我不得已跳上雪橇，日行三百里赶来报告。”

“把基申斯科夫锁拿治罪，关到地牢里，
直到骨头沤烂。渥巴锡裹挟了多少人畜?
多少暴徒？多少火枪？有几门铜火炮?
什么口径？多少炮弹？平均重多少磅?
行军必然迟缓，魔鬼都不出门的鬼天气，
他们跑得不会像溜冰那么快。奥伦堡总督，
嗯，奥伦堡总督莱茵斯多尔夫他在哪里?
要他采取行动，追击和堵截鞑靼的人畜。”

“是的陛下，追击和堵截鞑靼的人畜。”
别克托夫微微欠身，恭敬地回答道，
“渥巴锡裹挟的族人共三万三千余户，
合计十七万多人；大约三百万头牲畜，
大概七万多士兵，不少于十万支火枪，
铜炮不多，一共四门，炮弹数目不详。”

“他们向我请求了吗？如果他们请求过，
我不吝啬。我将把伏尔加河下游赐给他，
让他们用马的脚力去测量新的牧场。
他们穿着皮革裤子，里外衣服都是皮革。
不吃蔬菜和水果，只吃牛羊肉，不喝水，
只喝酒和奶，也没有无花果。哦，上帝，
他们，渥巴锡没有向我请求，从未有过。”

“是的陛下，渥巴锡不过是个野蛮人，
土尔扈特部落就是一个半开化的民族，
正如您刚才指出的。希望陛下信任我，
我愿赶赴前线，要么追击，要么赶在
鞑靼的前面联络哈萨克人，给渥巴锡，
这目无尊长狂妄自大的家伙迎头一击。”

“出于对你名声和能力的信任，我把帝国
南方最重要的省份阿斯特拉罕交给了你。
可是现在，鞑靼部族竟然集体叛乱逃走，
这不幸的事件给帝国带来了恶劣的影响，
使罗曼诺夫家族蒙受了前所未有的耻辱。
你一定能洗掉这污渍，亲爱的别克托夫，

我依然信任和器重你，将阿斯特拉罕省
和奥伦堡的军队指挥权和物资调动权授予你。
务必在叛乱者到达目的地之前全力阻击，
叫他们夹起尾巴，滚回到原来的窝棚里。”

别克托夫深吸口气，感觉有一股寒意
从脚底直窜上去，不由自主地抖了一下。
他不知道是女皇的哪个用词击中了他，
只是预感东方的某处旷野会成为归宿。

“监视留在伏尔加河左岸的一万余户，
监视其起居。这一万余户不是不愿逃离，
而是天公不作美，对不对，我的朋友？”
“是的，陛下。这些卑贱的游牧部落
一直都在跟他们原来的主子眉来眼去。
十五年前，渥巴锡的父亲敦罗布喇什，
就曾遣使假道帝国境内辗转返回大清，
还向乾隆进贡，表达思念和归附之意。”

“亲爱的别克托夫，你掌握得非常详细。
我不想干预，我只是好奇，我们扶植的，
改信东正教的那个什么敦杜克夫家族，
庸俗的贾恩夫人的小儿子，嗯，阿廖沙，
对，俄语名字叫阿廖沙，我封他做准将，
为何他还没有取代渥巴锡汗王的位子？”
“陛下，我打探过，阿廖沙这个年轻人，
总被排挤，甚至没能获得扎尔固的议席。”
“你知道，有些人在平民当中声望极高，

虽然不担任官职，却比官吏更有号召力。
他们善于用仇恨的话语来挑动乌合之众，
他们盼望着发生变故，准备着待价而沽。
我们应该继续物色这样的代理人，对吗？
世人大多心怀鬼胎，东方人尤其如此，
精于阴谋诡计，上帝的信仰也无能为力。
他们死了才算是好人，您说是不是？”
“是的陛下，您的判断力总高于常人。
他们为吃喝之外的每件琐事挑选吉日，
本质鲁钝，见识浅薄，心术更加卑鄙，
除了声色获利之外，不晓得任何真理。
应该寻找合适的人选，当作长久之计。
按照他们的观念来讲，叫作以夷制夷。”

“戴皮帽的喇嘛，传达所谓佛祖的真谛。
可笑至极，佛祖根本就不是永生的神祇。
我不知道他们有没有战神，有没有死神，
总之，我觉得他们的信仰是那么低级。
掠来的战利品如数堆在家里，妻子无论
带过来多少嫁妆，丈夫都藏得严严实实，
而不是夫妻共有。妻子竟是丈夫的私产，
丈夫对妻子像对孩子一样拥有生杀大权；
跟妻子谈话的神色，哈，就像审讯奴隶。
他们全部的生活只有战争和放牧，习惯
勤劳辛苦，追逐丰茂的水草，不远万里。
这些可怜的游牧民族，从没有建造或者
住过砖瓦房屋，窝在顶端开口的帐篷里。
他们却认为自己是世界上最勇敢的民族，

随意侵入或者蹂躏其他国度。想来就来，
想走就走，从来不受法律和道德的约束。
他们竟认为这就是勇敢，是佛祖的法力。
他们遇到战争，不管是别人对他们挑衅，
还是他们把杀戮强加给别人，英勇虽然
超过哥萨克骑士，超过日耳曼人，但是，
和我们勇敢的俄罗斯人相比，差之千里。
把他们全部消灭，把回归变成死亡之旅。
不要掩埋他们的尸体，野狼的皮毛将会
因为腐尸而变得光彩熠熠。土尔扈特人
和哥萨克人还有哈萨克人一样，同样的
贫乏穷苦，让他们争斗去吧，狗咬狗去，
让哥萨克人哈萨克人干掉这些蒙古人吧。
给他们枪支，需要什么我们就供应什么，
包括汗王的封号，让他们替我们去送死。”

“是的，陛下，我将竭力挑起他们争斗，
尽量让哥萨克人解决掉这个麻烦。如果
届时需要借用哈萨克人的力量，很不幸，
意味着土尔扈特人已逃到临近大清的地域。”

“好的，亲爱的别克托夫，我完全同意。
你的心思缜密，能体会落实我的旨意。
务必多多地劫杀人畜，鞑靼只想逃跑，
并不打算恋战；务必多多地劫杀人畜，
炫耀残酷，也正好借此打消其他部落
反抗帝国的阴暗心机。把自由给畜生？
才不，他们应该任人宰割和鞭打驱使，

重轭和皮鞭才是伴随蛮族一生的权利。

“俄罗斯没有过去，而蒙古人没有未来。
我这样讲，您能否体会到其中的深意？
如果俄罗斯想获得民众和邻国的尊重，
就必须成为一个令人生畏的钢铁盟主。”
女皇歇一口气，片刻，缓缓地问道：
“我们的舰船怎样了？应该越多越好，
套件的大小和形状我对你讲得很清楚。
你知道海流常改变方向，大浪潮虽少。
我们是否应该在阿斯特拉罕继续征兵，
好弥补土尔扈特人的逃跑带来的损失？

“上次在土耳其作战，节令并不合适。
渥巴锡认为最好的策略是躲过冬季，
等春暖花开之时再向敌人发起攻击。
欧洲大陆上没人比他更彪悍，倘若
能驱策土尔扈特人，像之前所做的，
对于帝国的扩张，那才叫如虎添翼。

“二十七年前，哦，那时我多年轻啊，
一个刚刚十五岁的情窦初开的少女。
我和母亲顶风冒雪赶赴伟大的俄罗斯。
我的叔叔约翰·路易公爵为我们举行
盛大的欢送仪式，将绣着银丝的披肩
轻轻地搭在我的肩头。那蓝色的披肩，”
女皇转向娜塔莉亚却不看她，沉吟道，
又像自言自语，“我的朋友娜塔莉亚，

你把它放在哪儿了，那蓝色的披肩？”
女皇并不等待娜塔莉亚回答，继续说，
“我的父亲显然没这兴致，他更慎重，
送我一本什么备忘录，关心是否需要
改变信仰，和一大堆啰哩啰唆的嘱咐：
丈夫的喜好置于一切之上了，不要与人
过于亲密了，不要在宴会上交头接耳了，
不要干预政务了，管好自己的零花钱了，
诸如此类。啊，尽职的父亲，愿天下
所有父亲对他们的儿女都像我的父亲。

“糟糕的旅行，我们母女紧捂御寒的面罩。
没有住处，将就在驿站老板的卧室休息，
和看门狗、家禽和哭闹的婴儿挤在一起。
可这一切算得了什么呢？无尽的黑暗里，
孤独和失眠冻醒了内心那个强大的自我。
我懂得，我得越过比这些更强大的劲敌，
跨过所有的障碍，最后才可以登峰造极。

“跋涉了整整两个月，还未到达圣彼得堡，
帝国疆域辽阔得惊人。沙俄帝国从哪里
掠夺来这么广袤的土地？从成吉思汗的
子孙的手中吗？”她的十指交叉在一起，
眼光随意望出去，蓝色的双眸含着倦意，
“在人心不古的时代，如何能淡泊自持？”
她嘴角微微上翘，露出一丝憔悴的笑意，
“茶在哪儿，娜塔莉亚·阿列克谢耶夫娜？”
“陛下，马上就来。”女官随即传唤侍女。

"上帝赐予我王冠，蔑视它的必遭雷击。
渥巴锡把我出卖了，把他的人民出卖了。
我，才是土尔扈特人的救星，帝国才是
土尔扈特人的福地。我知道自己的天职，
也必将信守不渝。这是我们唯一的使命。
您知道吗？我的朋友，独裁者为什么……
嗯，既然可以随心所欲地得到任何宝贝，
他就不应嫉妒任何人，对吧？恰恰相反，
独裁者嫉妒臣民中最高尚最正直的人士，
盼着他们不得好死；却欢迎那些最下贱
最猥琐的小人，比任何人都更喜欢阿谀。
说说看，亲爱的别克托夫，这是为什么？"
她的话里话外带着长辈呵护晚辈的语气，
那是位高权重的尊者示爱时的惯用口气。

"只有仁慈的陛下才能成为伟大的导师。"
别克托夫才回答一句，女皇就自顾自地说：
"是的，我总以为他十分忠诚，道德高尚，
上帝不会将他抛弃。我们要追讨这笔血债。
渥巴锡渥巴锡，这是他的天命。波折不断，
他愈挫愈勇，他狡猾多变，他说谎骗人；
他决绝，他狂躁，他暴虐，他也犹豫；
他慈爱，他大度，他悲悯，没有借口和托词，
只有勇往直前以命相搏，渥巴锡渥巴锡。

"我们仰赖谁呢？我问你，亲爱的别克托夫，
土尔扈特人不理解我，我丝毫不贪图私利，

我的心中总想着人类的福祉。什么也没有，
他们奉献了什么？相信我们高贵的使命吧，
我们一定要把这些蛮族从迷途上拯救回来。”
“是的陛下，请您差遣我吧，我向您保证，
我愿意竭尽忠诚。如您所说，这些野蛮人，
您指示光荣之路，他们竟选择拥挤的冥途。”

女官娜塔莉亚和枢密官的脸上微微露出笑意，
二人目光轻轻一碰，表示对别克托夫的赏识。
别克托夫脸上也泛起一丝得意。只是这神情
和别人的笑容比，看来不太舒服。恰恰相反，
别克托夫的得意更像是一种浸满惶恐的踌躇。

“伏尔加河是政治的河流，也是神秘的河流，
是君王的河流，是战士的河流，也是爱情的河流
和一条眼泪的河流。伏尔加河变成一条鸿沟，
一道天堑。我才是领航者，得在暗礁间绕行。
伏尔加河的两岸，成为命运天平的两个秤盘，
一个堆着我的志向，另一个挤满各色的君王。
他们想从俄罗斯身上割下一块，好歹毒啊。
他们还想从我的身上割下一块，好残酷啊！

“女皇已进入斗兽场，不到战死绝不离去。
美好的崇高事业，在腥臭的血泊中成形。
人们梦想明天幸福，熏风吹得人心变软，
幸福的钥匙紧握在上帝和女皇的手心中。
蛮族来了，他们击溃驻军，冲破了限制。
我们假装忘掉牺牲，前人就会警告我们：

从五百年前的主宰者金帐汗国，到今天
这些土尔扈特人，他们都是一样的冷酷。
心狠手辣，不错，我们就是要如此施展。
不对吗？这是一场不能心慈手软的恶战。
脆弱的情感怎能配得上至尊荣耀的王冠？
他们没有背甲，鞑靼不在敌人面前逃跑。
世界属于凶残好杀者，我们也不应逃离。

“如果阻击失败，该当如何，我的朋友？
由他去吧，他投奔的那个人比我更疑心。
哪里有什么汗国？哪里有什么汗王？
在王的土地上，只有战死的忠臣和奴隶。
我害怕什么呢？害怕二十万的鞑靼吗？
这美丽的冬宫，圣彼得堡所有的建筑，
除教堂以外，都要低于这无上的荣誉。
不，那些被激励着正蠢蠢欲动的暴民
和阴谋家，他们会受到渥巴锡的鼓励！

“上帝不会抛弃我们，我们要履行职责，
镇压邪恶。渥巴锡堕落为杀手和恶棍，
可耻的背叛！卑劣行径和造成的灾祸，
帝国勇士流尽了鲜血，讨还这笔血债。
我们依靠谁，您说，亲爱的别克托夫？
他的命运，他的智慧，可与任何帝王
相提并论，很可惜，他骑着一匹跛马。
那匹跛马是什么？就是他自己的命运。
渥巴锡他是失败者，是凶手，是逃犯。
别克托夫，我命令你务必把他捉拿归案。

“1768 年你任职内侍，对吧？时至今日，
你的年俸有多少金币？一晃就是三年，
上帝啊，您没有变得愈加骄傲起来吧？
骄傲在败坏之前，狂傲在跌倒之前。
好像是箴言书第十六章的句子，对吧？
听着，亲爱的别克托夫，你好可怜啊，
你爱怎么办就怎么办好了，我已谕示。
这是您的事，不是吗？听见炮声了吗？
有人正孤独地死去，有人正绝望地求助。
丈夫再见不到妻子，父亲再见不到儿女。
这都是谁的过错呢，亲爱的别克托夫？

“这个世界比以前更糟糕，暴力和偏执
一点儿没减少。博爱？压根儿不存在。
血渍泪痕什么的被冷漠洗得不留痕迹，
后人凭吊时好像这时代没有好人似的。

“向天堂发誓，胜过我的强者确实存在，
但是，绝没有凌驾于我之上的统治者。
这些阴笑的小子啊，只是世袭的奴隶。
我的骑士全在疆场，撇下我活像个寡妇，
守着空闺的寡妇。多少好好的好儿郎，
明日将要埋骨异乡，每滴血都那么辉煌。
你得慎重考虑，不要把勇士的命当赌注。
我不怪你，不过你要明白一个人对朋友
既批评又要夸奖，对敌人却什么也不欠。
好了别克托夫，等您凯旋我们再举杯吧。”

“陛下，您对我恩眷隆重，我实在惭愧。
我寸功未立，一定鞠躬尽瘁，死而后已。”

“杂草，他们全是杂草。无论田间地头，
路旁空地，到处疯长。无论炎暑或潮湿，
五月刚发芽，七月就能猛蹿到一人多高。
若不铲除，圣彼得堡必将沦为荒芜之地。
四肢粗壮的蒙古鞑靼啊，只会摧毁城市。

“当我还在母胎时，我母亲梦见一个巨人，
拿杆巨大的秤对她说，拿着，称量天下。
母亲惊讶地问：‘我怎能拿动这巨大的秤？’
等到我出生，我的母亲看着襁褓中的我，
笑着说：‘将来称量天下的难道是你吗？’
所有人都注视着我，没有人东张西望，
任何相信我的人，任何听我吩咐的人，
都能长命百岁。任何不遵我旨意之人，
任何以邪恶方式反抗我的人都将暴毙。
不要认为我在这里那里，东方或西方，
我就是大地，大地就是我，我无处不在。
不要认为我藏身地下或是隐形在天空，
或者只是出现在季节中，我无处不在。
但是，昨晚我竟然在梦中听到一句话，
我不知道谁说的，我一时没有看太清，
这个声音对我说：‘你的敌人已经诞生，
你失败了。’现在我要你们去把渥巴锡，
那土尔扈特汗王渥巴锡，和他的民众，
和他十七万的民众，把他们全逮回来，

要不就把他们统统暴尸荒野。就这样。

“我全部委托给您，别克托夫省长。
您的能力和作为使您配享这盛誉。”
女皇从领口上摘下那枚宝石勋章，
别克托夫驱前两步肃立女皇身旁。
女皇把勋章贴在别克托夫的左胸，
勋章一碰到别克托夫，就粘了上去。
别克托夫忙摁住勋章，向女皇施礼。

“他高估了尊敬的人，以前对之奉若神明，
而今发现不如个凡夫，他陷入痛苦和耻辱。
为屈辱复仇，却无力犹如雄蜂失去了毒刺。
渥巴锡犯下滔天罪行，竟从容地找到托词。
他不知道，我是世界上报复心最强的女人。
警惕啊。试想如果我们从别人身上感受到
自己身上才有的可恶，那真是教养的羞辱。”

枢密官的左臂背在身后，像握着什么秘密。
右手本来自然地垂在一侧，这会儿抬起来，
揉捏着胸前的一枚纽扣。别克托夫意识到，
枢密官是在暗示自己。他躬身向女皇行礼：
“是的陛下，我谨记您的教导。天色不早，
请陛下安寝，我将星夜兼程，驰赴火线。”

身材魁梧的枢密官，雪白的假发不动一丝，
前额宽大而凸出，脸色泛红。从他的身上，
别克托夫看到了普通人没有的谦逊和矜持，

和嘴角那无比明确但毫无含义的一丝笑意。

“亲爱的别克托夫省长，我相信您的忠诚，
请您拿出对待朋友的态度来对待自己。
晚安，等您凯旋之日我们再举杯庆祝。”

别克托夫躬身施礼，退后两步，走出房间。
女官娜塔莉亚紧随其后，保持足够的距离，
来到女皇听不到二人对话的接待室，笑道：
“关于我的阿廖沙，我对您说什么好呢？”
她说到阿廖沙的名字时，特意加重了尾音。
身上缀花边的浅色连衣裙，随着身体摆动
而窸窸窣窣，她抚摸着前胸下宽阔的红绸，
“不能让他在土尔扈特人那里再鬼混下去，
会送命的。他发疯的母亲简直把我逼到发疯。”
“请吩咐吧，要给那可怜的男孩捎什么口信？”
别克托夫保持亲切的笑容，显示足够的敬意。
“尽管我不乐意听这个扁脸的中年妇人唠叨，
但她一把攥住我的手，不让我脱身。您知道，
尊敬的别克托夫省长，贾恩夫人也是个人物，
她在女皇面前有说话的荣幸。那怎么办好呢？
我猜您十有八九会和渥巴锡会面，如果可能，
看在贾恩夫人那张因盼子心切而蜡黄的脸上，
请把那个空头准将捎回来，毕竟是一条性命。”
别克托夫闻听深深地鞠躬，表示尊敬和赞同。
他捧起女官的手轻轻吻了吻，好像还握着
轻轻地摇了一摇，刚好能显出二人的亲近。
别克托夫的笑容比刚才自然，他轻声说：

“但有所命，愿效犬马之劳，不胜荣幸。”

在风起波扬的涅瓦河两岸，古老的建筑
展示着旧时花饰的斑驳、那固执的纯朴
和那令人爱怜的笨拙。莫可名状的气味
在城市上空游荡，湿寒的空气沮丧一般
朝人们脸上吹拂。春天，依旧杳无音信。

经过四名笔挺的卫士身旁时，他目不斜视。
别克托夫的一头黄发，在寒风中显得枯干。
他不自觉地咳一下，虽说刚才跟女皇对答，
话不算多，但是嗓音还是像暴晒的马鞭般
僵硬又干涩。坐进马车的车厢时，他想起
女皇的判断：一个土尔扈特部一个渥巴锡，
就是一头戴镣铐的狮子。瞧，女皇的认识，
女皇把事情化繁为简并直抵根本的洞察力。
他所受的教育里，并不习惯凡事用到量词，
可是女皇就厉害得多，多么庞大的物件，
十几万的鞑靼，在她眼里，无非是一个。
别克托夫抿起一侧的嘴角，似笑非笑的。
“渥巴锡，我会追上你的，奥琴峡谷再见。”
别克托夫这样想着，差一点儿脱口而出。

四、牺牲

渥巴锡把三万三千多牧户十七万人分成三路大军：一路以巴木巴尔和舍楞率领的精锐为先锋，驱逐哥萨克骑兵；一路以达什敦杜克和丹增大喇嘛率领的队伍护卫侧翼；一路是渥巴锡和策伯克·多尔济率领的两万战士居中殿后，阻击敌人。

摧毁库拉金纳要塞，渡过乌拉尔河，勇士们踏入白雪皑皑的哈萨克草原。不料，哥萨克骑兵在风雪中埋伏着。

1

阿廖沙在颠簸的帷车上醒来，坐起身，
掀开车窗布，漫不经心地向外面眺望。
层峦叠嶂的群山屹立在远方，依偎着
浅蓝的天空，无比洁白、优美和壮丽。
“真好看，圣彼得堡的朋友准会嫉妒我。”
随着车身轻轻摇晃，他一边低声吟唱。
此时两位勇士驰过，火枪在他们背上
一颠一颠。战争就在眼前，十之八九，

明天会被打死。阿廖沙只要想到死亡，
脑海就不禁浮现出一连串残酷的画面。
是啊，明天，也许在明天。他念叨着。
“对我来说，明天也许一切就将完蛋，
这一切的情绪将不会出现，这一切
波澜再没有任何意义，最迟在明天。
如果未负伤未阵亡，或者虽说负伤，
但是阿克扎巴和达瓦扎巴两位喇嘛
把我救治，那以后呢？”阿廖沙试图
安慰自己，却不知如何回答这问题。
“我可不想知道，也无从得知，假如，
可能成为烈士，成为烈士？也好吧，
是不是？为这个心愿而死？圣母啊，
除去准将的头衔，我岂非一无所有？
怎么办？死亡和受伤，也不足畏惧。”
这时，他听到仆人伊凡高声地说话，
是跟别人说话，不是向他汇报事体。

阿廖沙想到了东方，想伊犁也许更美，
将来或者有剧场、舞会和酒馆，会的，
伊犁称得上一座大都市。他这样寻思，
听到伊凡还在跟某人叽里咕噜地交谈。
“伊凡，”他把头贴近窗，“那是谁？”
“回老爷的话，您是问我跟谁说话吗？
了不得，他是草原数一数二的聪明人，
除了您准将大人，没人超过他的本事。”
“你啰里啰唆地说什么呢？那人是谁？”
“回老爷，他就是花剌子模国的国王。”

“蠢材，我看又该罚你蹲在雪地吃雪。
不过也不能怪你这个傻瓜，花剌子模，
五百年前就已灭亡。神勇的窝阔台汗，
伟大的成吉思汗的第三子，窝阔台汗，
抹掉了花剌子模国。哈，你来告诉我，
伊凡，你这个花剌子模国王姓甚名谁？”

“回老爷，花剌子模国王就是腾格尔，
他不爱说话，好似舌头上压着个秤砣，
其实是舌头被哥萨克匪徒打掉了半截。
您瞧，他那双肮脏不堪的鞑靼的皮靴，
您瞧，他那双青筋裸露的粗糙的大手，
国王真真正正是多才多艺又干活利落。
他还能用咒语止血，也能治好狂犬病，
也能引出孩子们肚子里一团团的蛔虫。
放牧本领样样精，最拿手的是用玉米面、
麸皮、米糠鞣皮子，鞣的皮子不臭不腥，
踩都踩不皱，黑海来的皮货商夸赞不停。
鞣剩下的料拿去喂马，马一吃就会长膘。
他什么都会，修马车修火枪给牲口治病。
他最崇敬的是他的手，其次是他的亲娘。
他相信草原上的一切神灵，也相信上帝。
他是个早出晚归的牧人，会叉鱼的渔夫，
丛林里的猎手，稀罕一切会喘气的动物。”
“我再说一遍，他不是花剌子模国王。”
“回老爷，好吧准将，腾格尔国王呢，
是下等户，不过两年就会混成中等户。”
“我说了伊凡，他不是花剌子模国王！”

“回老爷，不用两年他就会混成中等户，
养牲口，娶一房老婆帮着他挤奶剪羊毛，
他造木轮车打马印的本事就能派上用场。”
“我说，他是能工巧匠，但绝不是国王。”
“回老爷，腾格尔国王就是个能工巧匠。
汗王派他差事，让他看守那个俄国大尉。”
“伊凡，那个俄国佬眼下屈尊在哪里？”
“回老爷，俄国佬屈尊在腾格尔国王车上。”
“那么，腾格尔国王在哪儿呢，伊凡？”
“回老爷，腾格尔国王就在咱们车左边。”
阿廖沙掀开左边窗帘，一个粗壮的车夫，
龇着黄牙，露出红红的牙龈，扭过头来，
冲他点头微笑。哈，多么粗俗的国王。
“看这个花刺子模的国王赶车挺在行。”
阿廖沙打量着腾格尔，对伊凡调侃道。
“回老爷，论起来腾格尔可样样在行。
春天捕鱼，徒手捉虾，杂物间的活儿
和作坊、马厩、地窖、车棚的活儿样样在行。
驯马称得上老练，修圈栏更不算作难。
套索和绷带，绊索和马掌，笼头和肚带，
嚼子和马镫，马刺和马鞍，驯马的皮绳，
样样会拾掇；还有呢老爷，破壶破锅，
铁环和铃铛，锥子和刀子，也会修理。
耳朵总支棱着，随时听从主人的安排。”

“听你丁零当啷，像是在出力干活。”
阿廖沙撇嘴笑一下，压低声音问道，
“那俄国军官，杜丁大尉在哪儿呢？”

杜丁大尉从车厢中直直地坐起身来，
扭过头端详一眼阿廖沙，颔首致意。
“在圣彼得堡早有耳闻，杜丁大尉，
您写得一手好情诗，颇有三分才气。
此去伊犁行程万里，未免人困马乏，
正合探讨诗艺杀时间，您意下如何？”
“说起才华实在不敢当，蒙您谬奖。
像您这样的青年才俊，二十啷当岁，
聪明又谦虚，做什么都一定能如意。”
杜丁大尉郑重地向阿廖沙点头示意，
然后躺下，举起捆着的双手晃一晃，
毫不掩饰地向阿廖沙表明他的境遇。

“多棒的隐喻啊，艺术总困于现实。
给杜丁大尉送去一瓶上好的葡萄酒，
我从圣彼得堡带来的红肠还有吗？
好的，伊凡，送给大尉品尝一下。”
阿廖沙说完放下车窗布，搓几下手，
在嘴边哈了一下，连忙钻回毯子里，
一边思想如何跟杜丁大尉交流诗艺。
恰此时，前方远远地传来一声炮响，
然后一声又接一声。阿廖沙坐直身，
掀开窗布，看到远处升起一股黑烟，
第二股第三股黑烟慢慢地升上天空。
“往前赶路呢还是就地宿营，老爷？”
“我们的勇士正在攻打库拉金纳要塞，
身为准将，我要亲临指挥，身先士卒。”
阿廖沙提高嗓门，要让杜丁大尉听见，

“现在我命令你，伊凡，奔赴战场。”
“是，老爷。”伊凡扬鞭，“驾”的一声，
帷车猛地前行，阿廖沙仰倒在车厢中。

2

四尊大炮之间，指挥炮手行动的阿古拉
用望远镜观察要塞的情形。在他的身后，
炮手半蹲着，有的像土耳其人那样盘腿
坐在湿漉漉的草地中。忽然，一枚炮弹
呼啸着飞过头顶，虽然落点离得老远，
阿廖沙急忙下马，弯下腰护住了脑袋。

炮手朝鲁见状忍不住笑出声来，说道：
“吓呆了吗？吓坏了吧？您可真要命。”
他小跑进入位置，其他炮手各就其位。
战士们面向前方，等待阿古拉的口令。
“那人在干什么？”阿古拉冲他喊道，
“怎么到炮位来了？”朝鲁没有回答。
阿廖沙觉得不妥，牵马走向阵地后的林中。

一枚炮弹在人群的头顶上呼啸着掠过，
众人本能地低头。第二枚第三枚炮弹
陆续地飞过。敌人好像在校正着弹点，
目标是树林里的骑兵。树林里的骑兵，
藏身在稀疏的林中。炮弹呼啸而来时，
他们稍稍欠起身子，炮弹落地才坐下。
炮弹腾起的浓烟，并未让战士们骚动，

每个人的脸上都流露出兴奋的神情。
当心！又一枚炮弹呼啸着疾飞而来，
侥幸落在队形之外，发出砰的一声。

阿廖沙在这里第一次发现受伤的士兵。
一个痛苦地靠着树，一个趴在担架上，
另一个歪着头一动不动地躺在草丛中，
头盔滚落一旁。阿廖沙蹲在一棵树下，
带着情不自禁的惶恐，设想几种可能。
他朝炮兵阵地望去，阿古拉的炮手们
仍然坚守在各自的位置，等待着命令。

敌人的炮击暂停，阿廖沙听到传来指令。
“开炮！”不是阿古拉发号，而是策凌。
副将策凌站在骑兵的第一排，戴着头盔，
着胸甲，胯下一匹白马，没有花哨装扮，
坐骑也不比谁的高大，却显得异常威猛。
策凌驱马出列，用嘶哑的嗓音发布命令：
“全体检查火枪，等我的号令发起佯攻。”

炮声隆隆，阿古拉不停地下令开炮，
一号炮手朝鲁举着黑黢黢的洗膛杆，
两腿叉得很宽，跳到炮口前面作业。
身材矮小粗壮的二号炮手负责装弹。
其他人麻利地传递炮弹，环环相连。
点火，本能地捂耳朵；然后传炮弹，
装炮弹，再开火，再本能地捂耳朵。

炮弹嘶嘶地飞向要塞，浓烟慢慢地升腾。
“列昂尼德的帽子打飞了！”“使劲轰！”
战士们兴奋地交谈着，发出阵阵哂笑声。
当有炮弹飞入要塞，战士们就越发激动。
这些年轻的面庞，如从北方袭来的暴风。
啊，热情。啊，冰冷，啊，如雷又如虹。
阿廖沙全神贯注地端详这些年轻的英雄，
这些年轻的脸上燃烧着越来越旺的激情。

阿古拉跑到策凌的马头前，大声报告说：
“老爷，剩下八枚炮弹，还继续开火吗？”
“跟你说多少次了，叫将军，别喊老爷！”
“将军，还剩下八枚炮弹，继续开火吗？”
“停止炮击。”策凌拨马面朝身后的士兵，
“检查火枪，准备冲锋。”转向阿古拉说，
“迅速补充弹药，待我们后撤时全力炮轰。”
策凌说完转向阿廖沙，目光掠过他的头顶。
“冲锋！”策凌高声命令，“佯攻，佯攻！”

战士们驱动坐骑，从林中疾驰而出冲锋。
阿廖沙翻身上马，却在队伍后犹豫跟从。
冲锋，哈，战斗终于开始！阿廖沙激动，
全身的血液忽地一下子全都涌上了头顶。
“用什么武器战斗？如何指挥这些士兵？
如何表现出我卓越的协调和指挥才能？”
阿廖沙摁摁帽子，催动战马加入阵营。

“哎，准将大人，这可不是您待的地方。”

策凌用马鞭指指他，从他身边疾驰前行。
“您的帽子太花哨，会激怒敌人的炮兵。”
阿廖沙拨马跟在右侧队伍后继续向前冲。
眨眼间，战士们冲到了要塞前的开阔地，
一颗、两颗、三四颗，炮弹从要塞射出。
在头顶上嘶嘶地啸叫，越近越响如雷鸣。
一颗炮弹掀倒了两匹马，另一颗的碎片
击断了一名战士的胳膊。更多炮弹落下，
炮声震耳欲聋，每次都使阿廖沙更惊恐。
此时五步开外，火光闪动，轰隆一声，
气浪把他从马背上抛起来，摔在地上，
后背重重着地，两只耳朵嗡嗡个不停。

阿廖沙清醒过来，战马倒在一旁抽动。
“我为何躺在这里？为何不是往前冲锋？
莫非这就是死了吗？这是地狱的情形？”
他睁大眼睛发一会儿呆，希望能看清，
但是什么都看不见，除了高高的天空。
虽然灰蒙蒙，确实是广阔无垠的晴空，
灰云彩慢慢移动。多么浩渺多么寂静，
完全与平日不同。我原先怎么没看见？
广阔无垠的天空之外，什么都是幻梦，
什么都是欺骗。除开它，什么都没有。
除开静寂和安宁，甚至连天空也虚空。
阿廖沙用崭新的眼光打量身边的勇士，
青年们驰骋着、呐喊着，开火和冲锋。

“您受伤了？”策凌俯身对阿廖沙说，

“什么都好奇。这是佯攻，别送了命。”
策凌抓住阿廖沙的胳膊，一把扯起来，
不是搀扶，不是扶起，简直就是提起。
策凌把阿廖沙扶上自己的坐骑，拍拍
战马的后胯，战马立刻疾驰跑回阵地。
“脑袋发沉，两耳直嗡嗡，可耻呀准将！”
他对自己说，“真是个狗熊。”正在此时，
战马跃上了高地，把阿廖沙颠落在地。
阿古拉带着一脸的嘲笑坐在弹药箱上，
捏起一撮鼻烟塞进鼻孔，好像在问：
“看啥都是重影吗，老爷？哦，准将？”

阿廖沙没搭腔，坐在地上朝要塞望去。
城墙上黑乎乎的炮口令人不敢直视。
战士们躲避着敌人密集的炮火叫骂着，
要塞里的敌人毫不示弱，每句都回应。
“警告你们，太阳落山时不开门投降，
老子就破门屠城，杀得你们一个不剩。”
“好的，英雄，刀叉已备齐，就差尔等！”
“你们这些罪犯，投降就赦免，投降吧！”
“投降？是不是每人奖个土尔扈特女人？”
嘴上不停叫骂，手中的家伙什儿也没停。
战士朝炮口开枪，子弹击中坚硬的城墙。
“保持队形，”策凌命令，“撤回林中。”

战士们撤到林中，拖来干树枝点起牛粪，
搭起临时的棚子，一面说笑打趣个不停。
堆堆篝火生起来了，火苗在黑烟里翻腾。

战士们围在篝火旁，烘烤靴子和包脚布，
有的脱下外衣，战友帮他涂抹止血药剂。
伙夫围着热腾腾的锅侍弄喷香的食物。

策凌提着马鞭，在篝火间走动巡视。
“换掉负伤的战马，重新套上鞍具。”
沉稳果断的声调不紧不慢地下命令。
当他听到喧哗，会皱起眉转过脸去，
呵斥那不肯搬动伤员或尸体的战士。
警戒哨已派出，燕麦分到每匹坐骑。
风从东方吹来，地平线藏在雾气里。
马匹都背着风，马眼睛还是直流泪。
给战马擦拭完鼻子和湿润的眼眶后，
阿廖沙等策凌巡视到跟前时，说道：
“策凌将军，选这地方宿营真有眼力。”
“承蒙夸奖，待会儿休息时再来叨扰。”
策凌随口应道，一边往林子边上巡视。

阿廖沙感觉越来越轻松。他仿佛觉得，
他从看见开第一炮的那一瞬间到现在，
似乎之前经历过这个战局，就是从前，
某日发生过的事。他站在阿古拉身旁，
闻着淡淡的鼻烟味、浓浓的硝烟味，
随便什么混合的味道吧，仿佛也熟悉，
早就熟悉的这一幕，好像之前已经历。
朝鲁和其他炮手汗水直流，满脸通红，
在大炮周围忙忙碌碌。受伤的在呻吟，
战马淌着鲜血，敌人的要塞冒着黑烟，

阵亡的勇士们横躺在双方的仇恨之间。
阿廖沙的脑海中形成战斗的完整画面，
这画面使他在此时享受到喜悦的不安。
虽然他什么都已不记得，什么都恍惚，
但是他知道如何做一名优秀的指挥官。
他能做到的，是的，虽然他依然处于……
处于什么？处于一种手足无措的混乱？

阿古拉安排炮手们早早用餐早早休息，
“我会叫醒你们的，”他嗅着鼻烟说，
“我可不想再被老爷用鞭子指着骂。
上一次在土耳其，那个什么鬼村子，
竟然炸膛，把咱们的炮手炸飞一半。”

新月高悬中天，透过雾气隐约地闪现。
人的呻吟牲口的叫声缭绕沉寂的雪原。
一跳一跳的火苗映着策凌冷峻的侧脸，
这年轻的将领沉浸在往事的回忆里面。
“我是牧人的儿子，幸亏蒙佛祖垂怜，
用智慧和慈爱贯通我的全身。十岁时，
那天我照料羊群，佛祖忽然向我显现
庄严的法相。一身黄袈裟站在镜子里，
眉目慈祥。四周一面一面弯曲的镜子，
无数法相扭曲。然后镜子齐刷刷破碎，
漫天碎片幻化为片片莲花雨。我哭着
跑回帐篷说不出话。父亲以为我受到
狼的袭击，抄刀冲出帐篷。只有草原。
他急急地询问我，我一句话也答不出。

自此我变成一个勇敢的孩子，再不会
恐惧和犹豫。您若是有胆量和我比试，
我一定会让您领教什么是真正的勇气。”
策凌讲第一句话时，阿廖沙就没听进去，
他半躺在阿古拉送来的褥子里。这褥子，
嚯，真叫阿廖沙体会到了什么叫作膻气。
他半躺在膻气的褥子里，高高抬起鼻孔，
使得他这姿势在策凌看来，像是在深思。
然后，他在“这一口没吸到膻气。糟糕，
这一口吸到了”的纠结里沉沉地睡去。

3

库拉金纳要塞就是一座天然的堡垒，
似一头猛兽盘踞在乌拉尔河的西岸，
在古堡的基础上扩建。城墙高又宽，
周长超过一俄里。要塞凭居的山脚，
一直伸到河边。墙内有宽阔的庭院，
登上塔楼，方圆几十俄里尽可一览。
南北的视野内一望平畴，旷野变成
敌人的死亡线。虽说它控制的河床
只是一小段，夏季恰形成一片浅滩，
把萨拉托夫到奥伦堡的路两头相连。

巴木巴尔在最东边的铜炮旁下马。
一名炮手本来围着大炮忙来忙去，
见长官到来，赶紧挺直胸膛敬礼。
巴木巴尔端详着面前的四门大炮，

对赶来的策凌说道："计划有变。"
他抬头望望对面的要塞，继续道：
"咱们原本计划是围城不是攻城，
能渡过乌拉尔河就算成功。后面，
得拔掉两个据点，再渡过恩巴河，
然后，到达奥琴峡谷。可是现在，
汗王担心列昂尼德突围后去增援，
咱们就会因自己的软弱招来麻烦。
人畜应该明天早上全部渡过河去，
所以，今天破城，一个活口不剩。"

"阿古拉！"策凌冲忙碌的司炮高喊。
阿古拉揣起鼻烟壶，小碎步地跑过来。
"老爷。"阿古拉挺直腰板举手敬礼。
"四门炮全开的话，多久能轰开口子？"
"炮弹喂饱他们，什么口子不口子的，
估摸要塞的哥萨克好汉没一个还能站。"
策凌和巴木巴尔相视一笑，命令道：
"零点开火，决不能让敌人睡得踏实。
早饭后攻城，你要保证轰开一个口子。"
"好的老爷，我把炮弹都喂给他们。"
"记住，今天破城。"巴木巴尔上马，
拨转马头，问道，"我看见那位准将，
他跑来这里做什么？不会是作诗吧？"
"可能吧，他已经害死了一匹战马。"
巴木巴尔闻言朗声大笑，策马而去。

"您是上流社会，会说俄国话写俄国字。"

策凌透过跳跃的火苗崇敬地望着阿廖沙。
什么准将，这浪荡子就是木桩上的乌龟，
要不是他的刁钻泼辣难缠的老娘贾恩夫人
改信东正教，被女皇拿来对付渥巴锡汗，
就不会被授予什么敦杜公爵的贵族头衔，
也就没有眼前这个套娃陆军准将阿廖沙。
策凌盘算着，脸上的微笑始终温暖和善。
这小子一副忍辱负重和我不在乎的德行，
真的像渥巴锡那样有度量还是装傻充愣？
我考考他，问一件他没听过的稀罕事儿。

“我出生七天，喇嘛送给爹娘六个字，
火如何，水如何。说这就是我的命运。
二十六年来，从来没有人能参破这句话，
您给分别一下，这六个字到底啥意思啊？”
策凌笑了笑，笑容还是那样的温暖和善。
阿廖沙瞄策凌一眼，嘴角堆起一丝笑颜。
这个无衔军官比马弁强不了多少，不过
他是唯一不让我难堪的鞑靼，没有一点
嘲笑的意思。我就赏你一个巴结的机缘。
“火如何，水如何？”阿廖沙喃喃念道，
想说这是个问句啊还是个结论啊，可是，
既然策凌已经称赞他是高级人物在先，
他就不能再说低级的话。“好的将军，”
阿廖沙郑重其事地说，“我默记在心，
不会当儿戏，这六个字确实事关将来。”
阿廖沙注视着策凌，重重地点了点头。

朝鲁开第一炮时，天像墨色的大海。
敌人开炮还击，好像找准了着弹点。
炮弹落在朝鲁的右上方，轰的一声，
炮手们本能地低头。朝鲁感觉腹部
像是被谁猛踹一脚，连退几步倒地；
还未捂住伤口，热血就从下腹窜出。
他先爬起来双膝跪倒，再仰卧倒地，
一喘气，血就从嘴里咕嘟嘟往外冒。

“别愣着，快过来！”阿古拉招呼
其他的炮手，“不要停，继续开火，
继续开火，瞄准城门，天亮时破城。”
他单膝跪地，指挥着另外两个炮手
抓住朝鲁的肩和腿。朝鲁呻吟起来，
炮手们互相看了一眼，又把他放下。
“抬起来！”阿古拉喊，“靠着树。”
炮手们抬起朝鲁，往阵地后转移，
一边哭泣，先是啜泣，后是号哭。
“哭什么？傻瓜，下一个就是你！”
阿古拉在衣襟上擦擦满是血的手，
气呼呼地吼道。他们把朝鲁靠着树，
朝鲁的头歪向一边，血不再喷涌，
而是像经年的泉眼，缓缓地流出。
炮弹仍然迅速而冷酷地飞来飞去。

拂晓前，策凌命令骑兵整装待命。
这时，敌人还击的炮声变得零星。
“哥萨克没炮弹了，听我的命令，

集中火力，炮轰城门正上方的垛城。"
四门火炮轰不停，炮弹好似会钻洞，
雉堞从上往下撕开一道深深的裂缝，
十多俄尺又长又深的裂缝。这裂缝，
像自残的手，撕开嘴直撕裂到胸口。
墙体变形，城门变形，门板也变形。

阿廖沙揉揉眼睛，为看得更真更清。
那条深深的裂缝果真撕裂了城门洞。
敌人像从坍塌的蜂巢中逃出的狂蜂，
跌跌撞撞冲出燃烧的大门。硝烟中，
有的徒手冲出，有的持火枪和长刀。
"干掉哥萨克，别放空，一个不剩！"
密集的子弹扑向敌人，人和马倒地，
层层堆积在城门附近。后面冲出的，
踩着死尸和伤兵前拥，哀号声阵阵。
倒地的人扭在一起，只听见咒骂声
和枪声、哭声、惨叫声，纠缠不清。

策凌下令冲锋，阿廖沙抢到一匹马。
"嚼子松着点，别动不动就紧缰绳。"
阿古拉冲着阿廖沙的背影连声叮咛。
敌人有的冲锋，有的逃向山后的林中，
各自胡乱地朝不同的方向仓皇逃命。
此时，一骑为首突围，一队骑兵跟从。
一个红脸的哥萨克挥舞着长刀充先锋。
为首之敌戴土耳其帽，红胡子乱蓬蓬，
一边疾驰，一边挥舞着短枪连声狂吼：

“渥巴锡，女皇料到你们一定会逃走，
你这头戴枷的狮子必葬在奥琴峡谷里！”
随之一排子弹打来，战士们急忙低头。
子弹嗖嗖飞过，有的啪嚓打中了什么。
那汉子像匹驾辕的马，载着重物乱冲，
率领一队骑兵奔西南而去，烟尘升腾。

“追上去，追着后面打，不要近攻。”
策凌命令身旁的士兵，“列昂尼德，
我看他带走的人马约莫有一半之多。
追上去，追着他打，消耗他的骑兵。”
策凌驱马上前，阿廖沙挥鞭紧紧跟从。
突然，阿廖沙听见庄严又激进的乐声。
这意外闯入他头脑的乐曲如此新颖。
越来越动听，从一种转成好几种合成，
演奏的这是什么曲子？各种乐器奏鸣，
有的像提琴，有的像小号，或马头琴，
比提琴和小号更好听，音色更加纯净。
乐器各奏各的，还没有结束一个音程，
就开始演奏下一段和鸣。其他的乐器
加入进来，所有的乐器齐鸣，时而像
庄严的圣乐，时而像欢快简洁的童声；
或是雄浑的冲锋，又或是悲壮的牺牲。
一齐奏响后再分开，再起和声。突然，
阿廖沙看到子弹射进一个敌兵的后背，
那敌兵向左一歪，却从右面栽下马来。
阿廖沙驱马到跟前，吁住马低头查看，
一刹那，他俩惊慌地打量对方的面孔，

不明白该做什么，也不知道如何行动。

“我的准将大人，可没工夫诵念佛经。
咱们得赶去前面，前方还有两个据点，
卡尔维克夫和索罗奇科夫共两个据点，
马尔哈什哈正在攻打，我没猜错的话，
说不定他还没建功。走吧，准将大人，
那里的哥萨克没准比这个俘虏耐看点。”
策凌说完，冲身后两个战士高声命令，
“江基尔·巴图和扎瓦·巴图兄弟，
你俩跟我前去支援马尔哈什哈将军。”
策凌说完催马疾驰，阿廖沙赶紧跟上。
江基尔撮起嘴唇，打了个尖利的呼哨，
然后纵马疾驰，五百多勇士呼啸跟从。
库拉金纳要塞里火光冲天，浓烟蒸腾，
哭声、惨叫声和尖利的枪声渐渐零星。

4

果不出策凌所料，马尔哈什哈的部下
正围着哥萨克的据点叫骂。哥萨克人
躲在射击孔后面，不时对靠近的战士
放几个冷枪。此时，天光已经大亮。

“这些哥萨克全是乌拉尔河的老邻居，
平日嘴上说维持治安，其实他们就是
如假包换的匪徒。”马尔哈什哈指着
战士们围攻的据点说道，“准将大人，

您怎么亲临战阵？哥萨克喜欢敲军官。”
阿廖沙想问“敲”什么，还没开口，
策凌接过话头：“我去敲下一个据点，
你的兄弟够吗？要不要分你百十号人？”
“你瞧，据点里的敌人也就是百十号，
咱们二百来人围着打，他们哪里逃命？”
“你俩，”策凌对巴图兄弟说，“留下，
帮助马尔哈什哈将军敲掉这个据点。
其他兄弟，”他举起枪，“弟兄们，
咱们去敲下一个，什么索罗奇科夫，
管他什么科不科夫，咱们去敲掉它。”
战士们闻听，发出“哦哦”的欢呼。

“将军，”江基尔对马尔哈什哈说道，
“我得向您炫耀敲土耳其据点的经验：
请拨给我二十人，伐倒二三十棵桦树。
分拣树枝树干，树干斜靠在据点外墙，
树枝严严实实铺在树干上，只管放火。
不消一两个钟头，据点里比火盆还烫。
兄弟们只要围着据点巡逻，跳出一个
就烧烤一个，跳下来两个就烧烤一双，
烤不透的他也跑不脱，那可真叫解馋。”

“没斧子啊，”马尔哈什哈咧嘴笑道，
“牙，让我看看你的牙，能啃倒几棵？”
“将军，您猜猜我们兄弟俩带了多少？”
江基尔侧过身去拍拍马鞍后面的褡裢。
“将军，咱不为杀人，咱为自己活着。”

弟弟扎瓦说话的声音像小心翼翼的仆人。
“好样的。”马尔哈什哈说着打个呼哨，
围着据点的战士们迅速后撤，“你来挑。”
江基尔点出六七个战士，指着桦树林说：
“走吧，一人一把斧头，树枝树干分拣。”

望着江基尔兄弟打马而去，马尔哈什哈
冲阿廖沙说道：“准将大人，这太危险，
您总是亲临前线吗？您的随从呢？伊凡，
您的仆人是叫伊凡吧？为什么没跟来？
您和策凌将军是从库拉金纳要塞赶来？
策凌将军搞到多少宝贝？是不是很肥？”
阿廖沙没听明白：“什么好东西很肥？”
马尔哈什哈笑道：“库拉金纳要塞。”
阿廖沙还是不明白，问：“什么很肥？”
马尔哈什哈笑道：“没什么大人。那么，
有没有全歼要塞的哥萨克？漏掉多少？”
阿廖沙考虑下，想从昨天的炮声讲起，
来回答这么多问题。“嗯，那俄国佬，
就是俘虏杜丁大尉，本来归我负责。
可是在库拉金纳要塞，阵阵的炮声，
唤醒我内心的责任。我把杜丁大尉
交给腾格尔，命他严加看管，然后，
我只身一人来到阵前。”他挺直脊梁，
“策凌将军和你一样吃惊，也劝我
不要临阵指挥，但是你知道，军人……”
阿廖沙看到马尔哈什哈盯着战士们，
战士们正在把小腿般的树干斜放着，

斜靠着据点的外墙，树枝笼在其上。
哥萨克不时从瞭望孔探出脑袋察看，
战士们一阵乱枪，敌人忙缩回头去。

“嗯，我参与了库拉金纳要塞之战，
应该说，主要是策凌将军临阵指挥。
战士们跟他熟，习惯他的指挥风格。”
阿廖沙一面说着，一面观察着据点。
一层层树枝把据点层层包裹。点火，
火势借助西北风，噼噼啪啪地爆响，
火苗狂舞，舔舐着外墙，不消片刻，
漫天火光，亮如白昼，外墙已通红，
远远看，整个据点红得像个铁炭桶。
战士们立马观看，雪原上一片寂静，
只有呼呼的风声，吹送噼噼啪啪的
柴火爆裂的动静。大家耐心地等待，
耐心等待第一个从据点里跳下来的，
第一个跳入烈焰中的绝望的哥萨克。

“后来，列昂尼德带领着一半人马
逃出要塞。战士们追着打了一阵。”
阿廖沙心不在焉，盯着红彤彤的据点。

第一个，第一个哥萨克终于跳下来，
只是没有阿廖沙想象中的惨叫声声。
那人站上据点的垛墙，火枪扔下来，
然后就纵身一跃，从十米高的顶楼，
一跃而下栽入火中，激起的碎火星

旋即被浓浓烈焰吞没。战士们上前，
绕着火堆察看，没有人能挣扎逃脱。
熊熊烈焰丝毫不为所动，烧得更猛。

“将军，”江基尔纵马来到他俩跟前，
“好兴致就查数，没兴致就命令补枪，
我俩去索罗奇科夫帮策凌将军放火。”
江基尔和扎瓦没有等马尔哈什哈命令，
拨马便走，忽地勒马回身说：“将军，
不用补枪，省颗子弹，神仙也逃不脱。”

马尔哈什哈闻言和阿廖沙相视而笑：
“这兄弟俩，真是有胆量更会计算。”
马尔哈什哈话锋一转：“准将大人，
刚才您说和杜丁大尉为伴，那军官，
我和色克色那亲手逮住他，当时情景，
有没有对您讲过？”阿廖沙摇摇头。
马尔哈什哈望着红彤彤的据点，此时，
又有哥萨克从顶楼跳下，有的头朝下，
一头扎入熊熊烈焰；有的直挺挺站立，
双臂伸展念念有词，直挺挺跳入火中。

“我们一大早赶到杜丁大尉的驻地，
按照咱们蒙古人的习惯，那个时辰，
那时辰是打开羊圈点算羊群的时候。”
响起一阵枪声，从据点里射出子弹，
战士们举枪瞄准还击，不着急躲闪，
马尔哈什哈的神色平静，继续说道，

“我和色克色那并驾齐驱直奔营盘，
俄国守卫从木头岗亭里探出来脑袋，
不探出头来，一刀削掉还真不方便。
我夹一下马，冲在前面。没等卫兵，
没等那个懵懵懂懂的小伙子愣过神，
我的长刀已经划过他的脖子，脑袋，
在马蹄下咕噜噜地滚出去好远，
好几个马身，才正脸朝上不再翻滚。
‘下一个是我的。’色克色那喊着，
打马超过我。正在这时，杜丁大尉，
我认识他，他不认识我这无名小辈，
杜丁大尉从营房出来，右手食指上，
你知道，你们高级人物爱用的牙粉，
他的右手食指沾着一撮白白的牙粉，
走出房门，站在门廊下，准备洗牙，
看到我们冲过来，他当时就愣了神。
他上身没穿外套，只穿着一件衬衣，
下身笔挺的军裤，脚上的皮靴锃亮。
色克色那冲到他的跟前，左手握刀，
唰一下片过去。我猜呢，色克色那
一瞬间想起了命令：活捉杜丁大尉。
手一抬，刀锋削过杜丁大尉的脑袋，
一绺头发，一绺头发飞起来。头发，
飘飘地落在杜丁大尉的右手食指上，
轻轻搭在那里，压住了那一撮牙粉。”

马尔哈什哈望着红彤彤的据点，此时，
更多哥萨克从顶楼跳下，有的头朝下，

一头扎入熊熊烈焰；有的朝战士开枪，
然后扔掉枪支，双臂抱着身体，或者，
直挺挺地站立着双臂伸展，念念有词，
跳入熊熊火海，腾起一股碎碎的火星。
“杜丁大尉不像其他俄国佬，怎么说？
打扫战场，收兵回营时，他端坐马上，
双手捆在身后，看着横七竖八的尸首，
流下泪水。头一回见，一个俄国军官，
看到自己部下横尸荒野，竟然会流泪。”

阿廖沙没接茬，若有所思地盯着据点。
据点像烈焰中的一节锡块，慢慢熔化。
战士们还在往火堆里添加干柴，只是
烈焰逼人，无法靠近，只能投些枝干。
又有几个哥萨克从顶楼上跳入烈焰，
此时阿廖沙心不在焉，不知思想什么。
“策凌将军应该比咱顺利，那个什么，
什么索罗奇科夫据点，估计已经敲掉。”
马尔哈什哈说着，慢悠悠打了个哈欠。

5

“从库拉金纳要塞逃走的那个头头，
想来你一定认识吧，他叫什么来着？
俘虏说他大大有名，算是个狠角色。”
色克色那的口气像询问，不像审问。
他盯着杜丁大尉，想着若这俄国佬
不肯老老实实回答，就赏他一鞭子。

杜丁大尉抬起头，深深地吸一口气，
重重呼出，两手来回搓几下，答道：
“每个时代都有固守自己方式的人，
可以称之为蠢人，也可以称之为隐士。”
他说话时语气虽平静，神色却凝重。
像担心色克色那听不明白发生误会，
瞟一眼色克色那，换轻松的语调说：
“他杀的人太多，像恶魔不像个军人。
身上有股怪味道，鹰都不敢正眼瞧他。
圣彼得堡的军官们聚会，大家玩赛马，
哥萨克人同诺盖人竞争，晚上聚餐，
畅饮到深夜时分，列昂尼德才现身。
身材魁梧，蓬松的浅红色络腮胡子，
红翻领的蓝呢上衣，系着根白腰带，
肥大的白灯笼裤，皮靴总是锃亮如新。
他走到大伙跟前，不慌不忙推一下帽子，
沉着而幽默：‘谁在军营里大名鼎鼎？
姑娘们最爱的是谁？谁的马总跑第一？
当然是列昂尼德，他才是头号的骑士。’
大家哄堂大笑，气氛变得热烈而亲昵。

“目光干净，常含着一丝笑意，刻意回避
跟军官们交际，也不过糜烂浮夸的日子。
在要塞里，不论士官生或者军官，总是
喝喝黑啤酒玩玩纸牌，吹嘘获得的荣誉。
他从不掺和这些，满腔效忠，一味耿直。

“那次在土耳其的前线，他再次身先士卒。

骑兵踏着累累尸首向前冲，一小时之内，
敌军的五条战壕失守。一部分敌人官兵
站在齐腰深的水中，喊着：‘投降！饶命！’
这时，流弹打穿了他的左臂，血流不停。
列昂尼德将那只袖子翻起来，大声呼喊：
‘医护兵，上帝保佑，早包扎，早救命！’
医护兵赶来为他简单止血，他吊着绷带，
举着马刀继续冲锋，众将士们备受感动。
俄军和盟军作战三昼夜，消灭敌军精锐，
敌人五千名官兵中只有七百人逃回大营。
君士坦丁堡大为震惊，十一名长官被斩，
脑袋都摆在宫殿门口示众，直到臭烘烘。

“你说他去增援奥琴峡谷，可不是好兆头。
他一定会把在库拉金纳吃的亏如数找补。”

“我们才不管他找不找补，我们还打算
把这几年吃的亏全找补呢。谁挡着咱们，
咱就灭谁。杜丁大尉，聊聊您自个儿呗，
我们这些粗人最喜欢听倒霉蛋儿的故事。”
色克色那和卫兵们挤眉弄眼，高声哄笑。
“这不可耻，谁不喜欢看别人倒霉呢？
只不过我的故事有点曲折，一开始呢，
都是你们没有经验的背景。倒霉的事，
可能要挨到后半夜时才会一一发生。”
“不着急，天明发生我们也乐意等。”
色克色那和卫兵们又哄的一声笑起。

杜丁大尉望着篝火，似在斟酌词语。
火光映照下，神色显得比白日轻松。
“我生在崇尚美德和笃信宗教之家，
和各位的家庭也没什么不同，对吧？
童年受教义熏陶，少年在乡村度过，
寂静的环境中读书和诵经。说实话，
这些呢或许和各位的经历不大相同。
无忧无虑，心灵宁静，是我的禀性。
五年前，我以优异成绩毕业于军校，
我一直厌倦这个社会的浮华和躁动。
不佩剑不穿丝袜不戴金饰，行李箱
只有两套军服。世俗更不理解的是，
我为什么摒弃一切世人艳羡的名利。
孑然一身，既无亲朋，更没有兄弟，
也无倾心交谈之士。同侪串通一气，
排挤我于斗室。尽管他们种种下作，
我却享受这种敌意。我究竟为什么
来到人世，难道不为经历凡尘俗世？

“我被派驻到你们土尔扈特汗国之前，
曾经偷偷地割腕自杀。躺在浴缸里，
看鲜血如蛇游窜，看绝望四处逃逸。
安详啊美妙啊。妻子发现时的尖叫，
把我从冰冷的绝望拽回冰冷的现实。
这事传遍了圣彼得堡，愈传愈离奇，
添枝加叶篡改得好像一桩桃色经历。

“‘小牛虻，叫杜丁，杜丁是个酒大尉。’

军官们唱着歌奚落我。不料教员听到，
称赞编排得押韵。‘小牛虻，叫杜丁，
杜丁是个酒大尉，自杀之日要大醉。’
其实，我的妻子是正派人家的正经女子，
受过良好的家庭教育，绝无不忠的嫌疑。
我初次吻她，她的唇上似有杜松子酒气，
那迷人的味道！从此我再不吻其他女子。

“我成了朋友嘲讽的对象。我曾经奢望：
他们给我一份友谊，我就用双倍回报。
而今我只感受到他们发自内心的妒忌。
我还能不能保持着虔信和坚贞的品质？
我被不堪的生活弄得已然这般神经质，
不得不装作若无其事，等待风狂雨急。
我希望能够藏身于避风港，就此隐匿。
若我是神的选民，就应当能理解神谕：
你爱你的人民，但是他们根本不爱你。
残暴而凶狠，既阴险歹毒又忘恩负义，
就是一群心肠冷酷的坏人，是诽谤者，
是蠢货是奴隶，行事的标准只有恶习。”

杜丁大尉说完稍稍停顿，众人不作声，
回味着话中深意。这时一骑飞驰而来，
高喊着“汗王令”，到跟前勒住战马。
色克色那上前抓住缰绳，说：“何事？”
“快，哥萨克劫持了曼德莱汗后和王子。”
查干的喉结上下滚动，战马呼呼喘气。
色克色那弯腰抓起地上的长刀，命令：

“我回来时，你老老实实地待在原地。”
杜丁大尉似乎没听到色克色那的话语，
继续说道：“但愿这趟旅行不会结束，
永没有终点。要么，当你们到达伊犁，
请允我单独离去，我要独自征服自己，
回头重走一次，直到独自在途中倒毙。”

色克色那跃上战马，喊道：“随我来，
仁慈的曼德莱汗后和王子被哥萨克劫持！”
众卫士纷纷上马，随色克色那驰骋而去。
“坏心思的人说不出这种干净的话语，”
顶风疾驰的色克色那忽然间自言自语，
“看来，这杜丁大尉算坏人中的好人。”
他回头扫一眼跟随的众勇士，高喊道：
“都用刀，不要伤到汗后和小王子。”

阿廖沙目送色克色那消失在夜色里，
失落地凝望着篝火，像是喃喃自语：
“他们该先报告我，请求我来处置，
毕竟我是陆军准将；论权力论能力，
也配得上扎尔固里一个尊贵的议席。”
杜丁大尉盯着阿廖沙，一侧嘴角翘起。
阿廖沙不理会杜丁大尉的神色，说道：
“您有白人对土尔扈特人共通的蔑视，
说厌恶也行。我猜对了吧，杜丁大尉？
求学时我喜欢徘徊在涅瓦河的夜色里，
波希米亚人意大利人，波兰人犹太人，
人头攒动。一眼望去，各式样的斗篷

和各款帽子。洗衣妇在岸边浣洗不止，
街道坑洼不平，积水黄绿，比蝰蛇皮
还要多彩多姿。船夫们在码头忙碌着。
腥臭的菜市场中心立着个冰冷的绞架。
我感受到生活，异于追逐水草的放牧。

“我的确喜欢她，她用战争，她用荣誉，
用死亡的严酷催生俄罗斯的盎然生机。”
阿廖沙的神情像是背着卸不掉的担子，
“被封为准将以后，我的家门庭若市。
我们不该离开，离开这文明卓越之地。
两层砖房蒙古人都垒不起，难道不是？
瞧，我们这些游荡在草原上的野蛮人，
为什么不能定居在富饶的伏尔加河畔？
用煤和木材取暖，种田和打鱼，还有，
俄罗斯的寒冷难道对健康毫无裨益？
长夜渐渐迫近，我们究竟要飘向哪里？
命运的洪流不该是这样，我想要回去。”

“朋友，看来你不了解女皇的真面目。
一条美丽的毒蛇，你被她的纹饰吸引，
没见过嗞嗞作响的蛇芯子。告诉你吧，
不管什么人，无论斯拉夫人或哥萨克人，
波兰人或芬兰人，还是你们土尔扈特人，
自由只能用鲜血来换取，这就是真理。”
面庞闪烁着红光，杜丁大尉缓缓说道，
“我这个俄国佬劝告你，不觉得滑稽？
你认识不到帝国本质，只是因为私利。

“我曾经如你，内心充满对女皇的渴慕。
一夜霜冻之后，白昼的天气渐渐明朗。
阳光灿烂，就是那种天高气爽的秋日。
参加完战斗的官兵传递着胜利的讯息。
女皇，女皇！龙骑兵忽然传来一阵欢呼。
众人手忙脚乱，我看见渐渐驰近的礼仪。
大家呆在原地，我不记得怎样跨上马去。
沮丧失败的情绪霎时消失，自私的想法
转瞬即逝，因为女皇驾临而产生的幸福
几乎把我吞噬。我觉得浪费的所有幸福，
因女皇的驾临而获得弥补，翻倍的幸福。
嘚嘚的马蹄声渐驰渐近，我的四周竟
突然更加亮堂堂，更加带有暖和的春意。
我被光芒笼罩住，我听到了女皇的问候。
既温和又平静、庄严又纯朴的天籁。
女皇走到我近身处停住脚步，她的气色
真精彩，神圣的面庞焕发着圣母的光彩！
纯洁无瑕的光辉！她的目光检阅着勇士。
女皇的目光和我的目光相遇，啊，上帝！
深蓝色的眼睛！深蓝，啊，女皇，上帝！

“女皇驯马不见得在行，驯人可有一套。
表面上谦逊和气，那是因为她还没有
有求于你。当她开口索要你的小命时，
你能否双手献上？哼，一旦索要不成，
女皇马上变脸为粗野残忍。‘我问你，’
马鞭往下一劈，厉声呵斥道，‘你说，

如果这世上只有自私的懦夫、阴谋家、
道德家和蟊贼，那帝王应该如何自处？’

“她不是伟大的立法者，她就是另一个
藏身神像后面的暴君。奴隶、无产者
和失败者没有找到神，却找到了屠夫。
他们认定的君主，其实屠夫把这些人
当成猪。除了饲料和刀，她没带礼物。
不过她也是奴隶，被贪念和虚荣驱使。
她冠冕堂皇她口是心非她也招摇过市，
眼泪和欢笑一样，统统都是逢场作戏。

“凡享盛誉的都灭亡，历来谁不如此？
涅瓦河的叹息盘旋在圣彼得堡上空，
飘浮，跳跃，回旋，扩散到无极。唉，
叹息，俄罗斯的叹息，轮回何时休止？”

“你知道吗？杜丁大尉，我的准将衔，
是女皇委派枢密官亲手授予。枢密官，
那种风度，那种气派，你无法想象，
他的宴会会聚半个圣彼得堡的达官贵人。
当你初次见到他时，你会望而却步，
但是当你了解他以后，又如沐春风。”
阿廖沙希望杜丁大尉能接茬讲下去，
杜丁大尉却意兴阑珊，陷入了沉思。
阿廖沙望着篝火摇摇头，闭上了嘴。

6

在母后的帐篷里，渥巴锡凝望着炭火。
“我觉得自己是一只天鹅，久久盘旋，
我在圣彼得堡上空盘旋过，久久盘旋。
熟悉那藏污纳垢的和钩心斗角的府邸，
那么斑驳，那么萧索，我下决心离开。
虽迢迢万里，前路凶险，也不足挂齿。
我一来担心自己的能力，怕连累族人；
二来不确定是否天命所系。倘若我们
历经艰难险阻回归祖地，而乾隆皇帝
忌惮准噶尔部旧事，无端猜忌，致使
君臣生隙，不愿接纳或草草安置族人，
我渥巴锡将成为千古罪人，罪业罔替。”
渥巴锡说完深深吸一口气，缓缓吐出。

“儿啊，人活天地间，凭真心立世。
无论多少灾难，一心为公而不藏私，
众人自然看得过去。想你父汗当日，
仓促离世，手足无措多亏喇嘛护持。
灯火香烛准备完毕，侍女忽然惊呼，
汗王的眼睛睁开了！阿妈当时壮胆，
将你父汗斜抱怀里，果然眼睛睁开，
不但眼睛张开，面容也焕发出光彩，
仿佛生命的力量打通了淤堵的血脉。
只是眼睛已经眼神涣散，虽然放射
不可形容的辉光，也只是灵光一闪。”

"母后，你忽然提起父汗离世之时，
让儿子不由得心酸。儿子记得那日，
跪在父汗身旁，亲眼得见凄惨景象，
亲眼见到死亡的黑影无情覆盖父汗。
父汗呼出的最后一口气似泡影破裂，
随着啪的一响，儿子掉进万丈深渊。"

"儿啊，形势紧迫，阿妈提起这事
乃是意有所想，心有所念，不愿意
看你事到临头，还没有决胜的先机。
儿啊，阿妈告诉你桩秘密，形势紧急，
原想着咱们母子平安抵达伊犁时再说，
没有旅途的担忧，心情自然安稳许多。"
母后摆手示意侍女退出帐篷，继续说，
"儿啊，天下传说成吉思汗的丰功伟绩，
以为他靠着一己之力和一帮同心的兄弟
横扫草原，建立偌大的帝国，却不知道
其中奥秘。贝加尔湖畔，杭爱山的北端，
一片沙漠从不积雪，一年四季金光灿灿，
像泼洒在地的晚霞永不暗淡。一种蚂蚁，
个头比狗小比狐狸大，没人知道它叫啥，
更不敢近前。蚂蚁齿坚爪利，嚼铁如泥。
挖掘四通八达的地道，凿出层层地下室。
蚂蚁们分工细致明确，兵蚁呢保卫蚁后，
工蚁呢专司建造和挖掘，乳蚁哺育幼蚁，
匠蚁冶炼和锻造器具。蚂蚁不懂得挖矿，
只是吞下沙子，排出金砂，而后用金砂
锻炼它们合用的器具。蚁后不停地繁育，

生育出无数的子嗣，确保种族繁衍不息。

“那一年，成吉思汗报仇心切独闯虎穴，
将毒死父亲的仇家敖日古拉一家杀死。
成吉思汗被塔塔尔人追杀，孤身一人
向北逃去，不料在茫茫沙漠迷失道路。
饥渴难耐之时，发现一座高大的蚁丘，
他猜想蚁丘里面必然储存着水和粮食。
成吉思汗于是奋力挖掘，惊动了兵蚁。
兵蚁冲出蚁穴，与成吉思汗打在一起。
好汉难敌群狼，何况狐狸大小的群蚁。
兵蚁将成吉思汗拖进洞，打算割而食之。
所幸蚁后感觉此事蹊跷，因为千百年来
无人胆敢袭击蚂蚁。蚁后见到成吉思汗，
看透他将来的时日，发觉他是天选之子，
思量与成吉思汗达成协议。蚁后对他说：
‘不经历恐惧，任何生命都无法重生。
除非获得重生，不然你就是灰就是土。’
然后，蚁后赠送给成吉思汗黄金面具，
神奇的黄金面具可以召唤出幽冥战士，
就是那牺牲的勇士。勇士驾驭幽冥战马，
闪耀着蓝色磷火，纵横驰骋，所向披靡，
不止不息。只在第一道曙光照耀大地时，
军团才悄然隐去，不留一丝一毫的痕迹。

“成吉思汗虽是天之骄子，见到蚂蚁说话，
也是万分惊惧。当他得知蚁后放他生还，
并赠予他战无不胜天下无敌的黄金面具，

自然喜不自持。他答应将沙漠划为禁区，
不做猎场不传儿孙也不赐给部下做采邑。

“不久以后，成吉思汗团结各个部落，
凡是与他为敌的，都在夜间被荡涤。
因为，黄金面具召唤来的幽冥战士
和高大如象的战马，无法得见白日。
征服环伺的强敌，成吉思汗统一蒙古。
他与卫拉特人的先祖王罕拜为义父子，
他们俩虽说是异姓父子，却心同一理。
成吉思汗担心百年后，儿子争权夺利，
若贪图私利，伤害义父的性命，岂非
毁掉大汗一生的信义？他在临终之时，
将这黄金面具赠予义父王罕，对他说：
‘危难时你念动咒语，召唤出幽冥战士，
可解任何危急。’王罕接受大汗的馈赠。
五百五十年过去，黄金面具辗转传到
你父汗的手里。这面具啊，金光熠熠。
你父汗临终前交给我，那时你刚成年，
匆匆继承汗王的权力。今天，儿啊，
阿妈就把黄金面具传给你，只是呢，
阿妈不知咒语，不知召唤战士的咒语，
只因你父汗仓促离世，未将咒语告知。”
母后说完，从枕头边拿过一只小匣子，
放在面前，不急于打开而是闭目沉思。

绛色的小木匣，存放一支土耳其手枪
和一柄匕首，一个金线织的丝绒袋子，

里面装着未完的针线活计。几样物件，
始终伴随着母后，仿佛她一生的积蓄。
母后睁开眼来，将小木匣递给渥巴锡。
小木匣并无什么特别之处，大小恰如
成年人的头颅，盒盖镶嵌着三道金丝。
打开盖子，黄金面具静卧于丝绒衬底。
蜡烛和炭火辉映，流光溢彩越发神秘。
鼻梁挺直，眼孔似寒星，杳渺的神情。
凝视着深邃的眼孔，渥巴锡仿佛置身
纯净的寂静的夜空，或明或暗的星星，
环绕自己转动，从左往右旋转个不停。

“儿啊，阿妈今天把黄金面具传给你，
只是阿妈不知咒语，召唤战士的咒语，
当日你父汗仓促离世，未将咒语告知。”
母后的脸色泛红，声调里饱含着歉意。
“天命驱使着我，奔向不可知的终局。
一旦抵达，我就变得不再是必不可替……”
渥巴锡还未说完，帐篷外的卫兵报告：
“报告汗王，后队遭到哥萨克人袭击，
汗后被劫持，色克色那已经率队赶去。”
渥巴锡闻言皱眉，将木匣交还给母后：
“母后，万里之行，常有轻重缓急。
面具您暂且收起，待儿子前去杀敌。”
母后将小匣子接过放在身边，说道：
“儿啊，哥萨克自会骑马就会杀人。
他们闯荡世界，好运之门从未开启，
却不怕死亡，性格暴烈，穷凶极恶。

你快去把他们消灭，救出你的妻子。”
渥巴锡走出大帐，在门口撞见王子。

7

“危险，你不能去，你没有作战的经验。
那木扎勒，你进去陪着祖母等我们回来。”
“不。”那木扎勒皱着眉，左手握缰绳，
右手握长刀，长刀长过他的臂膀。
“进去，不要让祖母因为你而身处险地。”
渥巴锡认镫抖动缰绳，纵马驰入风雪里。
那木扎勒泪水浸满双眼，目送父汗驰去。

渥巴锡原本猜测会更麻烦，恐慌的谣言
四处流传，说什么女皇的龙骑兵正追来，
大批俄军已经集结；还传说巴什基尔人
从四面八方包围，他们专吃小孩的脚趾。
不一会儿，渥巴锡与色克色那迎头相遇。
“汗，追回来二十辆大车，三辆弹药车，
草料车三十辆，具体的损失还没有核计。
缴获了十五匹哥萨克战马，您瞧这马鞍，
瞧这花饰。这帮哥萨克人想故技重施，
玩一次佯败战术，一见咱们就撒欢撤离。
这一套不管用了，咱们贴上去就开火。
他们只好溜掉，逃得快的保住了小命。”
色克色那示意车队速回营地，继续道，
“追击时，发现前方模模糊糊的影子。
显出大致样子，十多个骑兵戴着皮帽，

肩膀上斜勒着枪，手上还端着一杆枪。
这队人马不慢不急，马铃铛叮当作响。
咱们靠近时，他们没抵抗却纵马而去，
撇下汗后和小王子。我派人跟踪察看，
那些人兜兜转转，一直也没开枪还击，
最后消失在大雾里。弟兄们害怕埋伏，
保护着汗后和小王子迅速地撤退离去。”

渥巴锡策马到汗后帷车旁，尚未开言，
曼德莱汗后拉开帷帘，对渥巴锡说道：
“汗，一切有惊无险，不要责怪战士。
准备宿营时，哥萨克人悄悄地偷袭，
一个戴猞猁皮帽子的自称巴什基尔人，
骑一匹枣红马，说一口流利的俄语。”
曼德莱汗后神色平静，语调不高不低，
“他和帷车并驾齐驱，始终目不斜视，
嗓音有力。胡须浓密，剪得长短不齐，
冷静严肃的长脸黄又瘦，棱角有致。
他问谁是汗后，其其格紧搂着宝音，
说她是曼德莱汗后。男子微笑着摇头，
说女仆怎有汗后的气质？他向我致意，
称我为镇静的汗后，称宝音为小王子；
说久闻令名，不敢造次。他指挥车夫，
不让马跑快又不让太慢，好方便交谈。
他说，自由人不会把自由人掠作奴隶。
他问我，问我是否听说过黄金面具。
我回答说，从未听人说起。他不再问，
又说，彗星已经出现，经过什么星座。

又问，你们还有几峰白骆驼？我回答，
牲口的事你该问总管，白骆驼黄骆驼，
需要时尽可以买卖，何苦冒雪来抢夺？
他笑着吁住马车说，汗后，您的卫士
马上赶来，请不要惊慌失措下车藏躲，
以免受到牲口的踩踏和不必要的伤害。
这时，我听到有人呼喊，是色克色那，
心中镇定，知道咱们的勇士距离不远。
那人又说，后会有期。说罢打个呼哨，
一群人朝着天上放一排枪，纵马离去。”

“巴什基尔人？没有名字？黄金面具？
今晚母后刚同我讲起黄金面具的来历。
什么白骆驼黄骆驼？跟彗星什么瓜葛？”
渥巴锡自言自语，宝音从窗户探出脑袋。
渥巴锡问道：“宝音，你身上哪里痛啊？”
“哪儿也不痛。”宝音说完缩头躲回车里。

将近营地时，路边忽然闪出一个人影。
一个女人踉踉跄跄迎上前，伸出双手说：
“亲爱的老爷，救救我们，帮帮我们吧，
帮帮我们吧，”哀告着，“小卡尔梅克，
我的小卡尔梅克被抢走了。他总爱这样，”
女人说着揪住自己的上唇，“喏，这样。
女儿，没有救出来，烧死了，我的女儿。”

“其其格。”曼德莱汗后刚说出一句，
跟随在帷车后面的其其格立刻接茬道：

“她叫托雅，哥萨克人烧毁她家的勒勒车，
她只顾着救火，儿子跑丢了，我猜呢，
多半被哥萨克人劫了去。她的大女儿，
下半晌时我还见过，伸着小手跟着她，
脸冻得通红，脸上挂着两道冰坨鼻涕。”
“佛祖啊，”曼德莱汗后说，“快去，
我不需要人照顾，你领她到帐篷里去，
热水洗浴后换一身暖和衣服和新靴子。”

“抢出这么点东西，佛像和一床褥子，
剩下的烧光了。小卡尔梅克，佛祖啊，
我的心肝宝贝啊，烧死了，烧死了。”
小卡尔梅克的妈妈托雅裹紧身上的袍子，
白色的护耳帽下面露出干枯的灰发，
说话时喉咙呼哧呼哧得像母兽悲啼。

“其其格、乌兰，还有苏日格婶婶，
往后和托雅吃住在一起，互相照顾……”
曼德莱汗后未说完，只听有人呼喊。
“母后！”那木扎勒驰马来到跟前。
那木扎勒跳下马来，扒住帷车窗户。
宝音探出脑袋来问道：“什么奖励？”
那木扎勒举起个竹笛子一样的东西，
在宝音面前唰的一晃，藏在了背后。
“是什么？给我看看。”宝音伸手说。
“望远镜，看得老远老远可清可清。”
“我要看，怎么玩啊？快给我看看。”
“还能看清树上的鸟窝有几个鸟蛋。”

"给我，我要看，啊，快给我看看。"
宝音从车窗里伸出小手，连声叫喊。
"小心，别打碎镜片。""才不会。"
宝音把望远镜摁在眼睛上，再拿开，
再摁在眼睛上，再拿开，哇哇地叫着。
"现在不行，现在天黑，明天再看。
你学打呼哨吗？宝音你会打呼哨吗？"
那木扎勒鼓起腮，学猫头鹰那样鸣叫。
宝音兴奋起来，在褥子下自个儿耍起来，
把望远镜摁在眼上，再眯眼换另一端。
"一月，二月，望远镜，还有五月。"
他没有头绪地念叨着，咯咯地笑着。

渥巴锡打量着行进的车队，忽然问：
"马尔哈什哈呢？没和你们一起吗？
后队是归他保护的，他去了哪里？"

8

到冰上去，看着脚下，走冰厚的地方！
走到冰上去，干吗站住啊，往前走啊！
众人七嘴八舌地吆喝，不知谁催促谁。
太阳躲进了云层，乌云的边缘被照亮，
像流动的铜汁。薄冰下藏着许多空洞，
水在里面一涌一涌。用棍子捣捣冰面，
看结实不结实！众人七嘴八舌地吆喝，
话在风中时断时续。一辆大车的右轮
陷进破裂的冰层，车夫的腿卡进水中。

他想站稳，陷得更深，一个战士帮他
勒住了辕马。其他人警惕地护卫两翼，
队伍的中间是妇孺和左顾右盼的牲畜。

运载伤员的大车排成一队缓慢地前行，
车轮不争气地闹着要散架，嘎吱嘎吱。
人们摸索着前行，呼喊着妻儿和牲口。
晚霞渐渐暗淡，岸边的白杨栖着寒鸦。
刺骨的寒风裹挟着草料和牲口的气息。
薄冰在咔嚓作响，牲口喷出来的热气，
见凉风就消失。雪原上生起堆堆篝火，
杂物在火中噼噼啪啪，浓烟熏着眼睛。
大家急慌慌地用餐，战士们啃着奶酪，
不停跺脚，雾浓到十步外啥也看不清。
“你瞧，巴木巴尔老爷的牧户过去了，
他们是殿后的。”有人嚼着肉干说道。
“快看，西北方刮来好大好大的黑风。”
有人指向不远处，忘记嚼口中的食物。
“佛祖啊，不是风，是哥萨克的披风！”
“拿枪，拿枪，上马！”“快发信号！”

哥萨克骑兵突进土尔扈特人的队伍之中。
每排三十人，头戴圆帽，身披黑色披风，
高举马刀，斜挎火枪，数千匹战马驰骋，
数千把刀舞动。刀长约一臂，精钢锻成。
刀尖冰冷，厚背宽锋，鹰头柄包着熟铜，
在漫长的牧民和牲畜的队伍里直撞横冲。
他们不需要女皇的命令，也不等龙骑兵，

如此丰盛的礼物！他们个个眼睛发红。
“伙计们，发财的机会来了，发财了！
把无路可走的土尔扈特人杀光抢光！”
听到叫喊声，手无寸铁的牧民奔走逃生。
哥萨克肆意追杀，夺走财物和性命。

右翼的勇士们从惊慌中醒来迎战敌兵。
勇士们哪里有时间第二次装填上子弹，
干脆把火枪甩在背上，抽出长刀搏命。
哥萨克的后队正在源源不断赶来接应，
好像整片雪原早已扎满哥萨克的连营。
哥萨克从四面八方向老弱妇孺们冲锋，
挥舞着马刀砍杀无处藏身的妇女孩童。
星月微茫，黑影幢幢，杀声和惨叫声，
兵器相碰相激声此起彼伏，天摇地动。
泥地里雪地里到处是横七竖八的尸体，
四面八方，厮杀得愈加凶猛。每一处，
喊杀声声，似乎漫野都是哥萨克骑兵。
战马奔腾，马刀闪光舞动，铿锵撞碰，
头颅和残肢在马蹄的践踏下四处滚动，
一片片热血泼洒，迅速地凝固和冰冻。

哥萨克驱马在战场之上反复冲锋，
能爬动的一刀砍下脑袋，不动弹的
就在胸口戳上一刀。每具尸体旁边，
白茫茫的雪上都有一摊血迹红彤彤。

遍野血腥。哨兵像是些无声的人影。

他们该不至于又打瞌睡吧。他想道。
他清楚正身陷险境，最好无声潜行，
四处危险萌动。他望向黑沉沉的夜。
枪声响时，马尔哈什哈身边没卫兵。
马尔哈什哈双膝夹住马，向前冲锋，
猜测哪个倒霉蛋最先死于他的刀锋。
一个哥萨克冲过来，脸上熏得黑青，
显然这小子已开过枪，仍然傻乎乎地
咔咔扣动着扳机，直愣愣地冲锋。
他看见哥萨克那狠毒的血红的眼睛，
也听得清敌人的战马粗重的鼻息声。
马尔哈什哈把枪横在鞍上抽出砍刀，
正面相迎，两马错镫，从锁骨下去，
顺畅地滑过敌人的脖子。那颗脑袋
打着转飞了出去，身子还在向前冲。

哥萨克吹响了号角，骑兵们迅速后撤，
眨眼溜得干干净净。两个多钟头的屠杀，
方圆十几俄里内，土尔扈特的老弱妇孺，
倒毙在荒地，惨死在沟壑，丧命于帐篷，
呼唤亲人的喊声和凄惨的哭声纠缠不清。

马尔哈什哈追上去，落单的哥萨克转身，
单手举枪就开火，亮光一闪，砰的一声，
马尔哈什哈向前栽出去，左臂搂住马颈，
他感觉到有一股热血从左脸颊处往外涌。
丢掉长刀抬起枪，瞄准前面的小子开火，
敌人应声栽下马。恰此时前方火光一闪，

他重重地跌下马，自己听得到砰的一声。

天亮前他醒过来，四下里胡乱地摸索。
“怎么了？我自个儿在荒野孤零零直挺？”
脑袋痒酥酥的疼痛让他不禁呻吟一声。
敌人不是线式队形，而是散开式冲锋。
把手无寸铁的牧民和警卫的战士分隔，
逐个杀戮。军民无法呼应，损失惨重。
他抬起右手，食指戳了戳胸口和两肋，
胸口和左肋都疼得要命。用力咬咬牙，
还不错，牙都在。他咬紧牙关爬起来，
手脚并用，还没迈步就斜着向前栽倒。
有几具尸体和一匹马像是自己的坐骑。
侧过身挪到一具尸体的胸口上，借力，
立起来站稳。他四下打量，不见人影，
抹了一把眉毛上的霜，吐出一口血痰。
模模糊糊听到有人喊：“马尔哈什哈！”
是色克色那的呼声，唰一下散在雾中。
他本想回应一声，觉得眼前猛地一黑，
不由自主地闭上眼睛，再次睁开两眼，
几乎把眼珠努出眶外。使出全身力气
“嗯”了一声，身子重重向后倒去。

马尔哈什哈再醒来，周围没一丝动静，
战马倒在身边。他伸出手抚摸着战马
笔直的鼻子和大大的眼睛。尝试站起，
身子竟无法挪动。弟兄们都在哪儿呢？
哥萨克在哪儿呢？他努力把腿蜷起来，

纹丝不动。血好像已经流完。他看见
天空的繁星。开口呼喊吧，舌头僵硬，
喉咙只能发出嘶哑声，不像人的声音。
忽然想起那时光景，背长枪吹着口哨，
驰骋在夏季牧场，既无栅栏也无敌兵。
这一刻，他希望有人赶来救他。是的，
此刻他对生命的理解跟以前完全不同。

“七岁了，我的小卡尔梅克，小男孩。”
有人念叨着什么，是一个女人的哭声，
“七岁了，我的小卡尔梅克，小男孩，
七岁，穿一件粗呢外衣，戴顶大帽子。”
一个披黑色斗篷戴着护耳帽的瘦女人，
颤巍巍地俯身，捧住马尔哈什哈的头，
一面念叨着，一面流泪。一个小女孩，
约莫十岁，身上的棉衣沾满泥和血迹，
脏乎乎的小脸满是害怕和饥饿的神情。
她伸出黢黑的小手，拽着母亲的衣角，
一边抬起另一只小手擦拭眼角的泪痕。

“好心的老爷，救救咱们帮帮咱们吧，
老爷，帮帮咱们吧，我的小卡尔梅克。”
女人捧起马尔哈什哈的头，连声哀告，
“小卡尔梅克，抢走了！呜，抢走了！
勒勒车烧起来了，咱们赶紧收拾东西。
哥萨克人，天啊，佛祖啊，哥萨克人，
抢走了我的小卡尔梅克，孩子不见了。”
她放声大哭，“我的宝贝啊，不见了！”

女人冰冷的双手，比炭火还要灼热。
女人的泪水滴在脸上，比寒冰更冷。
马尔哈什哈积攒力气，一字一顿说：
“救我，扶我起来。”他大口喘气，
他想说你快去喊人，赶着车来救我，
却喘得说不出话。女人放下他的头，
望着茫茫雪原，颤巍巍地站起身子。
“我的小卡尔梅克，我的好孩子。”
她茫然往前走去，小女孩跟着母亲，
伸出冻红的手，想拽住母亲的衣衫。

马尔哈什哈再次醒来时，全身僵直。
雪像湿皮子紧紧捂住他的嘴和鼻孔，
他感到身体慢慢变得像岩石般坚硬。
忽然想撒尿，却发觉身体的每部分
都动弹不得。忍不了，越忍就越急。
干脆躺着撒尿。当尿液流出身体时，
仿佛无数尖利的铁刷子抓扯着血肉。
他痛得直呻吟，结束时的一下更痛。
他这样仰面躺着，迷迷糊糊地入梦。
凌晨他再次苏醒，浑身酸痛和僵硬，
却感觉不到冷，沉重的厚实的灼热
和浓重的黑暗把他包裹得严丝合缝。

五、奥琴峡谷

奥琴峡谷位于哈萨克西部的穆戈贾尔山，哥萨克以逸待劳。土尔扈特人满腔怒火，决心报雪原上近万百姓和战士牺牲之仇。

1

晨星孤独地闪现在淡蓝色的天空。
渥巴锡勒住战马，观察峡谷地形。
涓涓细流跌宕而至，汇成了洪峰，
终于挣脱束缚。右边的山崖陡峭，
左边也是。山腰的雪带随时崩落，
本就模模糊糊的小道被积雪淹没。
冷酷的碉堡阴森森地俯视着来客，
似饥饿的巨兽盘踞入口守卫宝库。
两人多高的石壁上凿开几处炮口
和十几个射击孔，里面人影憧憧。

舍楞纵马来到，取下口中的烟斗，

用烟斗嘴儿把帽子往上一顶，道：
“您瞧，那些乱石中新栽的鹿角，
从上往下防容易，往上攻可费力。
汗王，那几百个哥萨克想必已到，
就是列昂尼德带来的要塞的余勇。
他们摆出一副决战的架势，不过呢，
这个战场，只有一方胜利没有平局。”
渥巴锡没答话，马鞭指着谷口右侧
竖立的一块巨石，上面似乎刻着字。
“刻的什么字？俄语还是哈萨克语？”
舍楞驱马近前，细细观看石上文字，
回身道：“我打这里经过却没在意。
卫兵，喊得力格，他可能知道底细。”

舍楞吧嗒吧嗒抽了两口烟，又说：
“汗王您看堡垒下那些乱石，本来是
峡谷的通道，我猜被敌人临时堵住。
这堡垒建在石板岩之上，固若城池，
从外断然轰不透，壁厚足足一俄尺。
守卫室在底层和二层之间，是那些
凿枪眼的房间，一条长廊当作入口。
上面是储藏室，储藏室上有瞭望口。
那里，就在炮口的上面。地下室呢，
在石头上凿挖出来，在地面下扩展，
直通到大厅下面，存着弹药和燕麦。
地牢般的房间，石头盖子彻底封严。
浑然一体，顶部的小堡是它的七寸，
有一个铁门，方便物资和人员进出。”

“将军，”卫兵报告，“得力格到。”
得力格气喘吁吁，手里抱着个琴囊，
向渥巴锡躬身行礼道：“拜见汗王。”
向舍楞躬身行礼道：“拜见将军。”
“得力格，你见多识广，你仔细看，
那石头上刻着什么字？不像是俄语，
你看它说的是什么事。若是吉利话，
你就说；若是不吉利呢，吐口唾沫。”
得力格走上前，拂去石头上的薄雪，
歪着头将那几行字端详了有一阵子，
回头对渥巴锡说：“汗王，我认得，
不算是不吉利，也不能算作是吉利，
因为这话不是对咱们蒙古人说的。”
渥巴锡和舍楞相视一笑，吩咐他说：
“你只管念来，不吉利也不算罪过。”
得力格指着那些字说：“不是俄语，
不是哈萨克语，是巴什基尔人的字：
‘先屈服后自由，要么死后得自由。’”

渥巴锡跟舍楞再对视一眼，说道：
“蛮有滋味，听起来不像是诅咒，
无所谓吉利，也无所谓不吉利。”
“汗王，可真奇怪啊，您瞅瞅这，
虽说下了一场雪，还是遮盖不住
这满地马蹄子印，足足一个马群。
只有进去的，却没有往外出的。
峡谷中间堵死，马群去了哪里？”

渥巴锡低头观看，薄薄的积雪下
确实满满凌乱的蹄印，层层累积。
“果然，这蹄子印都朝向里面去，
只见进的蹄子印，为何不见出呢？”
舍楞跳下马，用脚推开浮雪察看。
“也不会宰掉，哥萨克不吃战马。”
三人议论时，只听身后一片喧闹，
车辆和人流像洪水漫堤涌到谷口。
战马烦躁地打着响鼻，铃铛乱响；
牛羊们跌跌撞撞，人也立不住脚。
谷口一时塞满各式各样的大小车辆。
渥巴锡对舍楞吩咐：“就地宿营，
召集扎尔固的各位，速速来商议，
怎样以最小的伤亡穿过该死的峡谷。”
他拨转马头时，听到激烈的咒骂。
“就是你和女皇，你们这帮坏蛋，
为自己的贪念把咱们从帐篷赶出来，
叫咱们白白送死。到高加索到波兰，
到土耳其去送死。坏蛋！为了贪念，
把咱们从帐篷里拽走，什么狗屁帝国，
叫咱们背井离乡，抛尸异乡，是不是？”
色克色那挥起通条朝杜丁大尉抽过去。
杜丁大尉的眼镜被打落在地，一块碎片
扎进眉毛，鲜血流进眼里。杜丁大尉
弯着腰连连后退，一边曲肘挡着脸部。
色克色那抽得更凶，杜丁大尉直起腰，
上前一步想夺下通条。色克色那后退，
抽中了他的手腕。杜丁大尉托着腕子，

脸上抽搐着，身子不由自主地弯下去。

“这一下为了马尔哈什哈，马尔哈什哈！
再给你一下，再来一下！”色克色那喊着，
嗖嗖地抽打杜丁大尉，杜丁大尉跪在地。
“够了，色克色那，他没还手。”阿廖沙道，
他上前两步，从后面抱住色克色那的双臂。
色克色那丢下通条，瘫在阿廖沙的怀里，
他们俩一起歪倒在雪地。“马尔哈什哈，”
色克色那哭着说，“死人堆里熬了一宿，
都怪我，我没找见他，要不然他不会死。”
他仰面躺着，热泪流到鬓发上凝成冰碴。

2

营火已点燃，战士们在雪地搭起帐篷，
木柴噼啪作响，炊烟四起。无须命令，
长官的帐篷搭建完毕，牛粪堆放整齐。
大锅里煮着肉，武器和战马妥当安置。
有的战士补鞋袜，脚丫烤火冒着热气。
有几个脱光了上衣，搜寻隐藏的虱子。
策凌带领几名战士越过一堆堆的营火，
蹚过炊烟中老人的咳嗽和儿童的啼泣，
在一块巨石后停下，仔细观察着地势。

“你们听着，我就是杀人魔王米高拉，
你们的爹娘老婆兄弟，都是我干掉的。
人送我外号叫秃鹫，专门爱吃死人肉，

我还要杀死你们更多的兄弟，我发誓，
我还要和豺狼一起吃干净你们的腐尸。”
碉堡里的哥萨克好像察觉到有人靠近，
射击孔后传出狂妄的叫嚣，狂笑不止，
“我就是这么说话算话的好汉，来吧，
有粮食有弹药还有牛肉，让我们一起
熬过这个冬天吧，哈萨克的冬天万岁！”
又一阵狂笑后，一个沙哑的声音喊道：
“你们只有三条路：一是把碉堡炸平，
一是插翅飞过去，要不然就冻成肉干。”

“他们一千人，杀得完咱们十几万人？”
策凌对勇士们说，“试试他们的本事，
长枪上前，瞄准射击孔，把子弹打完。”
勇士们各自找到隐蔽的位置自由射击，
子弹打在石壁上，有的钻进射击孔去。
“干得好，瞄准开枪，他们也会疼。”
策凌回身招手，几辆干草车推过来。
车慢慢向前移动，勇士们跟随其后。
碉堡射出的子弹噗噗地打进草垛里，
随之传来一阵叫骂，子弹更加密集。
一名战士右肩中弹，靠着车辕呻吟。
策凌探身开了一枪，一颗流弹袭来，
钉入了他左脚的靴子。策凌跳起来，
用俄语骂了句脏话，压低身子喊道：
“撤退撤退，掩护撤退，不要受伤。”
勇士们朝堡垒密集开枪，退出射程。
策凌席地而坐脱掉靴子，抽出匕首，

从靴帮里挖出一颗弹丸，捻在手中：
“你们守在这里，我去向汗王报告。”

策凌小跑来到谷口渥巴锡的大帐时，
舍楞示意他进来挨着自己坐下，说：
“有条小路能绕到碉堡后面的山顶，
不妨一试。我当年从伊犁逃到这里，
没有通关手续，牧人给我指点捷径，
我侥幸脱险而去。至多八百名勇士，
擅长格斗，身手麻利，每人两支火枪，
一把长刀一把短刃，足斤足两的火药。
天黑后上山，潜伏到天亮，待机而动。
你们先开打，火力足够凶但不要冲锋。
下面得着你们的信号，峡谷里用炮轰。”

“让传令兵查干跟你去，这小喇叭，
比猴子还机灵。敌人恐怕不会逃跑，”
渥巴锡说，“那么咱们就不留活口。”
策伯克·多尔济说道：“我来指挥。
碉堡里那两个家伙，一个列昂尼德，
响当当的高加索英雄，征战土耳其，
横行无忌，暴得大名；一个米高拉，
叫什么秃鹫，我想准是个蟊贼草寇。
我喜欢狠角色，我要亲手宰了他俩。”
策伯克·多尔济说着抽出短枪查看。
策凌望向渥巴锡，渥巴锡点头同意。

3

黄昏时，五百位勇士悄悄撤出营地。
穿过一堆堆营火，绕过一顶顶帐篷，
背着长枪揣着短枪，配着长刀短刃，
五百勇士悄悄退出峡谷，转向南行，
咯吱咯吱地踩着积雪，裹一身月色。
山势险峻，乱石穿空，灌木和积雪
掩盖了曲曲折折的通向山脊的幽径。
冈峦起伏，山坡陡而短。山脊之上，
四下望出去，这一条峡谷恰似游龙。
仿佛探险的勇士，骑乘狂暴的火龙。
披荆斩棘，势不可挡，刚跃上山脉，
精疲力尽地倒下，空怀无尽的豪情。
暴龙撞击山峰，撞出这曲折的峡谷，
蜿蜒潜行。策凌打量山坡上的柞树、
紫椴、白桦和北坡上阴森的小叶林，
心说这片过火的林子，夏天来才好，
能捕到不少野物，运气好能逮到貂。
勇士们攀着怪石，小心翼翼地前行，
陡壁处人踩人前进，以防触发雪崩。

几重薄雾蒙蒙，右边林地模糊不清。
勇士们沿着一段下坡路靠近了谷底，
只听见偶尔的人声，和树木被冻得
咔吧咔吧的响声，其他啥也看不清。
惨淡的圆月斜挂在昏暗清净的苍穹。

“将兄弟们分成几个小队靠近堡垒，
不用担心，居高临下，最近的射程，
在敌人眼前埋伏，不要把敌人惊动。”
策凌低声道，策伯克·多尔济抬头，
刚刚瞄见堡垒顶的石屋，亮光一闪，
本能地低下头，一颗子弹嗖地飞来，
擦着右耳飞过去。紧接着一排乱枪，
子弹劈头盖脸打来，吱吱钻入雪中，
尽是点点坑坑；或啪啪地钉入树身，
震落的雪窸窸窣窣落在身上和头顶。
战士们没有中弹，既然已经被发现，
那就进攻。策伯克·多尔济吩咐道：
“策凌，就按你说的，分小队进攻。”
这时，峡谷中也传来了密集的枪声。

策凌扫一眼身后匍匐的勇士们，喊道：
“发财了兄弟们，动手吧，羊入圈中。”
勇士们凭借着树木或石头，稳步前行。
“火力压制住敌人，把露头的打下去。
背毛毡的上去，浇上柏油铺满堡垒顶。”
策凌说完挥一下手，命令道，“打！”
枪声四起，瞬间压住敌人的火力。
哥萨克退回到小屋，企图下到堡垒去。
几个敌兵中弹倒地，嗷嗷惨叫着滚动。
有几个钻出坑道爬上堡垒顶胡乱射击。
硝烟散去，策凌看到阳光下长刀闪耀。
哥萨克明白他们已无退路，只能拼命。

策凌把食指含在嘴里，再举到面前。
“咱们在上风口，开枪压制住他们，
铺上毛毡，点火。”他停顿一下说，
“那个啥秃鹫，谁也不要取他性命。”
一排子弹射出，敌人不再冲上屋顶。
一百名勇士身披绒毛毡，举着短枪，
弯腰发起冲锋，将毛毡铺满堡垒顶。
毛毡下面还盖着几个哥萨克的伤兵。
查干解下葫芦，将柏油浇在毛毡上，
打火镰点燃，踩着尸首和伤兵后撤，
一跳一跳的样子像猴子走在荆棘中。
毛毡借着风势燃烧，先是噼啪爆响，
继而烈焰升腾，浓黑烟柱直冲天空。

“请你们好好欣赏哥萨克的烈焰之舞。
先打腿，”策凌命令道，“后取性命。”
“先打腿，后取命！先打腿，后取命！”
命令层层传下，伴随着勇士们的笑声。
此时，峡谷里传来越发激烈的枪炮声。

哥萨克人咳嗽着弯腰从小屋往外冲。
前面的中弹倒地，后面的踩着同伴，
疯狂向外冲，惨叫着在烈焰中扭动。

策伯克·多尔济隐蔽在石块后头，
慢悠悠欣赏这场景，忽然扭脸道：
“查干，你的炸药和号角哪个响？”
查干把背包挪到面前，掏出布袋。

布袋圆滚滚的，一条绳子扎着口。
查干解开绳扣，一颗鼓鼓的炸弹。
“您瞧瞧，老爷，苏木哈克的蛋。
浑身不褪毛，眼珠子熬汤，喷香。”
“苏木哈克？不就是魔鬼的蛋吗？”
策伯克·多尔济嗓子里吭吭地笑，
“好吧查干，你是伙夫你说了算。”

查干麻利地起身，对同伴们喊道：
“放一排枪，我把苏木哈克的蛋，
敬献给地堡里精壮的哥萨克好汉，
熬一锅香喷喷的哥萨克风味肉汤。”
一排枪声响过，查干麻利地跃起，
弯腰跑上堡垒。踩着燃烧的毛毡，
跑到小石屋的门旁边。掏出火镰，
轻轻抱出炸弹，再轻轻捋出引信，
把引信点燃，炸弹抛入坑道里面。
他侧耳听一下，只听一下，起身，
踩着高低不平的或燃或灭的毛毡，
一跳一跳的样子像猴子在荆棘中，
迅捷跑回策伯克·多尔济的身边。

沉闷的爆炸声。一股浊雾猛地喷涌，
从坑道口喷出，挤出小石屋，弥漫，
血腥气和烈酒的香气随之四处蔓延，
弥漫来飘散去。勇士们盯着小石屋。
一个哥萨克举枪爬出坑道，满脸血
和黑灰，嘴肿得像马嘴。他挥着枪

骂骂咧咧的，踉踉跄跄，踩着毛毡，
踩着高低不平的毛毡，踉跄着过来，
一下歪倒在毛毡上，挣扎着爬起来，
还未站稳，砰，子弹穿透他的脖子，
他仰面倒地，鲜血从伤口滋出一股，
又滋出一股，他抬抬手，不再动弹。

策伯克·多尔济对查干说：“伙夫，
苏木哈克的蛋还有几颗？大骨熬汤，
哥萨克好像还没喝饱啊！肉不够多？”
查干轻轻把背包挪到眼前，笑眯眯，
从包里取出一个扎口的圆滚滚布袋，
“那再来一锅？”查干麻利地起身，
对战士们喊道，“放一排枪，兄弟们，
再给哥萨克好汉们熬上一锅大骨汤。”

一排枪声响过，查干麻利地跃起身，
弯腰跑上堡垒顶，踩着燃烧的毛毡，
跑到小石屋门的旁边，扫一眼坑道，
先轻轻抱出炸弹，再轻轻捋出引信，
撕一条毛毡引燃，炸弹抛入坑道口。
他侧耳听一下，只听一下，起身，
踩着高低不平的或燃或灭的毛毡，
一跳一跳的就像猴子走在荆棘中，
跑回策伯克·多尔济的身边趴下，
直勾勾盯着小石屋，不说一句话。

沉闷的爆炸，紧随猛烈的连续爆炸。

树木齐刷刷地抖动，洒下一阵雪花。
裹着血雾的硝烟从小屋猛烈地喷出，
呼的一下扑过来，呼的一下涌过去。
毛毡燃烧的火焰猛一下熄灭，转瞬，
腾一下升起来，比刚才烧得更猛烈。
血腥硝烟让人情不自禁地捂住口鼻，
一面连连咳嗽，一面紧盯着小石屋。

哥萨克举着刀枪，从坑道里钻出来。
没等他们逃出火焰，就被子弹击中。
一个哥萨克用火枪高举着一块白布，
摇摇晃晃栽倒，烈焰迅速把他裹住。
更多的哥萨克冲出小屋，冲进火焰。
“你们哪个不是能歌善舞？兄弟们，
哥萨克的朋友打算跟你们比试比试，
请你们亮出绝活，别让人家看不起。
来吧，先请欣赏哥萨克的夺命之舞。
先打腿，”策凌命令，“后取性命。”
“先打腿，后取命！先打腿，后取命！”
命令层层传下，伴着战士们的笑声。
此时，峡谷传来越发激烈的枪炮声。

4

勇士们等待冲锋的命令。有的用袖子
擦亮头盔，有的勒紧鞍具，有的把雪
团成雪球，有的脱下靴子磕磕再穿上。
几个战士围成一圈分享着某人的私酿。

大家的神情轻松，不像夺人命的战场，
好似放牧途中的一次平常不过的露营。

渥巴锡举起腰刀，角声随即刺破晴空。
五百峰昂扬的骆驼分成五个方队冲锋，
勇士们手持长枪，一队接一队向上冲。
第一队拥到石墙下，进入敌人的射程。
哥萨克开火了，一发霰弹正落入队中。
几位勇士摔下骆驼，脸朝下一动不动。
后面的勇士继续冲锋，冲到了乱石中，
哥萨克继续开火，这批勇士也被射中。

渥巴锡举起腰刀，勇士们停止冲锋。
恰此时一声巨响，堡垒被撕开裂缝，
战场上瞬间安静。就是等这个信号！
勇士们欢声雷动，也不等汗王传令，
勇士们争向前冲，杀声滚雷般震动。
只不过硝烟弥漫，前方啥也看不清。

冲到堡垒下方，勇士们尝试徒手攀登。
那撕开的裂缝仅能容纳一人侧身爬行。
勇士们寻找踏实的落脚点，争向上冲。
敌人从爆炸中清醒，几张灰黑的面孔
从豁口探出来察看动静。伴随着骂声，
几杆火枪探出射击孔，一阵乱枪响过，
攀上去的几位勇士中弹栽倒在乱石中。

太阳高高地升起，明晃晃照耀着峡谷。

渥巴锡纵马靠近前，仔细观察着敌情。
烟雾在堡垒顶部散去，还有零星枪声。
渥巴锡举起望远镜，看得见人头攒动，
人影憧憧，敌我双方正在激烈肉搏中。

渥巴锡举起腰刀，示意战士暂停进攻。
“骑兵在峡谷中作战，看来有些被动。”
舍楞拿下烟斗，靠近渥巴锡低声劝说，
“如何通知策凌，等他控制住地堡顶，
咱们再进攻。”“不，现在，用炮轰。”
渥巴锡命令，“伤兵运下来，用炮轰。”

两匹马拉着两辆炮车一前一后开上来，
卸下马匹，将炮口校正，两炮并行。
“怎么两门炮，阿古拉？不是四门吗？”
“报告老爷，一门炸膛，另一辆炮车
车轴断裂，腾格尔国王正在赶制新的。”
舍楞没再问话，马鞭指着碉堡的方向：
“看到那豁口了吗？对，裂开的那个，
把炮弹打进那个豁口里，算你立新功。”
“是，老爷。”阿古拉俯身调校射角。
“你的侄子呢，阿古拉？他不是炮手吗？”
“回老爷，朝鲁在库拉金纳要塞牺牲。”
“开炮轰掉这些仇人，一个也不要剩。”
舍楞攥着烟斗啐了口唾沫，满面怒容。

5

像蚂蚁冲出蚁穴，哥萨克爬上房顶，
陆陆续续地爬上来，足足有几百名。
前面的冲过来，混入厮杀战阵当中。
双方都无法开枪，只好长刀对长刀，
匕首对匕首，拳头对拳头肉搏拼命。
一个哥萨克老兵，刀使得十分顺溜，
几次都把勇士们的兵刃打飞到半空。
他举着弯刀叫嚣："蒙古人全干掉，
异教徒全杀掉，一个也不准逃命！"
策凌抽刀往前，高喊一声："嘿！"
那老兵闻声怒视着策凌，气势汹汹。
策凌后退一步，腾出脚下的空地。
老兵双手握刀劈将过来，唰的一声，
刀锋闪过，策凌闻见刀风里的血腥。
策凌把刀换左手，右手掏出短枪来，
一声枪响，子弹直钉入老兵的左胸，
却不见血涌。老兵趔趔趄趄着上前，
勉强举起刀。策凌扔掉枪双手举刀，
斜着劈过去。刀尖划开老兵的喉咙，
他扔下刀抓挠脖子，鲜血滋滋喷涌。
老兵挣扎片刻，向前扑倒在血泊中。

策凌走上前去，用脚拨动老兵的尸体。
突然，策伯克·多尔济喊道："策凌！"
一声枪响，策凌的脸像被砾石擦破，
又像掉入烈火中，还像坠入冰窟窿。

他定睛观看，一个青年满脸的惊恐，
扔掉短枪朝他扑来。策凌刚要抬手，
却觉得手臂无力。青年冲到他跟前，
一把搂住策凌的腰，颤抖着低声说：
“你杀了我的哥哥。”一把匕首，
一把锋利的匕首刺进策凌的左胸。

青年掉转身试图逃走，才跑出一步，
随着一声枪响，子弹射入他的后背。
青年向前扑倒在地，匕首甩了出去，
挣扎爬起没成功，蠕动着翻过身子。
查干上前来左膝盖顶着青年的胸口，
青年喘着气胸口起伏。查干狠狠道：
“来得及。”一刀扎进青年的喉咙。

“让开，我要和你们的军官谈谈！”
忽然，这一声命令好似凛冽的严冬，
浑厚的声音冰冻住双方厮杀的激情。
双方的战士停住手中的兵刃，伤者
忘记了呻吟和因为疼痛发出的叫声。
身材魁梧，蓬松的浅红色络腮胡子，
军服被火烧得已看不出原来的颜色。
说话的汉子拨开人群走到战阵当中，
右手举一把长刀，刀刃有几处卷锋，
理一下额前的一绺头发：“在哪里？”
双方战士都愣住，不知他问什么东西。
“列昂尼德·罗戈佐夫，我是指挥官，
请出你们的最高指挥官，我跟他谈谈。”

策伯克·多尔济起身，手提一杆长枪，
分开战士来到双方阵中，打量这汉子。
“我是列昂尼德·罗戈佐夫上尉，你是谁？”
“我是策伯克·多尔济，我没有军衔。
投降吧上尉，投降就能活着走出峡谷。”
“什么？投降？不，我不向鞑靼投降。
哥萨克只会死战到底，明白吗，鞑靼？
你们的酋长渥巴锡藏在哪里？胆小鬼，
他为什么不敢亲自对敌？我曾经和他，
在土耳其浴血杀敌，坚守同一个阵地。
今天，他竟敢背叛女皇，背叛俄罗斯，
成为帝国的可耻的叛徒。叛贼渥巴锡，
喊他出来，我要亲手擒住他，绑结实，
带他去圣彼得堡向女皇谢罪，祈求宽恕。
放心吧，女皇出了名的大度，她见识过
无数的出卖无数的背弃，不过仍愿意
赦免罪人的恶行。渥巴锡，藏在哪里……”

策伯克·多尔济没等他说完抬手一枪，
子弹钻入列昂尼德的右肩。膀子一沉，
长刀并未脱手，他摇晃一下迈步向前。
策伯克·多尔济扔掉长枪，拔出短枪，
瞄一下列昂尼德的右腿膝盖又是一枪。
子弹嵌入膝盖。列昂尼德摇晃了一下，
退后一步站稳再迈开步，勉强立得住。
策伯克·多尔济弃枪抽出靴筒的匕首，
捏住尖峰，稍稍瞄准朝列昂尼德投去。

匕首直直地钉进列昂尼德颤抖的左肩。
“啊！”列昂尼德紧咬牙关惨叫一声，
拄着长刀妄想站直，两腿却不听使唤，
只好佝偻着半蹲半站，身子簌簌发颤。
策伯克·多尔济抓过旁边战士的长刀，
两步走上前去，双手握刀，唰的一下，
只听当啷一声，列昂尼德的刀被削断。
列昂尼德拄着半截残刃，跪倒在雪地。

“投降吧，你们从这里下到峡谷里去，”
策伯克·多尔济后退半步，下巴指着
被炸开的那条裂缝，“从这里顺下去。”
哥萨克闻言犹豫，扔掉兵刃不再反抗。
“从这里下去。”策伯克·多尔济说道，
“把这个叫什么列昂尼德的抬下去，”
低声对查干说道，“他手中半截刀归你，
那可是叙利亚的精钢，能打一把好匕首。”
“我才不稀罕呢，老爷。”查干弯下腰问，
“您那把珐琅柄手枪呢，列昂尼德上尉？”
列昂尼德抬起那张因疼痛而扭曲的面孔，
盯一眼查干，啐口唾沫骂道：“叛国者！”
“叛谁的国？咱们本来就不是一伙儿。”
查干踩着列昂尼德的肩把他蹬个脸朝上，
“来几个兄弟，把这女皇的红人抬下去，
小心，搜搜他腰里有没有硬邦邦的家伙。
要是身上没有，那他一准是藏在地堡里。”
这时，峡谷里传来喊杀声和零星的枪声，
双方酣斗并不知道堡垒顶发生的这情景。

6

“鞑靼小子们，我就是杀人魔王米高拉！
人送我大名叫作秃鹫，专门爱吃死人肉，
我要杀死你们的爹娘兄弟老婆，我发誓！”
伴随着狂妄的叫嚣声，米高拉推开众人，
瞪着发红的双眼，攀着乱石慢慢爬下来。
外罩粗呢子短外套，里面一件黑马甲，
腰间别着一把带鞘的匕首。个子矮小，
相貌却凶狠，灰色的头发，浑身血污。
头戴黑色高帽，看起来挺威风，下巴
有处弹穿的新伤；一颗深红色的疣子
在右鼻翼处闪着光。顺着崚嶒的岩石，
一边用脚试探着稳当的落脚点，一边
嘴里头骂骂咧咧。他手中的两把长刀，
污血顺着刀身流到护手。他大呼小叫，
四下里踅摸，没人知道他要寻找什么。
一群哥萨克跟在他后面从堡垒上下来。

“心虚的家伙才会扯着嗓子讲话。”
江基尔举刀迎上去，踩上一堆乱石，
发觉立脚不稳，这时转身已经太迟，
米高拉的双刀到了眼前。“左手！”
米高拉吼叫着，左手的长刀劈过来，
身子也扑将过来。江基尔一面招架，
一面身子向后仰。两刀铿锵一碰撞，
江基尔身处下风，力气从下往上扛，

全身用力也不敌，后退一步心里发慌。
“右手！”米高拉右手的刀劈到眼前。
江基尔尚未站稳，本能地抬手去格挡，
刀锋过处，江基尔的右手应声落地。
“啊！”江基尔一声惨叫弯腰捡断手。
米高拉又举起双刀，还没有喊出声来，
江基尔身后，扎瓦·巴图的枪声先响，
子弹射入米高拉的上唇。米高拉一抖，
长刀停在半空，伤口却没有鲜血流出。
扎瓦·巴图从腰间再抽出一把短枪，
抬手一枪，子弹射入米高拉的左眼。
米高拉向后倒下去，刀从手中落地，
铿锵锵地落在乱石之间。“投降！”
扎瓦·巴图举着枪，冲哥萨克喊道。
哥萨克犹犹豫豫，把武器放在脚旁。

江基尔抓着断手，向峡谷口跑过去，
鲜血滴落雪上。他冲扎瓦·巴图喊：
“把俘虏捆上，二十个一串全捆上。”

7

阿克扎巴返回帐篷，血腥立刻灌满鼻子。
一位伤兵被抬进来，放在血污的褥子上。
伤兵嘴唇发紫，呻吟着在半空舞动着手，
“给我祝福吧喇嘛，啊，我腿上中了枪。”
在围裙上擦擦手，检查伤兵腿上的伤情，
阿克扎巴剪开伤兵的衬裤，右大腿外侧，

一个黑乎乎的枪眼，血一股股地朝外涌。
“我跳起来，子弹低了，要不我就完了。
他给了我一枪，我呢把他劈成了两扇儿。”
战士的手半空一划，做出向下砍的姿势，
一面咧开嘴笑着，血一股一股地朝外涌。
“还有哪里受伤？胸甲上有好几处窟窿。”
“就是腿伤，我的胸甲比别人的厚一层。”
阿克扎巴将止血粉撒在伤口上，忍不住
鼻子发酸，泪水像厚厚的雾气遮住眼睛。

一个哥萨克的老兵坐在帐篷外的杂物上，
两眼乌黑，眼神呆滞。挨着他的年轻人
面色浮肿，用下巴指了指往这边走来的
策伯克·多尔济，嘴里低声地咕咕哝哝。
二人的双臂缚在背后，却一脸满不在乎。
老兵目不转睛地盯着策伯克·多尔济，
年轻人把脸扭向别处。老兵先开口道：
“长官，我们不会逃跑，这冰天雪地，
逃跑是自寻死路。赢家可以随心所欲地
支配俘虏，可是，我俩不会逃跑，你瞧，”
老兵伸出腿，露出靴子里发黑的木头脚。
然后，下巴指指年轻士兵，“我儿子，
儿子不会丢下爹不管不顾，对吧长官？”

策伯克·多尔济命令卫兵给他俩松绑。
“你们俩是库拉金纳要塞来的援兵吧？”
“不，我俩一直在此驻防。我受了伤，
背上一处刀伤，好心的喇嘛止住了血。

感谢主，愿他有个好胃口。”老兵说。
“饿吗？”“还好长官，里面土豆管够。”
老兵说着，掸一掸大衣上的灰尘和雪屑，
取下帽子弹掉上面的血块，歪斜着戴上。
“秘密，长官，我知道八百匹良驹在哪里。”
老兵用讨好的口气对策伯克·多尔济说，
“用八百匹骏马换我的儿子，放他走吧，
我告诉你战马藏在哪儿。八百匹良驹。”
“八百匹？”策伯克·多尔济随口问道。
“爹，别求这些野蛮人。”年轻人插话。
“野蛮人？”策伯克·多尔济笑笑，道：
“我们的良驹是被谁抢走的？野蛮人？
你留着吧，八百匹，有一匹你就能逃命。”
老兵卷起袖子，露出粗壮的右手腕，道，
“这只手杀过人，流了不少异教徒的血，
让我死吧，我儿子初来乍到请饶他一命。”
策伯克·多尔济转身就走，不发一语，
脑子里只有一个念头在转动：杀光他们。
不然把俘虏带到哪里去呢？总不能放生。

俘虏们手脚并用，陆续从堡垒里下来。
一个哥萨克搀着满脸黑血结痂的伤兵。
伤兵声音嘶哑，子弹打穿了他的嘴巴。
两个俘虏互相搀扶撕吃着同一块牛肉。
四个人抬着米高拉的尸首，靠着石头，
背靠石头放正，围坐一旁，神情沉重。
有的围坐在火堆旁，有的嚼什么食物，
有的面朝着篝火，不盖毡子浑然入梦。

有的年过半百，不像战士而像个农夫。
俘虏们的眼睛都红肿，手脚都有冻伤，
张张肮脏的面孔因受伤和恐惧而变形。

列昂尼德浑身血污，斜靠着一块石棱，
好像才从血泊中爬出，浑身散发一种
失败的苦楚。他左手往下压着膝盖，
鲜血已经不再渗出，浸淫到裤子上的
黑血早已结成了冰碴。他歪斜着脑袋，
眼神里流露出无法言说的失望和迷蒙，
双脚光着，右手仍然紧握着半截刀柄，
就像倾颓的神殿里，石像歪倒在草丛。

“亲爱的列昂尼德上尉，咱们的不同，”
舍楞蹲下，枪管捣一捣列昂尼德的鼻子，
列昂尼德愤怒地躲开。舍楞轻蔑地一笑。
“不同，”他继续道，“我们是自由人，
你到死也是个可怜巴巴的屠夫的仆从。”
“呸！”列昂尼德朝舍楞啐一口，只是
一天没有喝水，口中太干。舍楞没有躲，
枪管捣着列昂尼德的上唇。“口水英雄？
横行高加索，土耳其人教你吐口水？嗯？
他们怕你，世上谁不害怕蒙古人的威名？
您知道吗？亲爱的列昂尼德，这世界上
最尴尬的是什么？嗯？最尴尬的就是你！
成功之后的失败，耀眼之后的冷灰。嗯？”
舍楞直起身来，“嘿，认输吧，哥萨克。”
“不，我没输，叛国者！”络腮红胡子

遮住一半愤怒的神色，两道浓眉紧拧着，
列昂尼德像是在对舍楞宣告：我已得胜。

“我看，得找个犄角旮旯好好儿折磨你，
以免你的同伙日后夸耀你有多么逞能。”
舍楞用短枪点了点列昂尼德血污的头顶。
列昂尼德那碧绿的瞳仁喷出仇恨的怒火，
他举起半截刀柄指着舍楞，仰起脸喝道：
“杀了我，鞑靼！懦夫，快杀了我！
你们都躲不掉女皇的愤怒，每一个！”
“女皇的愤怒？尝尝鞑靼的愤怒吧。”
舍楞把枪管顶在列昂尼德的头顶，
砰一声，列昂尼德的脑袋垂下来。
鲜血顺鼻翼流到上唇，滑向下巴，
从下巴处滴滴答答地滑落到前胸。

“我是不是太残忍了？”舍楞问道，
把枪交给身后的卫兵。“正该如此。”
策伯克·多尔济回答，“比他仁慈。”
他指指正变凉的列昂尼德·罗戈佐夫，
“打仗的时候坚定，打完心肠就变软，
慈悲为怀，乱施同情，谁哀悼过我们？
放虎归山才是犯罪。他们转身扛上枪，
瞄准咱们就开火。咱们不能收容俘虏。
俘虏是什么？俄国佬已经改变了规矩，
每分钟都在屠杀咱的勇士。全是凶手，
应该全处死他们，处死，一个不剩，
因为咱们的战士没有一个活着回来！”

还有什么能困扰住策伯克·多尔济？
从他决心离开伏尔加河的那一刻起，
发生的一切，被一种新的力量扭曲。
他更加明白勇士们为什么那样从容地，
那样义无反顾地赴死，因为毫无退路。
况且打仗嘛，按照实际，按变化处置，
对吧？满打满算没多少，有多少呀？
只有那么一小撮，咱们呢？一万人！
咱们有一万人埋葬在了乌拉尔雪地！

“不留俘虏，”策伯克·多尔济说，“不。
每条铁链拴二十个，把这种行刑叫念珠，
背后开枪。他们这样杀咱们，咱们回敬。”
忽然，一个俘虏喊道：“屠夫，刽子手！
落在我们的手里，保管这样对待你们！”

拴成串的俘虏们，眼神又惊慌又仇恨，
像被困住的幼兽盯着步步逼近的猎人。
“我懂一点儿接骨术，也认得各种药草。”
说话的是高个儿俘虏，三十岁的汉子，
褐色的眼睛满是乞求的神色，高颧骨，
深深的法令纹在嘴两边弯成两道弧形；
双手结实，虎口长满老茧，从坐着的
石头上站起，凝望着策伯克·多尔济。
“转过身去。”战士们没有让他说完。
“等一下，”策伯克·多尔济问道，
“你说什么？你说你会什么接骨术？

去，谷口帐篷的喇嘛，他能救你性命。”
高个儿俘虏撒开两腿就向谷口处跑去。
此时枪声响起，比冬天的雷声更骇人，
每一声枪响都像打在自己的后脑勺上。

“下一排！”策伯克·多尔济命令道。
舍楞转过身，他不想看见求饶的惨状。
“留几个活口吧，将军，留几个活口！”
舍楞闻听睁开眼，一位老人站在面前，
“我的两个儿子都被他们杀了！我得……
得抽死两个！”老人举起手中的鞭子。
舍楞没有拒绝，绕过老人向谷口走去。
老人挥着鞭子，喊：“该死的哥萨克，
抽他们，抽他们，为了死去的亲人！”
旁边的群众被鼓动起来，他们满怀着
对亲人惨死的悲愤，满怀着莫名仇恨，
蜂拥上前来吐口水，扔石头，用刀砍。
黑发和白发的哥萨克，倒在血泊里。

8

不到半晌，碉堡下的石块全被清除。
骡子和骆驼将较大的石块驮出峡谷。
峡谷小径弯弯曲曲，道路渐渐清楚。
战马和驼畜的蹄子裹上布免得扎伤。
道路两侧尖利的石棱子被尽数敲去，
以免剐伤大牲口的腿和肚子。只是，
谁也没注意到传令兵查干去了何处。

查干举着一根火把，从坑道口下去。
堡垒里不是他想象的堆满各种军需，
而是尸体遍地，横七竖八摞在一起。
看来那两颗苏木哈克的蛋蛮有威力。
他惦记着列昂尼德的珐琅把短火枪，
寻思着哪个房间会是军官的休息室。
查干在或软或硬的尸首间慢慢前移。
“我得找到它，当着大家的面献给汗，
汗一定会高兴地夸我机灵。不是吗？
汗就是这样称赞色克色那的。”忽然，
一脚踩空，查干一头从地板的窟窿
跌到下层。不幸，脑袋先磕到石棱。
查干跌在一堆尸体上，一动也不动。
火把落在一旁，慢慢地引燃了军装。
这场火不紧不慢，这场火不紧不慢，
烧完一具再烧一具，烧尽一个寒冬。
当堡垒里面的尸体都烧完时，火苗，
火苗顺着坑道台阶上的尸油和柏油，
慢慢地爬到堡垒的顶层。那里躺着
三百具哥萨克和土尔扈特人的尸体。
火会慢慢烧，给每个灵魂照亮归程。

峡谷终于打通，当勇士们纵马前行，
一瞬间好像打开天堂。浓烈的气味，
浓烈的牲口臭味简直赛过玉液琼浆。
赛过玉液琼浆，让人猛一下子清醒。
八百匹战马！哥萨克马夫刚刚逃走，

惊慌失措竟然没有把战马赶出峡谷。
当众人惊讶地看着八百匹膘肥体壮
鞍鞯齐全惊慌失措的战马时，一起
失声爆发出欢呼。策伯克·多尔济，
内心又庆幸又后悔，伴着一丝隐痛。
后悔没给那个哥萨克老兵一次机会。
是不是应该放他儿子逃命，是不是？
为什么有一丝隐痛？这是什么缘故？
“可怜的哥萨克，不认字也不诵经，
可能是被迫参战，也许是甘愿送命，
还自备战马和武器。这下蚀了本钱。
性命是本钱，这些战马就当是利息。”
策伯克·多尔济高声地对部众说道，
“听从汗的旨意，先分给老弱妇孺。”

9

顺着谷口向南，沿道路一侧摆满尸体，
并排摆放在那里，肩并着肩姿势各异。
一群战士一边打扫着战场，一边嘀咕：
“得把咱们的人和哥萨克坏蛋分清楚。”

杜丁大尉弓着身子，逐个辨认着面目。
一个五官模糊的军官，上衣半敞着怀，
下巴抵着断裂的锁骨，唇上残留笑意，
前额的伤口结成痂，裤腿上满是血污。
“列昂尼德，”他叹了口气，“再见，
列昂尼德·罗戈佐夫，再见了，朋友。”

身子不住地发颤，双手紧紧抱着脑袋，
咕哝了一句什么，就像是从胃里说出。

“唉，我的朋友，”阿廖沙一把拽住
杜丁大尉的胳膊，劝道，“请您相信，
我比您更难受，但您得像个男子汉。”
“住嘴，别假模假样地来恶心我！”
杜丁大尉抱着脑袋，趔趄着往回走去。
阿廖沙从后面抱住他，想把他搂在怀，
可杜丁大尉比他高大得多，比他健硕。
阿廖沙抱着他，像杜丁大尉拖个麻袋。

谷口被牲畜、车辆和人堵得水泄不通，
牲畜混乱不再分群。大车仍源源涌来，
嘎吱嘎吱挤过来，人们小心地躲避尸体。
马鞭啪啪响，马蹄滑动，套索快崩断，
车夫时而前时而后地奔跑，一脸无奈。
女人从歪倒的大车里抱出母鸡和羊羔。
牛群最慢，眼看着就要把峡谷口堵死。
“让牲畜散开一些，让牲畜散开一些。”
“不要往前挤，原地宿营，明早出发。”
靠近谷口的地方，生起了熊熊的篝火。
战士们抱着枪，在篝火之间来回巡逻。
辎重车集中起来，妇女们忙活着做饭。
入夜时分，还能听得到母亲呼唤儿女、
主人呵斥牲口和人们疲惫的争吵声。

背痛折磨着杜丁大尉昏昏沉沉的神经，

他只想沉沉睡去，到底左卧还是右卧？
一阵冷一阵热的，眼看着双手肿起来，
摸脸，脸也肿起来，摁一下就是个坑。
时而闭目，时而瞥一眼身旁的阿廖沙，
瞧他那单薄的侧影，令人鄙视又同情。
脚步声，说话声，泥泞中马蹄的嗒嗒声，
柴火的噼啪声，汇成折磨人的嗡嗡声。
身子树叶般直抖动，疼痛、潮湿且寒冷。
忽冷忽热谵语不停，对父母妻子的念叨，
片言只语无法连成，听声调谦卑又深情，
好似一条大河悬空，狂躁地荡涤着群星。
嘿，奔向哪里好？哪里是我的最终宿命？

阿廖沙穿着干净的制服，油亮亮的鬓角
抹得平整，像爱情悲剧里的男主角一样，
带着神秘微笑，盘腿坐在杜丁大尉身旁。
“您醒了？亲爱的杜丁大尉，整整三天，
您像风中树叶般抖个不停。您的额头啊，
额头烫啊手就像冰。发疟疾，大冬天的，
竟然发疟疾，可真是罕见。就算得个病，
您也跟常人不同。不是喇嘛，是腾格尔，
是花剌子模国王医好了您，是腾格尔。
他给您灌下两大碗牛粪煮蚯蚓，咕咚咚，
您好像一年没捞着酒喝的酒鬼，咕咚咚。
闻着都想吐，您捧着碗大口大口地饮完，
痛饮命运的恩赐啊。当马车进入亚洲时，
您的烧退了。咱们已经抵达哈萨克腹地。
其实我愿您保持高烧，这种生命的热诚。

对了，蚯蚓是干的，磨成了粉，别担心。
瞧啊，您焕然一新，看得出脱壳才一层，
眼神坚定，心中更加鼓荡着热爱的飓风，
再不会沉迷蜗角虚名。恭喜，您已变形。”

杜丁大尉坐起身盯着滔滔不绝的阿廖沙，
哇一口吐出来，绿汤喷溅阿廖沙的全身。
杜丁大尉掀开褥子，踉踉跄跄奔出帐篷，
狂呕一阵，直到吐不出绿水全都是红汁。
他擦擦嘴，质问经过的人：“可笑吗？
笑我吧，真可笑，嗯？”他抬眼望见
远方的丘陵，树木挺拔的蜿蜒的河堤。
空气凛冽清新，偶尔传来乌鸦的叫声。
东方喷出霞光，亚洲的红日跳出云层。
是的，所有这一切都正在阳光下新生，
杜丁大尉感觉到一种从未有过的清醒。

10

“我的年纪不小了，一天跑四十俄里，
还要躲子弹。绵羊把大尾巴这么一晃，
就寻不见。等到千辛万苦找回来，嘿，
竟然有一半是别人的，耳朵上有印记，
我的羊跑丢一百多只。那记号我认识，
一时想不起。不是扎尔固里某位领主，
我猜想是哪个自由民，哈森的吧？对，
哈森的，以前混过一次。哎，说起来，
你这两下子还是我传授的，对不对？

你阿爹就是我的牧户，传到你这一茬，
真是好光景，母羊一下崽就是双羔子。”
雅兰丕勒面带微笑，右手拇指和食指
摩挲着左手食指上的一枚红宝石戒指。
他走路没声音，抬脚落脚像穿着新鞋。
只是隔上个两三分钟，连着咳嗽两声。

“哥萨克追得紧哪，家当被我扔光了，
像疯子似的只顾着逃命。日后回去呢，
老婆准把我骂死。还有人扔了皮袄呢，
我捡到一袋青稞一袋小米。”哈森说，
一边摸出鼻烟壶来，“雅兰丕勒老爷，
小米送给您享用吧。我呢没工夫摆弄。
羊越走越少，可真是够我受的。不过，
我宁死不跟那些野蛮的哥萨克做邻居。
他们一来就没好事，不是搞女人就是
喝大酒。要么偷羊烤着吃，要么偷牛
卖给皮贩子，反正这帮哥萨克没个正经。”
哈森递给雅兰丕勒鼻烟壶，从对方手里
接过精致的鼻烟壶，“哟，不愧是汗王，
瞧瞧，您这汗王女婿，这可真是上等货。”
哈森端详着鼻烟壶，连连点头称赞不止。
“别人哪，都是一家子一家子地赶去伊犁，
我丢下老婆独自赶羊去，算哪门子道理？
老爷，看在我阿爹阿爷都服侍您的分上，
您跟汗王讲一句，哪有女婿不听岳父的？
汗王这么通情达理。”哈森嗅着鼻烟说。

“就是想回去也得等个三年两载，哈森，
你打听准谁有亲戚留在河西，结伴回去，
不至于受人欺。”雅兰丕勒嗅嗅鼻烟说。

“我哪敢吱一声，大家都兴高采烈的，
我去说岂不是触霉头？我不该去伊犁，
您瞧，我还得空返一趟接上老婆孩子。”
“眼下可不敢返回，哈森，你想清楚，
咱们把俄国佬杀得剔骨剥皮，你回去，
他们还不得生吃了你。”雅兰丕勒说。

“是的老爷，我劝自己，我来回考虑，
等明年吧，后年也行，先在伊犁稳住。
三年前哪我东流西浪，小日子也惬意，
其实算一个不幸的人。打算这次返乡，
返回祖地伊犁，想着必能把家业兴起。
只是三百只羊不禁折腾，跑丢五十只，
被狼咬死二十只，没几天就打发干净。”
“哈森，你跟你阿爹脾气不似。他呀，
是个天不怕地不怕的主儿，只要一激，
他就两眼充血伸手拔刀，谁也劝不住。
你呢多一层考虑，遇事喜欢从长计议。”

北面传来嗒嗒的马蹄声，二人回头，
渥巴锡带着色克色那转眼来到跟前。
“哈森老兄，”渥巴锡吁住马，说，
“我听说，你的羊统共损失百十只，
有些混到我岳父的畜群里。别担心，

我一总赔给你，不能让你心生悔意。”

“您说啥呢汗王？这是哪门子道理？
雅兰丕勒老爷是我家祖辈的领主啊，
我可不敢忘记门户。丢羊就找回来，
怎能怪罪别人，勉强人家来赔偿呢？
我这手艺得亏雅兰丕勒老爷的传授，
雅兰丕勒老爷可是好东家。天一亮，
就到牧场待一上午，从不亏待牧户，
牧户背后都夸他是体贴人的好领主。”

“好，哈森，就这样，我一总赔给你。”
渥巴锡催动坐骑，色克色那点头致意。
二人纵马向前，不久便消失在谷口处。

“老爷，断断不可，丢羊咋能赖人家？
要是丢人可讹谁去？这是哪门子道理？”
哈森大笑着跟雅兰丕勒交换过鼻烟壶，
欠身坐上牛车，向雅兰丕勒挥手告辞。

离开峡谷，再没有和大队敌人遭遇，
道路却异常崎岖，每天都有人倒毙。
牛羊常常滑入深谷，从斜坡滑下去，
挣扎着没入雪里，薄薄的雪尘腾起，
不见踪迹，甚至听不到牲口的哀泣。
“都不要停下，我们救不起它们的。
运气好它自己会爬上来，到了夏天，
兴许自己跑回家，带回来一窝羔子。”

没人发笑，只有咒骂，一连串咒骂。
“我想下去把它宰了，把肉拿上来。”
“别傻了，下去就得把自己的肉丢下。”

这座欧洲和亚洲交界处的穆戈贾尔山，
渥巴锡策马登上一处山冈，极目远望。
在西面更远处，夕阳下的一处山坡上，
偶尔闪着光，那是战士们手中的火枪。
向东眺望亚洲，天地苍茫，银色海洋。
回望欧洲，不禁感慨，再见吧，女皇。
我们再也不会回头，只是我们的兄弟，
马尔哈什哈、策凌，还有一万多亲人，
倒在了这多情又绝情的土地上，再见。
不用再担心哥萨克铁骑耍什么新花样，
哈萨克人在前方等待，在草原的西部，
从咸海到托波尔河的上游。哈萨克人，
中帐的阿布赉汗和小帐的努尔阿里汗，
闻名遐迩的草原之王，他们什么打算？
“是啊，哈萨克的心思，谁能猜明白？”
渥巴锡这般想着，不自觉地说出口来。

六、白灾

三月里，土尔扈特人在恩巴河东岸遭遇暴雪。暴雪又称白灾，土尔扈特人和牲畜死伤无数。据报，俄军和哈萨克两万人联军堵住了去路。面临天灾人祸，土尔扈特人应当何去何从？

1

奥琴峡谷被远远抛在身后，零星的枪声
离得更远，但每天仍像战场上那样紧张，
那样疲惫，那样劳苦。勇士们时刻警惕。
兔子正换毛，一窝窝的小狐狸悄悄出洞，
小狼的个头比狗大些了。打猎的好时节。
比今天更适合打猎的天气那是等不来的。
得力格抬头望望，天空在融化。风停了，
土地润湿而且放光，散发着母兽的气息。

这片不算大的林子应该藏着狼崽和狐狸。
他脑子里估算，野兽会从哪个方向窜出，

怎样让黄小子追赶，先开枪是不是便利。
就在得力格站在林子边上踌躇满志之时，
阿廖沙从后面发现了他。他认识得力格，
爱弹琴爱唱歌的白胡子老头，胸和肩膀
都很宽阔，个儿不太高，手脚生得壮实。
老头子身穿皮袍，脚套半新的鹿皮靴子，
头戴半旧灰毡帽，腰带上挂着两个袋子，
一个装着火药，一个塞满细细的霰弹丸，
猎枪是单筒的；而且得力格从来不喂狗，
黄小子也聪明，总能找得到骨头和母狗。
黄小子发觉阿廖沙，转过头来摇摇尾巴，
嗓子里哼哼唧唧，抬眼观察主人的神色。
得力格转过身来，对走近的阿廖沙说：
“我打死了一只野鸡。”得力格递过来
一只斑斓的野鸡，“你要，拿去吧孩子。”
“我是准将，老先生，才不是什么孩子。”
“遵命，准将大人。”得力格把野鸡
塞进袋子拉紧扎口，转身慢慢走进林子。
“打两只獾回去，伤兵等着獾油疗伤呢。”
得力格自言自语，随后哼起小曲，
“宽广的伏尔加河畔啊，朋友欢聚一起。
与我美丽的姑娘啊，为啥总在梦里相聚？
得力格木枪托的猎枪啊，不会放过狐狸。”
得力格往林子里去，黄小子尾随着主人，
一边回头瞟了阿廖沙一眼，摇一摇尾巴。
阿廖沙盯着那装野鸡的口袋，没有言语。

2

色克色那登上土丘，哈萨克人乱作一团。
低矮的土丘下，哈萨克人临时搭起营地，
几名士兵在准备早餐。他们慌乱地叫喊，
一个跌倒了，另一个从火堆抽出根柴火，
点燃了一座帐篷，顿时浓烟和火光升腾。
色克色那明白他们这是在向大部队求援。

色克色那冲下土丘，哈萨克人放弃抵抗，
举起双手投降。战马还没备鞍，枪膛里
没有填装弹丸。勇士们挨个儿检查帐篷，
一个帐篷里妇女和孩子挤作一团，看到
色克色那他们到来，兴奋地冲出来，喊：
“佛祖啊，这些强盗把牛粪也抢走了！
你们看看，咱们的毛皮，咱们的皮衣，
咱们的粮食，咱们的肉干！看，牛粪，
看看这些强盗抢的东西，牛粪也抢去！”

“你们一共有多少人？在哪里被抢的？
你们的领主是谁？为啥没有哨兵警卫？”
色克色那问道，妇女们叽叽喳喳回答。
大铁锅里炖着满登登的羊肉，真香啊。
“好了，你们先吃，”色克色那吩咐，
“女人和孩子们先吃吧，战士们再吃，
给哈萨克人留一点儿。”他登上土丘，
手搭凉棚四处望，视线之内杳无人迹。
“如果敌人的援兵赶来，咱们就撤退。

俘虏带上殿后，敌人就不会追着开枪。”
色克色那嘱咐过哨兵，从土丘上下来，
马缰随意缠在一根车辕上，巡视营地。

几个战士围着一堆篝火轻声地交谈着。
“哈，底掉了。”一个战士脱下靴子，
举在手里向众人展示。一个同伴说道：
“烧了吧，送你一双死人的，别嫌弃。”
“暖和就行，对吧？”旧靴子扔进火里。
“奇怪，发现没，那些哥萨克的尸体，
越变越白，连一点腐烂的臭味都没有。”
“冷呗，人的尸体冻上了就不会变臭。”
“那狼呢？狼为什么不吃那些哥萨克？”
“背是烤暖了，肚皮还凉，这可咋办？”
“什么肚皮凉，是你饿了，闻见肉香。”

俘虏们围拢在另一个火堆旁边取暖，
色克色那走过去时，他们不再言语。
众人回避着色克色那的目光，只有
一个三十来岁的男子，戴一顶泛白的
护耳帽子，直视色克色那，并无恶意。
“我猜你有话，说吧朋友，别说俄语。”
那人听色克色那这样说，想站起身来，
色克色那摆手制止，说：“不用行礼。”
“我要见你们的渥巴锡汗。”那人说。
俘虏们侧过脸齐刷刷地盯着色克色那，
战士们也注视着他，一时间无人言语。
“好的，”色克色那的鼻子里哼一声，

“可以，尊姓大名？有啥宝贝贡献？”
“我是巴什基尔人，不是哈萨克人，
此行专程求见汗王渥巴锡。只因为，”
男子用嘴指一指身边的哈萨克俘虏，
“因为弟兄们一时兴起，抢劫财物，
打乱了我的计划，所以耽搁在这里。”
色克色那敷衍着笑笑：“打乱计划？
一个俘虏说他有计划，去见汗王？”
战士们闻言点头，叽叽嘎嘎地乱笑。
巴什基尔人神情肃然，郑重地等待
众人止住笑声，说：“我不敢撒谎，
确实为见汗王。上一次乌拉尔草原，
劫持曼德莱汗后和王子，本人所为。
巴什基尔人巴克斯，专程求见汗王。”
他抿起嘴角，微笑地盯着色克色那，
篝火的烟熏得他的眼睛眯成一条缝。
色克色那四处望一望，随即命令道：
“把肉全带上路上吃，给哈萨克人
分几块好肉。上马，上马，回营。”
战士们立刻行动，帮助妇女孩子们
坐进马车里，俘虏们帮着拆卸帐篷。

3

“五根指头，”得力格晃着粗大的手，
“我用这五根手指头，跟神明说话。”
得力格盘腿而坐，解开琴囊拿出琴，
随手弹几下侧耳倾听，下垂的眼皮

遮住大半个眼睛。三两儿童围着他，
一个趴在他背上，两手摸他的耳朵。
得力格拧开皮囊，往铜杯里斟满酒，
送到孩子的嘴边。孩子只舔一小口，
咂一下吐出舌头，蹦蹦跳跳跑开去。

“对草原对牲口对唱歌，样样在行。
整天盘着腿坐在帐篷前，路子也广，
方圆一百俄里的大小事情一清二楚。”
伊凡手指得力格，向杜丁大尉介绍说，
“话没几句，意思藏在歌里含在酒里。”
“哦，草原上的伊索。”杜丁大尉说。
“什么索？您说什么，大尉？”伊凡问。
“没什么，我说他是一位通神的奴隶。”

一堆堆篝火熊熊，人们个个兴致昂扬。
姑娘们容光焕发，小伙子们声调高亢。
江基尔斜背火枪，腰间插一把短火枪，
牵着鬃毛油亮的枣红马，轻快地走过。
“好样的兄弟，这次你分到一匹好马，
下次的战利品一准是个大屁股的女人。”
“俄罗斯的娘儿们比哥萨克的会生养。”
众人你一言我一语地，打趣着江基尔。

“宴会时要像小马，战斗中得像豺狼。
这是成吉思汗说的。”得力格高声说。
人们渐渐围过来，坐在得力格的两旁。
“老人家，请您聊一聊伊犁的好风光。”

“讲一讲出产呗，咱们没见过的稀罕。”
得力格曲起食指敲敲右腿的膝盖，说：
“伊犁，哈，伊犁，你们想知道啥？
伊犁本是大海的一部分，山高水长。
山路像是永远走不完，曲曲弯弯的，
一会儿下到谷底，一会儿爬上高岗。
冬天是绿的，遍地的矢车菊百里香；
开不败的花期，夏天就是红紫青黄。
一群群大雁一群群灰鹤一群群野鸭
和一群群的鹭鸶。湖边吃草的牲口
都有名字，站的卧的，自己照顾自己。
不用搭帐篷，先盖起木屋再垒起院墙。
一排排的窗子亮亮的玻璃，你知道吗？
孩子们跳上走廊时，地板咯吱吱直响。
咯吱咯吱，孩子们最喜欢。跑上跑下
跑进跑出，摔倒就打滚，赖着不起来，
小狗在身边翻来滚去。我见过这日子，
我不会再看见了，但你们保准能过上。”
得力格拧拧弦柱，望向远方，唱道：
“古老的黄金世纪啊，江格尔诞生。
孤儿江格尔诞生，就在宝木巴圣地。
江格尔刚刚两岁，莽古斯袭击了国土。
江格尔成为孤儿，受尽了人间的痛苦。
江格尔刚刚三岁，神驹阿兰扎尔四岁。
小英雄跨上神驹，征服凶恶的莽古斯。
江格尔刚刚四岁，使那黄魔改邪归正。
江格尔刚刚五岁，就能活捉五个魔鬼。
江格尔刚刚六岁，降服显赫的阿拉谭策吉。

江格尔刚刚七岁，打败了东方的七个部落。
英名传遍海内啊，江格尔的长枪锋利。
江格尔牧养的骏马啊，个个飞快无比。
江格尔团结的勇士啊，人人英勇无敌。
江格尔的宝木巴领地，幸福的人间圣地。
人人永葆青春啊，永远二十五岁的年纪，
不会衰老，不会死去。四季如春，没有酷暑，
没有严寒，百花烂漫，百草常绿，人间福地。”
歌声像陀螺，从坚硬的地面转到如茵的草地，
转到一尘不染的冰面，转到微波不兴的水面，
飞起来，在半空中转呀转呀，一股劲向上去，
再慢慢降下来，落到水面上，荡起层层涟漪。

渥巴锡坐在不远处，篝火烤得脸发烫。
握着曼德莱汗后的手，思想着其他事。
“汗王，午睡时我得了个可怕的噩梦，
醒来通体汗凉。我梦到号角声都平息，
所有人都沉睡，在厚厚的雪毡下睡去，
风雪狂舞。镜子倒挂在生锈的钉子上，
墙上挂着鹿角，死人的名字刻在角上。”
曼德莱汗后望着渥巴锡的脸庞轻声说，
她的神情不像是恐惧，而是充满疑虑。
渥巴锡握住爱人的手，轻声地安慰道：
“一个梦而已。我的汗后，是否忘记
这几年来，我哪天不是煎熬在噩梦里？”
或许察觉到这番劝慰的话语过于严肃，
渥巴锡把汗后的手贴在自己的脸颊上，
轻轻地摩挲。“放心，只是个梦而已。”

忽然，色克色那上前跪在得力格面前：
“老人家，我色克色那，扎木扬的儿子，
当着众位乡亲，向你的女儿其其格求婚。”
众人爆发出欢呼，年轻人从篝火旁站起，
手里端着酒碗，等待着得力格的答复。
“色克色那，我知道你们俩相亲相爱……”
得力格的话未说完，其其格走上前去。
其其格走上前来，拉起色克色那，说：
“色克色那你同我订婚，就是我的丈夫。
但我要告诉你，我不能答应，什么缘由，
请你别再问。如果你心甘情愿把我等待，
将来随便哪一天，我只希望在伊犁河畔，
没错，就是我们返回家园，那时，阿爸，
我恳求你答应我的爱人，那时我会跪下
向亲爱的夫君谢罪，如果那时他还爱我，
我就恳求他，定下迎娶我的良辰吉日。”
其其格忘情地诉说，如两粒晶莹的珍珠，
两朵泪花在她那又大又黑的眼睛里闪烁，
再沿着潮红的面颊滚落。色克色那上前，
捧起其其格的双手亲吻。众人热烈欢呼。
“我觉得配不上你，我不是合格的勇士。”
“不合格？”得力格问，拉出一个高音，
帽子往上推了一推，摸一把灰白的胡子，
“长相、身材和家世都合格，也有勇气。”
众人大笑起来，其其格的双颊涨得通红。

曼德莱汗后擦一下眼角，对渥巴锡说道：

“多么勇敢的灵魂啊，多么忠贞的献身，
有什么比这更动情？有什么比这更宝贵？
我回想起十五年前的你。你还记得吗？”
她没等渥巴锡回答，催促两位王子离去。
宝音已昏昏欲睡，那木扎勒不愿意起身。
曼德莱汗后和宝音离开，渥巴锡站起来，
巡视一遭热热闹闹的乡亲们，走回帐篷。

“水波渺渺啊伊犁河，繁衍不息啊众生。
你是部落的明灯啊，你也是部落的钟声。
你像滔滔不绝的福祉滋润每个人的一生，
把大家带到那无边无垠的福乐的海洋中。”
得力格的歌声响起，众人随之欢快舞动。

“你若是男儿啊，背弓箭挎腰刀踏上征程；
你若是佩金戴玉啊，摆宴席把你嫁给英雄。
来吧，勇敢的汉子，放下杀敌的火枪长刀，
和兄弟摔跤，战胜胆怯，用你粗壮的双臂。”
两位勇士进到场地中，篝火辉映勇士的
铜色臂膀。小牛皮的褡裢缀满铜钉银钉，
腰间系着绸子围裙，下身穿肥大的白裤，
外罩着绣花的套裤，脚上蹬着蒙古马靴。

“贤明的可汗啊，您那广阔的土地，
您那众多的人民，您那富饶的牧场，
都在哪里啊？我那永远不朽的汗王。”
伴着得力格的歌声，勇士默默角力，
拉、扯、捉住对方肩膀，有时搂腰，

有时忽地钻入对方腋下，默默对抗。

4

阿廖沙嚼着肉干，从伊凡的肩头望过去，
在火苗跳动的流金里，看见老人的白发。
沉浸在音乐中，他的脸因为快乐而抽动，
眉头往中间挤，好似曲调全在脸上拧成。
老人的歌包含的故事与神知道的一样多。
一匹锦，他的歌是一匹写满悲歌的锦缎，
悲伤和希望织进去，编织一匹闪闪发亮、
无与伦比的悲伤的锦缎，七色的锦缎啊。
潸然泪落，阿廖沙的心不由得隐隐作痛。

阿廖沙递给伊凡酒杯，下巴一指得力格。
伊凡端着酒杯过去，俯身对得力格耳语。
得力格抬头望望阿廖沙，接过酒杯说道：
“准将大人，祝你健康，万事如意！”
“叫孩子吧，准将我受不了，老人家。”
“好的孩子，咱们爷儿俩干了这一杯。”
得力格一仰脖喝完，咂咂嘴道：“好酒啊。”
得力格放下酒杯，闭目片刻，奏响马头琴。
其其格挨着父亲身边坐下，和着曲调唱道：
“单股的辫子呀梳成双，被褥叠成一摞摞。
敖包上燃烧起大火，有火何愁没有好生活？
疾病和苦难酿成灾祸，火焰最少的因恶魔。
把祈祷说出来吧，愿我们过上火似的生活。
天父地母的儿女啊，在神永生的怀里度过。”

其其格的歌声颤抖，好像在琴弦上跳动。
众人和着节拍，各自思想着往后的事情。
“知道不？人一死就各自奔天堂地狱去。”
“不，才不是呢，他们会先去一个地方，
叫什么血海的，又膻又腥。血海的当中
有一座高高的白色的宫殿，往外发红光。
只一条小路通向宫殿，路两旁铜水沸腾。
所有人都得蒙着眼睛，没人在前面带领，
无罪的人能平安到达，有罪的掉下火坑，
在咕嘟咕嘟滚开的铜水里化得一点不剩。”

下雪了，夜晚像众人渐渐平静的热情。
没有风起没有云涌，夜空昏暗又纯净，
绛红色的云缓缓地撒下细盐似的雪粒。
“一切都比人类伟大。”阿廖沙喃喃自语，
站起身来，装作什么事情都没有发生。
伊凡双手抱膝，脑袋耷拉在膝盖上。
他知道伊凡没睡着，只是累得不想动。
穿过三三两两的人堆，他来到大帐前。
卫兵没有问话没有行礼，也没有通报。

阿廖沙挑帘进去，渥巴锡面对火盆，
手中捧着一张折了几折的旧羊皮纸。
“我这里可没有咖啡。”渥巴锡说，
他盯着手中的地图，没有挪动身子，
“我要举报，举报策伯克·多尔济。”
阿廖沙开口说道，渥巴锡看向一旁。

这时，暗处一个男子慢慢地站起身。
渥巴锡瞥了一眼阿廖沙，没有搭腔。

“尊敬的汗王，天色已晚我得回程。
请您考虑我的请求，我专程来拜访，
不惜以俘虏的身份，没有一句虚妄，
而是件件实情。”男子恭敬地行礼。
“我让卫兵带你去见俘虏你们的人，
色克色那，那年轻人是我的侍卫长，
护送你们安全返程。”渥巴锡说道，
“你的预警非常重要，感谢你的友情。
至于你提到的白骆驼、彗星等天象，
我想，此去迢迢万里，不日再话短长。”

“尊敬的渥巴锡汗，我万分感谢您，
您慷慨赐予一个流浪者期待的信任。
我盼望着能再次见到您，聆听教诲。
不过，请务必警惕我的预言，要么
今晚，要么明后两天，我不敢确认，
我的能力无法改变瞬息变幻的风云。”

渥巴锡不再开口，那男子施礼告退。
头发蓬乱，脸色发青，散发着汗腥，
披件外套，两条皮护腿满是泥点子，
脚步无声，从阿廖沙身旁侧身闪过。
阿廖沙看那人走出帐篷，接茬说道：
“他是汗国的大人物，扎尔固的首席，
竟勾结俄国佬，密谋篡位。我有铁证。”

阿廖沙压低声音，在渥巴锡对面坐下，
“穿过奥琴峡谷的第二晚，正在宿营，
伊凡告诉我，他发现一个陌生的汉子，
身材高大，戴一顶皮帽，长发蓬松，
腰间鼓鼓囊囊，至少别了一把短铳。
左脸上一道长疤，更显得恶相不同。
骑一匹不显眼的马，伸着两条长腿，
不问路直奔策伯克·多尔济的帐篷。
我安排伊凡小心行事，派他去探听，
正看到那男子从怀里掏出一把匕首，
小心翼翼地弯腰挑开皮大衣的沿缝，
抠出一张纸，递给策伯克·多尔济。”
阿廖沙停下来，与渥巴锡四目相对，
“汗王，我怀疑，来人是女皇密使。”

渥巴锡放下地图盯着炭火盆，问道：
“你觉得策伯克·多尔济行事怎样？”
“他双目有神，下巴有力，鼻梁直挺，
气质还算威严高贵，声音也洪亮坚定。
平时笑不出声，一口白牙没有黑牙缝。”
“你怎样看待他的人品，阿廖沙准将？”
“哦，这人质朴而细密，刚强而柔韧，
高尚而现实，只怕他藏着龌龊的底子。
他很自尊，也怜悯别人；他热爱战斗，
对敌人不同情；对于家奴，足够怜惜。
他生就的卓越的品质，仿佛来自神赐。
对君王来说，最宝贵这种干练的臣子。”

“那男子可能是女皇密使，可能是
策伯克·多尔济秘密派出去的探子。
毕竟，打仗关乎生死，容不得儿戏。
阿廖沙，我相信你的忠诚。忠诚，
才是一个人最可贵的品质。阿廖沙，
我非常钦佩像你这样的贵族青年，
愿意为同胞抛洒珍贵的一腔赤诚，
我希望我的孩子们都能像你一样。
让伊凡来吧，我要问他前后过程。”

“是的，汗王，我去喊伊凡来见您。
还有，我想禀报其他的事情，比如，
为什么丢下安逸的日子，奔向东方？
灾难的东方，我去哪儿呢？我的汗王，
我想，我这种与爱情和诗歌为伴的人，
为何在艰险旅途与粗人野人消耗时光？
诗人不应披着睡袍在花园寻章摘句吗？”
渥巴锡微笑看着阿廖沙，似乎不想回答。
阿廖沙嗫嚅着站起，掀开帘子走了出去。

渥巴锡思索了片刻，重新拿起羊皮纸，
此时他听到大帐门口一个颤抖的声音，
回答卫兵的询问。“是伊凡吗？进来。”
一个人掀开门帘，先点点头，又低头
打量肮脏的靴子，似乎发愁如何行礼。
“过来坐下吧，伊凡，离火盆近一点。”
伊凡走近火盆，半跪半坐，右手撑地，
左手抓着毡帽，双眼不敢直视渥巴锡。

“告诉我，伊凡，饿吗？要不要来一杯？
好的，你的主人阿廖沙准将，刚来过，
告诉了我一些有趣的情况。我来问你，
伊凡，他是不是个讨人喜欢的领主？”

“尊贵的汗王，不管您问伊凡什么事，
伊凡一个字都不敢瞎扯。怎么说呢？
我的母亲伺候贾恩夫人，我伺候准将。
准将大人带的兵不算多，他管我和马，
然后我管马。马呢负责拉我俩的行李。
尊贵的汗王，我算是一个独特的厨子，
能让牛肉更加鲜嫩，也能把蘑菇炖腥。
阿廖沙准将，他最喜欢伊凡做的饭菜。

“阿廖沙准将，他可不是讨不讨人喜欢，
他是想干什么就干什么，啥也不在乎，
也没有什么能难住他。他不相信什么，
也不迷恋什么。有时他打仗，空想着
千军万马冲锋陷阵；有时他开口唱歌，
虽说从没哼过正经调子；有时他恋爱，
当然喽，没有哪个姑娘会傻到爱上他。

“有时候他气愤地自言自语：他们凭什么
自以为了不起？把别人看得愚蠢和卑贱，
岂有此理！我是女皇任命的准将，准将。
圣母啊，看看我这身行头，多么漂亮。
于是回想起裁缝、纸牌和酒店。一会儿，
他幻想自己杀死和征服了无数的野蛮人，

您猜不到的，咱们土尔扈特人也算在内。

“看上去是那么高傲严肃，从前他靠着
没心没肺出名，谁也没见过他面有难色。
喜欢打猎喜欢野炊，却打不着半只鹌鹑。
后来死活不再去，别人打趣地问他原因，
他说，因为野兽最讨厌长相英俊的诗人。
您瞧，我尊贵的汗王，他就是这样风趣，
连从鼻烟壶里挖点儿鼻烟也发呆半晌。
早餐后，他从怀中摸出个巴掌大的荷包，
打开来，用拇指和食指夹出来一块金币。
我弯腰对他说：‘老爷，哪用得了这么多？’
‘嗯，那好吧。’他说着又把金币塞回去。

“他总穿着准将的制服，让我称他诗人准将。
他能吃能喝又能许诺，从不为下一顿发愁。
到汗国的当天，他用马鞭指着您的宫殿说：
‘瞧，我家族世代相传，岂能被渥巴锡窃占？’
他还假模假样地走上前，想着我会拦住他。
我问：‘从前老爷们在用餐之后，坐在廊台，
观看后生舞枪弄刀吧？’他夸耀说：‘当然。
你能数出多少沙子，在我祖父昌盛的年代，
就有多少贵宾，肥羊、火腿和切片的猪舌，
样样可口精致。’尊贵的汗王，他说的这些，
没有一样咱们蒙古人的饮食。您得原谅他，
他打小在俄罗斯长大，好物件他见得不多。
他又夸耀说，贵族们把酒献上给汗王祝寿，
举杯庆贺，乐队的鼓号齐鸣。酒过三巡后，

欢歌便从傍晚一直唱到月落星河。而后呢，
阿廖沙准将就一声不响，忧愁地点一点头，
好像连回忆一下，也会让他心里十分难过。

“听他讲说国家前途，你觉得他就是导师；
听他畅谈兵法，人死人活的战斗像儿戏。
他一开口，人们竖起耳朵用无言的惊叹
来听取他那美妙的高论。那精深的道理，
可真叫人稀奇，他怎么知道得那么多呢？
准将坐在菩提木的桌子前，摩挲着桌面，
先要感叹上一时半刻，再思考该干点啥。
他倒向椅子靠背时，椅子必得咯吱一声。
桌子上堆放着一卷卷的纸和对开的厚书，
咱们汗国里只有他有书，是一本什么书？
我哪里知道？上面的字一个我也不认识。
他写一张便条，右手的戒指盖上蜡封，
忽然轻轻叫一声上帝，像被蜇了一下。
他把字条撕碎后扔掉，重新再写一个。
突然跳起来，冲到挂在门旁的镜子前，
歪着脑袋打量。一会儿又冲到镜子前，
一语不发。我看到这些，小心问他说：
‘诗人准将，伊凡能帮您干点什么吗？
把镜子举在您面前吧，何苦来回忙碌？’
‘啊，好运就像婊子，你什么都富余，
就来纠缠你；你一无所有，它就溜走。’
他不理会我的问话，气愤地自言自语。”

“好的伊凡，你讲得详细又精彩，

你是一个有本领又诚实的好仆人。
你去吧，去照顾好你的诗人准将，
劝他少喝点，不要总是当众出丑。”
渥巴锡的神色平静，安慰伊凡说。

“遵命汗王，不过准将呢不知道节制，
他跟杜丁大尉谈论诗，把美酒当筹码。
谈得投机就喝一大杯庆祝；若抬杠呢，
也喝一大杯。这样，我看能不能替他。”
伊凡起身弯腰行礼，慢慢地退出帐篷。

5

“铁的可汗铸造出你的刀身，钢的可汗
锻造成你的锋刃，木的可汗镶你的刀柄，
火的可汗百炼成金，水的可汗搅起波澜。”
得力格沉浸在对昔日大汗荣光的怀念里，
琴声暗淡，他的歌声恰似蛛丝飘来荡去。
年轻人载歌载舞，更多的围着篝火谈天。
一个战士骑一匹肥大而美丽的顿河战马，
从人群后面款款走过，神气地打量众人。
“把这马送给我吧！”阿廖沙冲他喊道。
那战士嘟起嘴咕哝道：“这可是战利品。”
色克色那朝那战士挥挥手，示意他离开，
转头对阿廖沙道：“好的，准将大人！”
众人哄堂大笑，阿廖沙不由得脸上涨红，
喃喃自语：“让你们看看我怎么得手。”

阿廖沙这几日总为没负伤没流血而遗憾。
他无聊地站起来，向前走几步折向旁边，
原地转个圈。他想着，如能为同胞捐躯，
或者牺牲在汗王眼前，那该是何等幸福。
忽然内心澎湃，他略一思忖便开口朗诵：
“敲响所有铜钟吧，奏响所有管风琴，
女神，请听我的恳求，请为我们祝福！
让我们达到幸福，你是所有生灵之母，
我们是你的儿女也是尘土。啊，女神，
春水潺潺，春风暖暖，你在哪里，女神？
请回答我的恳求，以免抱憾跨入坟墓。”

众人被他的激情朗诵打断，一时愣住。
对面站起个汉子，是勇士扎瓦·巴图，
打量了阿廖沙片刻，用羊腿指着他说：
“闭嘴，这个叫什么阿廖沙的臭准将，
这是蒙古人的欢宴，不欢迎俄国女神。
我们要先人的祝福，还有乡亲的祝愿，
闭嘴，要不我用缴获的千里马的马尿
把你这张臭嘴灌满。”众人哄堂大笑，
阿廖沙涨红着脸，右手僵直在半空中。
杜丁大尉连忙扯扯阿廖沙制服的下摆：
“坐下吧准将，干了这碗好酒，这样
马尿就没地方灌。”众人又哄堂大笑。
这时，忽然弦子一响，众人蓦地噤声，
杜丁大尉拉扯着阿廖沙，慢慢地坐下。

“雄鹰吃鲜肉喝热血，只活三十岁。

乌鸦啊吃腐肉抓老鼠，能活三百年。
朋友啊你若是那只乌鸦，请你闭嘴，
兄弟啊你若是雄鹰，请你展翅高飞。”
歌声和琴声缠绕，盘旋在每个人头顶。
晴朗的黑色天空，似乎还在不停上升，
又让人觉得足够低，抬手就可以触碰。
偌大的夜空，竟没有一颗闪烁的星星。

色克色那拿一根通条穿肉，在火上烘烤。
他转着通条，两手皮肤发红，伤痕道道。
那木扎勒面朝火堆，抚摸着身旁的小狗。
名叫黑小子的小狗，瞪着黑亮亮的眼睛。
大雾从天而降又消失不见，雪粒又湿又重。
忽然，从远处传来一阵悠长的怪异的叫声，
听不出是猛兽的威吓还是牲口惊恐的悲鸣。
那木扎勒竖起耳朵，冲色克色那点一点头，
对黑小子咂下舌，站起身抓住坐骑的马鬃，
翻身上马，“驾”“驾”两声冲入茫茫夜色中，
黑小子紧随而去。色克色那急忙道：“慢着！”
腾一下跳起来，抄起马鞍，准备呼喊卫兵，
却看不到战马也看不到卫兵。发呆的片刻，
只听得马蹄声声，眨眼间枣红马冲到跟前，
高高地扬起前蹄，那木扎勒轻轻地跳下马，
拍拍马脖子。黑小子急急跟来，喘气伸舌。
那木扎勒微笑着在篝火边坐下，神秘一笑，
冲色克色那小声说：“豺。”稚气的脸庞，
那十三岁的稚气的脸庞洋溢着骄傲的神情。
“去年夏天才好玩，我和黑小子偷跑出来，

藏在王廷后面的小树林，盘算着干点什么。
只听见细细的一片响动，我俩大气不敢吭。
嘎巴一响，仔细打量，一头小鹿闯进月明，
埋头喝水，再一跳越过小溪，寻不见身影。”
那木扎勒的脸上闪现出怀念和羞涩的表情。

杜丁大尉拉色克色那坐下，心中说道：
“多棒的王子！准是草原未来的英雄。”
“诗人？嗯？不失去理智就不会写诗。
哪里有什么诗歌？诗歌都是神的预知。
诗人？诗人只不过是代笔，仅此而已。”
阿廖沙挑起话头，伊凡预测纠缠开始，
脑袋抵着膝盖，偷听杜丁大尉的动静。
“你的心像斑鸠一样纯真，我的爱人，
我要把你含在嘴里，永远不会受伤害。”
杜丁大尉哼起小调，不接阿廖沙的茬。
忽然，肩胛骨嘎巴一响，他“哎哟”一声，
抓起酒瓶对着嘴，咕咚咕咚灌下几口。

“诗人？诗人只不过代笔，仅此而已。”
阿廖沙打定主意要把这话题继续下去，
“神赐给人聪明智慧，第一等称先知，
第二等叫作祭司，第三等才轮到诗人，
第四等是守法的君主，第五等是战士，
第六等是什么来着？对了，行商坐贾。
第七等呢是农夫，匠人屈居在第八等，
第九等，嗯，有九等，只不过我忘记了。”
阿廖沙恢复了兴致，滔滔不绝地絮语：

"我在圣彼得堡住过两年，多美的城市。
它把我压扁了。我就像个苍白的纸人，
靠着虚荣和嘀嘀咕咕的友谊打发日子。
上流社会夏天当然住别墅，我的府邸
在涅瓦河畔，离城不够近也不算太远。
府邸里有一个清爽的花园，一方水塘，
落英缤纷的幽径，一块嶙峋的山石。
春夏两季纵马林中，捕杀换毛的狐狸。
耕者有其田，每块田都应该放牧种植。
可我们只有一块墓地，还不属于自己。
没有贱民，没有奴隶，就不会有圣人。
不，不再有枷锁，人生下不是为奴役。"

"嘿，这诗的题目叫什么，准将大人？
流畅，有真情也有真意，难得的好诗。"
杜丁大尉咂咂嘴好似专心地回味，说，
"让我想起少年时住过的乡下和情事。"

"草原最该产生诗人，竟然一个没有。
在一次撤退中，我的奖赏是一把佩剑，
奖励我的勇敢。元帅表彰，女皇褒奖，
这无上的荣誉一字不漏地写在文书里。
我生平首次泫然泪下，那种欢悦的窒息。
忘了自己，我发了狂，想俯伏在她脚旁。
对了，杜丁大尉，我在圣彼得堡有影响，
认识些达官贵人，能帮你接近名门望族，
若能得上层赏识，职位和勋章不算什么，
你愿意屈尊降贵吗，亲爱的杜丁大尉？"

“接近名门望族？职位和勋章不算什么？
你在唠叨什么呢，我的诗人准将大人？
方才的高洁与此刻的龌龊，判若两人。
俄罗斯啊，你像被妖术迷惑了的美人儿。
她被一群狂人和骗子凌辱，她如此无辜。
而你阿廖沙，挣扎在虚荣与现实的夹缝。

“帝国只要铁和奴隶。我愿做阿尔曼索。
摩尔国王阿尔曼索，瘟疫在城中流行，
他在夜里出城，化装成一个阿拉伯人，
直奔敌人的兵营，敌人正在饮酒作乐。
他亲切招呼：‘阿拉伯人，幸运的人，
我愿尊奉你们的神灵，做你们的仆从。’
他行接吻礼拥抱他们，挨着个儿接吻。
然后阿尔曼索扑倒在地，高兴地嚷嚷：
‘我得了瘟疫，我已经传染给你们了！’
我愿做阿尔曼索，把我平等的和平的
瘟疫传给我的同胞，医治他们自大的
狂傲的狭隘的沉疴。哦，该死的女皇！

“这个国度里要么是锁链，要么是桂冠；
要么是奴隶，要么是帮凶。你没看见，
在欢呼万岁的狂热中间，我百般熬煎，
真的，我为自己的怀疑和觉醒而抱歉。”

“杜丁大尉，看来我也要赞美您几句，
作为回报。是的，您的诗歌充满力量，

嗯，那种正义感的力量。就那么一下，
亮相在人们的面前。在眼睛上点一点，
真相显现；耳朵上摸一摸，响起圣言。
是的，一种真实的正义感，冷暖立判。
让人恨不得剖开胸膛挖出颤抖的心脏，
把一块燃烧的木炭填回敞开的胸腔。”

“你们的性格开朗，喝酒时是良伴。
你们生来就大胆，打仗时个个争先。
今天你们是流亡者，告别伏尔加河；
明天，你们将以自由人的身份欢歌。
不要再迷信什么女皇，她就是暴君，
这个欧亚大陆的暴徒、骗子和自大狂，
她把土尔扈特人当成柠檬，挤完就扔。
她所谓的千秋功业，不过是血海尸山。”
杜丁大尉的口气渐渐变重，神色肃然。

“听上去这是个忠告啊，杜丁大尉！
我实在不相信这话竟出自您的言谈。
好吧，我谈谈自己，虽然我很谦卑。
享受优渥的生活，俄国贵族也羡慕。
可是，我总觉得优越的一切不属于我，
我只是可怜的过客。眼下虽心情舒畅，
但是我心头总萦绕着莫名其妙的失落。

“说我跟俄国佬里应外合，实在不公正。
我不曾拥有过这个国，卖国贼的恶名
却纠缠不清。同族看见我都背过脸去，

昔日玩伴在我面前转身，胆小的远远
打招呼。牧户虽向我鞠躬，我走过时，
努嘴指点我的后背冷嘲热讽。卖国贼？
这帽子真让我头痛。俄国佬不择手段
把我拉拢，对我的家族更是礼赠爵封，
给我头衔表示他们对我的器重。其实，
没人知晓我内心苦痛。我得过分行事
以正视听，用鲜血和牺牲来补偿名声。”

杜丁大尉摸出一本黑色封面的《圣经》，
翻到折页的一处，凑近篝火轻声地朗读：
“你听：因有一国从北方上来攻击他，
使他的地荒凉，无人居住，连人带牲畜，
都逃走了。明白了，尊贵的准将大人？
你再听：耶和华说，当那日子，那时候，
以色列人随走随哭，寻求耶和华他们的神。”

腾格尔小碎步走过来，兴致勃勃地坐在
杜丁大尉的身边，冲伊凡呜哩哇啦一番。
伊凡听完向众人说道：“花剌子模国王，
尊贵的腾格尔陛下，入冬时发了笔小财，
捕到了两只貂，跟德国人换了一条毯子、
一口小锅和一把斧子。他刚刚喂过骡子，
修了爬犁，补了毡靴，还把干燥的燕麦
倒腾了倒腾，装满好几口袋。一切妥当，
凡是明天用得着的，今晚已经准备停当，
斧子、手锯、蹄铁、钉子、锤子和马缰。
各位，祝贺一下吧。”腾格尔连连点头，

从怀里掏出一个扁扁的酒瓶，拧开瓶口，
深深地闻一闻，呜哩哇啦地比画了一通。
“花剌子模国王腾格尔陛下说，这可是
腾格尔陛下他自酿的好酒，劲儿大得很。”
伊凡比着大拇指，高声地对杜丁大尉说。
杜丁大尉接过酒瓶，稍稍一闻咕咚一口，说：
“啊，我想想，山楂的味道，是山楂。”
他抹下嘴角，吁一口气勉强压住酒力。
“恭喜杜丁大尉，您的舌头出生入死。
他问您，俄国的酒比他这个谁更有劲儿？”
“花剌子模国王，你的山楂酒最霸道！”
杜丁大尉再猛灌一口，三个人大笑起来。
“准将大人，请品尝一口纯粹的山楂酒。”
杜丁大尉摇了摇阿廖沙，阿廖沙的脑袋
斜靠着仆人伊凡的肩膀，已然沉沉入睡。

天突然更冷，雪粒落下时变为碎雪花。
色克色那摇摇晃晃地站起，高声说道：
“阿爸他一喝醉酒就骂阿妈骚母狗！”
他踉踉跄跄的，那木扎勒赶紧扶住他。
寒气无声地偷袭。黑暗好似没有尽头，
篝火黯淡，牲口互相依偎着摩擦颈项。
孩子已睡熟，众人沉沉地坠入梦乡。
得力格放下琴，自言自语：“睡吧。”
天发亮又发蓝，远方的山脉忽近忽远。

6

渥巴锡正捧着羊皮纸地图观看，忽然，
狂风大作，帐篷抖个不停，左摇右摆。
渥巴锡刚要起身，只听砰的一声巨响，
帐篷竟被狂风连根拔起。渥巴锡掩面，
朝四周观看，狂风暴雪中见不到人影。

忽然风停雪止，乌云低垂在战地上空，
分不清乌云还是硝烟，一大片黑蒙蒙。
策伯克·多尔济默不作声地骑着伤马，
指挥抢救伤员。跟在他后面的是查干，
紧张地握紧号角。舍楞在自己的右边，
战马激愤地扬起前蹄，竭力挣脱缰绳。

渥巴锡朝对面望过去，努尔阿里汗，
小帐哈萨克的努尔阿里汗策马过来。
在他俩之间好像横着一根无形的线，
努尔阿里汗距离一箭之地勒马站住：
“哈萨克没足够的牧场侍奉两位汗。
返回伏尔加河吧，渥巴锡汗，回返，
前行没有出路，两万联军布下口袋。”

难道是细雨蒙蒙的初秋？正是秋天。
辽阔草原时而被细纱般的斜雨遮掩，
仿佛涂抹一层清漆。远处模糊显现，
安静的小村，一幢幢房屋白蓝相间，
哥萨克的村寨。红彤彤教堂的顶盖，

河上的小桥摇摇颤颤。碧绿的山峰
和山脚的土路，还有哈萨克的援军
急匆匆赶来，辎重大车跟随在后面。

步兵骑兵拥挤在桥头，急急忙忙过桥。
一辆辆炮车拥上前来，桥头拥挤不堪。
前面是一片沙漠，一股哥萨克侦察兵
慢慢地搜索。忽然，一大群猛兽出现，
好像不是狼，不是狐狸，应该是蚂蚁，
是母后讲过的沙漠里的蚂蚁。蚂蚁们
冲上前不一会儿，将哥萨克侦察兵
撕碎，吞食干净，一头扎进沙子里面。

一队着蓝白红三色制服的龙骑兵出现，
出现在努尔阿里汗的身边。阳光耀眼，
照耀着他们闪亮的马刀、皮靴和枪管。

战士们把马车、辎重和杂物堆在一起，
筑成一道防御工事，中间留几处空隙。
四下里一片寂静，没有一丁点儿动静。
应该传来号角和厮杀声，却一片静谧。
麻雀在茅屋顶上撒欢，大白鹅嘎嘎地
放声高歌，鸭子和公鸡回声似的响应，
还有牛哞哞的叫声。青草丛中探出来
一对鹿角，啄木鸟在枞树上轻轻敲啄。

在自己和努尔阿里汗之间，没有人影。
十俄丈的空空荡荡的地段，没有人影。

隐形的虚线把他和努尔阿里汗分隔开。
隐形的无法逾越的战线把敌我分隔开。
向这条标记生死的隐形界线跨出一步，
好似会坠入未知的惩罚的痛苦的深渊。

水晶的玻璃的银的餐具，整齐地摆放。
女仆在忙碌，将军们的徽章一闪一闪。
刀叉、酒杯和餐盘碰击的响声和浅笑，
交织成一片。餐桌中间，努尔阿里汗
举起酒杯，嘴角掩饰不住巫师的笑靥。
“在我心中，诸位，这轮太阳里充满
幸福，这幸福将终结恐怖与苦难、
混沌与愚昧。无论历史如何地倒退，
也不得不在阳光的推动下奔跑向前。
你瞧，死亡上方，幸福在四周盘旋，
能拯救我们拯救历史的，唯有这皇冠。”
前额宽阔，嘴长得俊美，唇线也分明，
目光威严坚定，在君王里算不上凶残，
却也绝不仁慈。不过，他说的这番话，
像夸口懂法术的羊倌，其实只认识羊。

他的脸上露出得到救赎之后的微笑，
仰起鬓发斑白的硕大脑袋环顾众人。
众人欢呼举杯，渥巴锡将酒杯举起。
“请你答应我，你不会拒绝我的吧？
在你的手段里，这事不费吹灰之力，
也不会使你有损身份。请你答应吧。”
努尔阿里汗微笑着说完，一饮而尽。

可是，渥巴锡却听到努尔阿里汗说：
“愚昧的世间，清醒的自由人最可悲。”
这时，旁边驶过来粼粼的牛车和马车，
车上的妇女和孩子痛哭流涕地哀求着：
“汗，不要把我们卖给俄国佬当奴隶。”

“我的见识像春冰般浅薄，您的心胸
光辉灿烂。我请问，我们能得到什么？
除了屈辱和奴役，我们还能得到什么？
您说起话来总是用词文雅，态度谦卑，
用这些来包藏祸心吗，努尔阿里汗？”
蜡烛在风中摇晃，努尔阿里汗用食指
轻轻一指，火苗的顶部形成个圆圈。

危险像一个羊圈，我们被困在圈当中。
再不逃出去，屠夫就来了，刀已磨好。
对于战士，有什么比为自由而战更高贵？
战争不求自来，天堂之门开启，对不对？
努尔阿里汗是巫师出身，善于控制意念，
控制我什么呢？让我害怕或者更勇敢吗？
“据我所知，你们连一桶火药也没有了。”
“努尔阿里汗，我们每个人都是桶火药。”

忽然一片喧哗，众人让出一条通道，
女皇在奏乐声中驾临。她来到桌子前，
一个人头骨、一个地球仪、一个罗盘
和一张画满奇形怪状的符号的羊皮纸。
双眸凝重而忧伤，神色包含几分严厉；

像众星的守卫，像珍藏着世间的宝藏，
护卫着洪荒。黑暗更浓烈，狼的眼睛
在林中闪烁着；乌鸦聚集，磨着黑喙。
她昂起头用法文念祝祷词，左手挥动
血淋淋的小旗，巡视众人，开口呵斥：
“你们鞑靼来自地图上的一个空白点，
现在闹着逃回去。在这么陡的斜坡上，
毫无抓手，你们准备滑向哪一处深渊？”

没人动鹅肝、熏鱼、腌黄瓜和鱼子酱。
贵客多是德高望重的人士，都有一张
自信的油光满面的大脸和粗大的手掌。
众人开始进餐，默不作声。凉菜之后
是雏鸡和芦笋。空气沉闷，大地空旷，
只有刀叉的响声和咀嚼骨肉的动静。
“羊群进哪个羊圈，全靠头羊带方向。
头羊改方向，羊群自然跟从。渥巴锡，
你犹豫不决，脑海中浮现哪一幅幻象？”

“只要蒙古人一息尚存，尊贵的女皇，
吞下我们还早了点儿，放弃这念头吧。
你不是守护神，你是我们复仇的对象。
俄罗斯人的眼神像熊，哥萨克人的像狼，
土耳其人的像鹰，而蒙古人的眼神像风。
我们的刀锋上涂着治愈敌人骄傲的良方。”

“你认为的种种危险是你自己凭空臆想，
像在梦境中一样，意思残缺，前后断章，

梦中所见不见得真实可信，大多为虚妄。”

“世上最聪明的俄罗斯人，可以分为七种：
贵族酒鬼、军官酒鬼、僧侣酒鬼、牧人酒鬼、
商贩酒鬼和士兵酒鬼。这么多的好汉，
都以他们的长处命名。少了一个，是吗？
我数数，哦，少了个沙皇酒鬼，对不对？”

“您的嘲笑并不突然。您知道作为朋友，
您的处境我考虑了很久。您瞧，如果，”
别克托夫漫不经心地干咳着，眉头皱紧，
外套穿件呢子长外衣，内穿白缎子背心，
腰间什么鼓鼓囊囊的，一副剽悍的气派，
他给自己斟满一杯酒，歪着脑袋，说，
“没到过圣彼得堡，等于没见过世面。
涅瓦河上的船舶风帆飘荡，旌旗招展，
女皇的禁卫军在广场上练习着赞美诗，
看热闹的坐在桥上，不小心的会落水。”

“别克托夫在哪儿，哪儿就有笑话和阴谋。
因为别克托夫爱在蠢人的队伍里抛头露面。
你说的这一大堆话，与我们蒙古人何干？”
别克托夫闻听渥巴锡此言，胸口剧烈起伏，
面红耳赤，双目低垂，大手紧紧捏着酒杯。

星汉浩渺，远方蒙古包的灯火一明一暗。
草原像大海般辽阔，又像大海那样深沉。
渥巴锡发现得力格坐在席间，津津有味，

鼻子伸到鼻烟壶深吸一下，喷嚏响连天，
身旁的孩子们笑得更欢。他捏捏鼻子说：
“说到货真价实，还数咱蒙古人的鼻烟。”

7

忽然一声炸雷，一声炸雷在头顶炸开，
渥巴锡猛地坐起，却发现身在大帐内。
他抓起腰刀跑出帐篷，积雪才埋脚踝。
飞雪狂舞，帐篷好似树叶不住地摇摆。
他想往前去，根本无法辨认东西南北，
风搅着雪把他逼回帐篷。他把门关严，
掩上门后的毡子，心怦怦跳撞动胸怀。
也不知天色到了几更，卫兵不在门外。
不知母后如何，还有汗后与两位王子。
他坐下来给黯淡的火盆添加一块木柴。

一个时辰过去，也可能过去两个时辰，
风声渐缓，帐篷外断断续续响起人声。
渥巴锡走出大帐，高声喊道：“来人！”
无人回应，他想迈开步察看四周动静，
发现积雪已埋住膝盖，心中大为惊骇。

十之有九的帐篷掀翻在地，老人妇孺
和牲畜被雪埋得不漏缝隙，无法动弹。
活着的奄奄一息，只有睫毛还能抖动。
积雪蠕动，牲口苏醒，羊和犬从雪里

拱出脑袋，牛哞哞地叫不停，却无法
在厚厚积雪中走动。孩子的哭声响起，
女人的哭声响起，遍地的哭声响起来，
四面八方的哭声响起，悲声笼罩雪原。

撕心裂肺的哭号，其其格从雪中走来，
其其格蹚着齐腰深的积雪艰难地走来。
得力格已冻成雪人，马头琴抱在怀中。
得力格坐在雪堆之中，白茫茫的大雪
好似羊水包裹着身体，只露出白头顶。
得力格像来自另一个世界，好像正在
忘我地进入下一场生命，浑然不醒。
其其格站在雪中痛哭，积雪堆到膝盖。
乌兰从远处蹚雪走来，两人紧紧相拥。
二人浑身发抖，紧紧抱住彼此的身形。

乡亲们安静地躺在白雪皑皑的草原上，
活完了一生。这一生就好像一场大梦，
在一场梦中开始，也在一场梦中投胎。
乌兰想拖一顶破损的帐篷，却拽不动：
“我的手冻硬了，不听使唤，来帮我。”
二人把帐篷拖过来，盖在得力格头顶。

渥巴锡忽然想起母后、汗后和王子，
他一时间不知如何是好，心中绞痛。
他想呼喊卫兵，乌兰看出他的心思：
“汗王，我俩刚刚从汗后那里过来，
汗后和宝音小王子刚刚睡醒。头天，

他们睡得很晚，暴雪之前添加木炭。
风雪止住时，他们的帐篷稳如小山。”

“要不要把乡亲埋了？”“怎么埋？
雪不是埋了吗？狼会找到的。如今
活人都顾不过来，还管什么死人？”
众人七嘴八舌议论，乌兰对渥巴锡道：
“只没有太后的消息，我俩匆匆赶来，
那木扎勒王子和色克色那急急赶过去，
蹚雪赶去太后那里，估摸探知到消息。”

渥巴锡不再等待卫兵，也无处寻找坐骑，
辨认一下方位，他踉踉跄跄地蹚雪前去。
他朝母后的帐篷走去，不过是一箭之地，
内心焦急，双眼润湿，简直要哭出声来。
那木扎勒和色克色那迎面急匆匆跑过来，
面带焦虑。那木扎勒挥舞着双臂，喊道：
“父汗，父汗，不，别去。”摔倒雪中，
挣扎爬起，他趔趄着冲上来抱住渥巴锡。
“父汗，不要去。”那木扎勒失声痛哭，
“奶奶……奶奶已故去。”父子相拥而泣。

不知过去多久，渥巴锡听到汗后的呼唤。
他擦拭泪水望过去，汗后蹚雪踉跄而至。
夫妻二人拥抱，汗后说：“我最担心你。”
吩咐那木扎勒：“儿啊，你和色克色那
赶回帐篷，看护你的弟弟。若有人前来
询问母后情况，说和父汗一起处理事宜。”

那木扎勒答应，和色克色那蹚雪赶回去。

“汗，无论多大的白灾，不管发生几次，
你都不能神魂无主。母后老人家已解脱，
自有佛祖来超度，汗，你赶紧擦去眼泪，
心神镇定下来，带领民众从绝望里站起。”

“我的汗后，我被无法解释的梦困惑，”
渥巴锡勉强地忍住悲痛，哽咽着诉说，
“梦境像影子无法摆脱。它纠缠着我，
同我说话，我却一字不懂。虽说醒来
记得发生的细节，我知道在哪里待过，
却说不出为何。信心尽失，慌乱弥漫，
恐惧笼罩着我，灾祸从深渊露出面目，
长相狰狞如幽灵显现，我却手足无措。”

“我的汗王，十几万民众等待着命令。
你的信心是他们活下去的明灯。佛祖，
佛祖指示如此折磨，你不要丢掉信心。”
“我看见失望的灵魂和悲惨的宿命；
我沉浸在盼望里，陶醉越深，越感觉
失败正在得胜。”渥巴锡神色茫然道。
“不，我的汗王，我们是否共死同生？
而今你打算独自前行？你带来的幸福，
我至今都历历在目，从未如此般钟情。”

“我记得，我记得生命中那些重要时刻。
房间灯火明亮，红光四射。波斯的壁毯

悬挂墙上，对面墙钉着一张偌大的地图，
父汗总是在地图前沉思。房间的格栅后，
是父汗的卧室，帷幔高高的卧榻，枕头
颜色鲜亮。卧榻的对面立着一个大神龛。
父汗那宽大的前额，狮子鬃毛般的白发，
原本满布皱纹的淡红色的面颊稍稍黯淡，
双目紧闭直挺挺地躺着。喇嘛席地而坐，
手执蜡烛庄严诵经。侍女跪在喇嘛身后，
众人心事沉重低头垂泪，在悲伤中沉默。

“怎么会忘记？我记得生命中的重要时刻。
我的汗后，我们的婚礼就在葬礼前举行，
因为父汗仓促离世，未能见到儿子成人。
成人之时，先得向祖父留下的匕首磕头，
亲吻刀背和背诵氏族的谱系，最后宣誓。
这不是刀口舔血，这是男人应当牢记的
亲族之间的远近亲疏，防备敌人的挑拨。

“怎么会忘记，我记得生命中的重要时刻。
恰是这些支撑着我把艰难险阻步步走过。”

“我的汗王，你还记得新婚之夜吗？
你痛哭失声，我将你紧紧地搂在怀中。
第二天，你仿佛变了一个人。是成人，
成人让你成为心怀汗国的又一代英雄。
婚后我们相敬如宾，多少年不曾红脸。
当那木扎勒六岁时，请哪位师傅启蒙，
咱俩的意见不同。我赌气不跟你说话，

谁知你竟然放话，再娶位俄罗斯女子。
听此言好似晴天霹雳，我跑去问阿爸。
阿爸竟一味躲闪，故意回避我的质疑。
喊他，他假装耳聋，捂着嘴咳嗽不停。
仆人们低声说话，故意让我听得分明。
他们断断续续地说，明天早上，汗王，
渥巴锡汗要迎娶一位高贵的俄国公主。
王子那木扎勒代表父汗，迎接新母后。

“佛祖啊，听此言我如坠冰窟如雷轰顶。
我不相信夫妻间的几句争吵，红红脸，
渥巴锡你竟移情别恋，断绝几载恩情。
第二天早上锣鼓喧天，人们跑向王廷，
喊着快去看啊，小王子迎来了新母后。
我的心啊咚咚地跳着，一下比一下急，
简直就要蹦出咽喉。我勉强忍住泪水，
随众人跑向王廷，看见台阶下的新轿，
心想，今天我定要死在渥巴锡的眼前。
台阶下我看到一顶簇新的绿呢子小轿，
新漆的轿杆，天鹅绒的轿面，红绶带
从轿帘搭到后面，卫兵们守在轿子边。
我推开众人上前一把扯下轿帘，老天，
只见儿子端坐里面，一见我鼓掌大笑：
‘阿妈，我输了，父汗说你准来扯轿帘。’
人们拥过来，围着我跳舞。我看见你
喜笑颜开从台阶上款款下来，手指着
自己的鼻子，像是在问这主意妙不妙。
我又哭又笑，冲过去倒在你的怀抱。”

曼德莱汗后讲完，擦拭眼角的泪水。

“亲爱的汗后，你是无比宝贵的珍宝。
我理解你的苦心，明白你搀扶我站稳。”
渥巴锡望着茫茫的雪原，将妻子抱紧，
“你的话让我想起一桩不解的梦境：
白云将遮住太阳，云影正拂过雁群。
父汗的声音谨慎而克制，慢慢说道：
‘打一只雁吧，儿子，用它来下酒。’
说完他向前驰去，不理会我的答复。
我望着父汗的背影，心中莫名担忧。
我把马一夹追向前，不见父汗踪影。
我在混乱的寒风中失声高喊：‘父汗！’

“几乎每晚彻夜不眠，虔诚向神明祈求。
我无法描绘祈祷时感受到的内心温暖。
彻夜祈祷，祈祷成为父汗那样的好汉。
向往某种伟大美好的东西，说不出来，
祈求自己同神明融为一体，顺其自然。”

“我勇敢的汗王，这些烦恼暂放一边，
召集扎尔固的领主，巡视各自的营盘。
忘记母后，忘记深埋雪地的亲人尸首，
不要让眼泪和惊慌战胜决断，赶快去。
这不是咱们自己为后代开辟的道路吗？
这坦途不通向必将富庶的伊犁河畔吗？
忘记母后，忘记深埋雪地的亲人尸首，
不要让眼泪和惊慌战胜勇气，赶快去。”

渥巴锡和妻子拥抱，然后放开妻子的手，
放开妻子的双手，迈步在齐膝深的雪里，
迈步雪中一一探视。那些脚底下的硬块，
就是同胞的尸体，损失要一一探问清楚。

“此去迢迢万里，前路凶险，儿只担心，
担心自身能力，害怕连累族人；更担忧
非天命所系，导致罪业深重，几世罔替。”
“儿啊，人活天地间，凭真心立世。
无论多少灾难，一心为公而不藏私，
众人自然看得过去，赴汤蹈火不改本意。”
渥巴锡巡视着营地，回想起母后的面谕。

8

“各位对此如何判断？”渥巴锡问道，
“此时催促民众前进断不可行。我想，
龙骑兵也好哥萨克也罢，算上哈萨克，
他们的情形不会比咱们好太多。动摇，
有人放风说什么返回去，万万行不得。
往回走的每一步都会踩着亲人的尸体。
待在这儿，不远的东南方就是图尔盖，
土地肥沃。雪化之时，地面拱出新绿，
咱们前去将就一些日子，再往东不迟。”
无人回应，渥巴锡往火盆加了块木炭。

“往前确实走不动，退回去更不可以。
先把冻死的大牲口分割，肉都腌起来。

雪化以后咱们直接往东。说到图尔盖，
汗王，依我看没必要往那里绕上一程。”
达仕敦杜克说，语气和神态非常肯定。

“我想说眼下不是往东往南或原地不动，”
策伯克·多尔济拿起火钳，慢悠悠地说，
“我想说，我能够胜任汗王一职。因为，
我在圣彼得堡受过系统教育，会说俄语，
会说法语和德语，我更了解外面的形势。
我想把土尔扈特部从游牧改造成现代人，
生活在有玻璃窗户和壁炉的暖和的房里，
孩子在地板上玩耍，餐桌铺着雪白的台布。
生病了看大夫，而不是求告跳大神的巫师。
人去世后埋进公墓，而不是用毛毡子裹着，
扔在勒勒车里，在草原上漫无目的地转悠，
随便掉在什么草洼里水坑里，被豺狼分尸。
我的这些主张，只有成为汗才能变成现实。”
策伯克·多尔济放下火钳子，继续说道，
“当然，需要扎尔固里的六位议席投票，
六位扎尔固议员投票决议。”他想起什么，
又拾起火钳子，给炭火盆添了两块牛粪。

“策伯克·多尔济，我觉得这不是时机。
我想主张不管怎样，你得分个轻重缓急。
不顾部众生死，全然不顾牧户多么焦虑，
是不是涉及你的私利，你就会超越公益？
你是不是打算鼓动几个傻瓜跟着你起义？”
舍楞说完，把烟斗从嘴右边移到左边去。

"舍楞将军，请不要使用针锋相对的言辞，
就事论事，咱们是讨论汗王任职资格一事。
我说过，需要在座的各位扎尔固议员同意。"
策伯克·多尔济脸色始终平静，语气克制。

"不，没有人讨论这事，策伯克·多尔济，
是你自己提出的话题，并没有其他人附议。
即便还有人提议，也不应该在这个时机。
还有，我没有使用什么针锋相对的言辞，
恰恰是你，每句话都是毒刺，毫不顾忌……"

渥巴锡摆一下手，打断舍楞的发言，说道：
"我应该承认，我的大意使族人深受祸害。
夫妻阴阳永别，兄弟离散，父母失去子女，
濒死者庆幸逃过这劫难。老者填沟壑，
年轻人受创伤。愿神惩罚我，罪过在我。"
渥巴锡面色泛红，眼睛直直地盯着炭火。

"位高权重者必然遭人妒忌，有德之人
必得经历无数打击。但愿汗王不要因此
自我放弃，而是要举重若轻，化解危机。
不要依靠同情，要凭借超乎常人的勇气。"
丹增大喇嘛说完，闭目颔首，双手合十。

"达什敦杜克，给我酒，我跟你扯扯，
你爱打听的我的逃亡经历。"舍楞说，
接过达什敦杜克递过来的酒碗却没喝，

"你能猜到，那些官僚拿酷刑招呼我。
看守把我的一条腿吊起，头不挨着地。
有时悬空吊着胳膊，有时让我平躺着，
胳膊和腿四角吊起，把楔子插进掌心。
啊，那种疼痛！都知道我随性和无忌，
不知道我熬炼过地狱。熬了七天七夜，
扔在冰凉的泥地，既没稻草更没褥子，
哪里有什么饭食，不知怎么死去活来。

"成天揪着心，不知啥时候推出去问斩。
坐在干草上，闭眼看见刽子手那张脸。
睁开眼睛摸黑察看四周。身边的小子，
天寒地冻的，总爱出一身呛人的臭汗。

"七天七夜里，我买通看守，我认得他，
只是相隔太久叫不上名字。我答应他，
他如果放我走，我就送他山羊一千只。
趁着没人的工夫，我掰开松动的窗棂，
那是看守事先撬松的，然后溜之大吉。"
舍楞说完，把烟斗从左边移到右边去，
"诸位，无论抽签还是其他什么法子，
咱们当中的某一位注定要坐汗王位子。
我不会参与竞争，但我要提一个条件，
我的子孙与所领的牧户不受汗王辖制。"

"安抚民众是当务之急，不要纠缠权力。
民众满心的苦恼，他们正在帐篷外聚集，
不是为谁当汗王，是想知道明天的生死。"

达仕敦杜克对舍楞的条件明显不感兴趣，
这神情严肃的一番话，引发大家的共识。
“好的，我不再提这事，咱们汇聚精力，
解决部众最关心的生计。”说完这番话，
策伯克·多尔济站起身，整理一下仪容，
走出帐篷。诸位头领纷纷起身相随出去。

大帐外密密麻麻的人群从四方会集而至。
头盔和帽子下，散发出一股一股的热气。
人们聚集，悲伤和愤怒的喧哗高低不齐。
有几人神色愠怒，大多数不敢正眼直视。
众位头领出来，依次站在大帐前的高处。
渥巴锡问：“禀报何事？”众人没言语。
站在前面的钢巴图嗫嚅道：“大家害怕，
这次别人丢性命亡牲畜，下次轮到自己，
特来请示汗王，能不能返回先前的牧区？”
策伯克·多尔济说道：“我没有记错吧，
你叫钢巴图，你是我帐下所领的牧户？”
钢巴图答道：“老爷，正是。”“这样，”
策伯克·多尔济指着另一个问，“你呢？”
那人答道：“我是自由民哈森，祖上是
杜尔伯特部雅兰丕勒老爷所领的牧户。”
“好的，自由民不归领主，归神明照顾。
哈森的妻子和女儿留在伏尔加河的左岸，
哈森当过旗官立下过战功，我没记错吧？
聪明机智，精打细算，你把家业一步步
积累到今日，不是小商贩，不依靠投机，
怎么说呢，是精于畜牧的勤劳的聪明人。”

策伯克·多尔济转向钢巴图："钢巴图，你，
不许再有妄猜的话语。继续东去还是返回，
不容你来插话多议，因为你本是有主人的。
你的主人就是我，主人没委托家奴来处置。
汗王和扎尔固刚刚拿出决议，继续往东去，
谁多言谁反对，就惩罚谁。这次，钢巴图，
我且饶你，只当是你顾念主人财产的安危。
下次再有多言多语，我一定按照法典办你。"
钢巴图一声没吭往后退，众人闻听不言语。
钢巴图低头侧过脸去，眼神里充满了怨气。
策伯克·多尔济继续道："正好大家都在，
听我细说分明：部众精疲力尽，雪深过膝，
往前行军实属愚蠢。往回走呢？断不可行。
因为每走一步，都会踩着咱们亲人的尸体。
待在这儿，不远的东南方就是图尔盖草滩，
土地非常肥沃，待雪融化后地面拱出新芽，
咱们前往那里休养，补充物资，再行计议。
那些冻死的牲口你们知道如何处理，另外，
瘦弱的也宰掉，要不这几天便会冻饿而死。"

渥巴锡站到策伯克·多尔济前面，说：
"躺在篝火边上被雪埋的战士没死去，
只是睡熟，厚厚的雪像是厚厚的褥子。
人觉得暖和不愿醒，去刨雪叫醒他们，
让他们行动起来，不然真要长睡不起。
去找腾格尔来，他有一种猪油、芝麻
和什么混合的油脂，抹在溃烂的手上

和脚上，就不会变黑坏死。去找他来。
他准活着，说话不灵光，但脑子好使。”
渥巴锡吩咐完毕，众人纷纷点头同意。

“不要给醉人看酒，更不给瞎牛认井。
你们要明白，人只是神佛手里的工具。
人生这一世，只是为活出自己的天命。
眼下这光荣的时刻，待大家团结之时，
所有的力量聚集，前进之路才会照亮。
土尔扈特人顺应启示，才能返回故里，
不但顺天，更是应人。请各位善思之。”
丹增大喇嘛说完，闭目颔首双手合十。
众人不再争议，纷纷蹚雪赶回去救助。
渥巴锡目送民众归去，内心充满歉意。

9

土尔扈特人广阔的营地升起袅袅炊烟。
天好歹放晴，夕阳从彤云里放射毫光，
余晖晕染的雪原仿佛浮着泡沫的乳汁。
渥巴锡、舍楞和达仕敦杜克返回大帐，
大帐昨天刚刚搭起。渥巴锡站在高处，
眺望着方圆百十俄里的宿营地，说道：
“达仕敦杜克，我看连日来你最辛苦。
营地之间铲出通道，铺撒牛粪和炭渣，
老人能平安通行，营地恢复正常联系，
各户的牲畜腌制，活计派得有条有理。”

"汗，这只是前几日的活儿。挖积雪，
寻找牲畜和物资，完工还得五六日。"
"嗯，冻死的牲畜尽快宰杀，分户腌制。
粮草牛粪自由调剂，富余的救济缺乏的。
返回伏尔加河的话头，有没有人再提起？"

"谁还有闲工夫扯这些呢？就算愿意回，"
达仕敦杜克手指着茫茫的雪原，"您瞧，
谁能出去？策伯克·多尔济处置钢巴图，
是个及时的例子，再没傻瓜嚷嚷着回去。"

"哪条河也不会倒流，这一点早该明白。
这次白灾老人最吃亏，孤儿增加了多少？
领主们怎么样安排？战士的减员多不多？
什么部位冻伤最多？"渥巴锡神情关切。

"是的，汗，各领主报来年纪大的牧户
死亡人数将近两万，孤儿数目过了五千，
这个最让人作难。"达仕敦杜克啧下舌，
"战士冻伤多在手脚，领主正逐户点算。
腾格尔的冻伤药管用得很，只是量太少。
阿克扎巴和达瓦扎巴喇嘛正在熬制草药。"

"春天来临之前不会有战斗，除了死神，
现在谁也接近不了咱们。"渥巴锡说道，
"三门大炮剩下一门吗？炮弹余多少？"

"弹药枪械没啥损失。仅剩一门大炮，

炮身完整，炮膛无裂纹，炮车无破损，
炮弹将近二百发，好些炮弹冻得裂纹。”

“达仕敦杜克，我的侍卫被你派了活计，
没有丢脸吧？犒劳他们，晚上烤两只羊。
我知道，色克色那惦记着我那两瓶红酒。
请诗人准将阿廖沙，还有杜丁大尉赴宴，
我听见他的女神，他那首歌唱女神的诗，
听了一耳朵，请他在席间为大家朗诵吧，
那首诗，什么春水长长的，春风暖暖的，
那不是吹捧女皇的瞎话，而是歌颂春天。”

“遵命，汗。不过呢，若想让诗人准将
诗兴大发，红酒的酒力怕是太弱。我看，
咱们的马奶酒能把诗人的胆刺激到最大。”
达仕敦杜克说完，三人不由得哈哈大笑。

达仕敦杜克告辞，舍楞对渥巴锡说道：
“汗，请您一定要原谅我前日的言辞。
他的那些话听上去美妙无比，我寻思，
每样都不适合咱们蒙古人。不睡帐篷，
在石头屋子里睡木床睡在砖砌的炕上，
我一准落枕。有那么一会儿，我的心
简直被他的许诺打动，可我仔细一想，
什么把咱们从游牧民改造成文明人了，
什么玻璃窗户带壁炉的木头的房屋了，
什么孩子在地板上玩耍，餐桌铺着布，
什么生病看大夫，而不是巫师跳大神，

都不是，他就是要趁乱夺取汗的权力。”

“不，舍楞，他描绘的这些我都赞成，
我也盼着咱们今天就过上这般好日子。
可女皇有条件，她要敲碎咱们的膝盖，
用铁丝扎透咱们的锁骨，再套上笼头，
才把这些原本属于咱们的幸福赐给咱。
回到伊犁，子孙们一准会享受到这些：
明亮的玻璃窗户和带壁炉的木头房子，
孩子在地板上玩耍，餐桌上铺着台布，
土尔扈特人必能从游牧民变成文明人。”

“汗，我敬佩您的大度，还有一件事，
就是我说的那几句话，无论抽签还是
其他方法选出汗王的话，扎尔固中的
某一位注定要坐汗王的位子，我舍楞
虽不参与竞争，但我要先提一个条件，
我的子孙与牧户永不受新汗王的辖制。
我说的这几句话，汗，并非包藏恶意；
只是当着扎尔固众人的面，要个承诺，
一旦某一天那个人得势，他想除掉我，
也让大家明白是谁违反了众人的决议。”

“你多虑了，舍楞，兄弟相残的悲剧
再也不会在土尔扈特部里发生，就像
我的父汗没有跟我的叔伯们相残杀，
而选择共葆和平。我还要多劝你一句，
策伯克·多尔济，我认定他必会觉悟。

是的，会做出跟他所受的教育相符的、相称的和相匹配的举动。我跟你打赌。”

“好啊，我跟您打赌。赌注是什么？”

“你的烟斗。”渥巴锡笑眯眯地说。

舍楞连忙把烟斗从左边挪到右边去。

七、黄灾

春天来了。

哈萨克人的散兵游勇不断袭击土尔扈特人的老弱妇孺，土尔扈特人只好绕道沙腊乌孙大草滩。牲畜饮用草滩里的积水后倒地而死，人们食用牲畜被传染。一夜之间几万人死去，损失几十万头牲畜。

丹增大喇嘛求雨，暴雨连下三天。

1

春天一下子来到，积雪慢慢消融。
溪流淙淙，洼地和河沟水满盈盈。
雾蒙蒙的早晨，其其格走出帐篷，
四周一片郁郁葱葱。远处的树林，
脚下深深的车辙，她觉得这一切
不该如此陌生。厚厚的阳光泼洒，
把眼睛砸得生疼。腐烂的黑草茎
和解冻的泥土散发出浓浓的土腥。
她想伸手摸摸湿得发黑的醋栗丛，

想踏着泥泞随便走到某一处花丛。
牛车从旁边走过，帷车跟在后面，
载有几名伤员，沉默不语的伤兵。
正在出神地思想，忽然听到喊声：
“喊你怎么不答应呀，其其格？”
其其格转过脸，嫂子乌兰冲她挥手。
“我挺好，想走走。”她随口答应。
阿古拉托人提亲，冲苏日格大婶来，
见到乌兰嫂子却改了心思，坏老头。
乌兰嫂子刚说什么？其其格想了想，
对，想必说春天。其其格环顾四周，
什么都泛青了，多么快啊多么好啊！
昨天乌兰拿一块奶酪还有一块火石、
一个鼻烟壶、一节木炭，跪在水坑边，
念念有词，然后一股脑地扔进水里。
这能有什么用呢？水里还是有毒虫。
一棵两抱粗的橡树，树皮满布伤痕。
春天和爱情呀，总有春天总有寒冬。
“你说的啥呀，其其格？”乌兰喊。
“我说我很好。”其其格高声回应。

她俩都觉得，俩人在一起比一人更好。
她们之间的感情比友谊更重，是一种
只有在一起才能生活下去的特殊感情。
雪化得很快，到了夜里还是凉意浓浓，
背阴更冷。其其格枕着胳膊眺望繁星，
乌兰坐在对面，抱膝静听着夜的风声。
篝火映着她的半个身子通红，另一半

洒满清冷。有时不作声有时钻进褥子，
才顾得上说句话，一说就能说到天明。
乌兰讲述她的童年她的阿妈她的阿爸，
其其格说色克色那一心一意想着牺牲。
“他为你去死，是牺牲。你为他去死，
也是牺牲。”乌兰肯定地告诉其其格。
她俩不提战斗，觉得那样会沾上晦气，
给好不容易才够得着的安逸抹上血腥。

其其格瘦了，身子弱，脸色不再泛红。
乌兰常唠叨她的身体，而她并不在意。
她私下里有时不仅忽然怕死，还怕病。
走上一处山岗，寻见一片干燥的树荫，
半闭着眼睛躺在沙地上，一动也不动，
努力地搜寻着令人伤心和痛苦的情景。
为啥自己会习惯回忆乱七八糟的事情？
为啥不能在春天里多想想美好的事情？
眼前浮现最多的还是色克色那，是的，
行程一开始，她就一直担心他的心情。
怎么说呢？好像只有色克色那是亲人。
坏日子过去了，天不冷了，以后呢？
多久到伊犁？阿爸死了，谁来提亲呢？
乌兰嫂子吗？我其其格什么也不稀罕，
只要能和他在一起。没有谁比其其格
待他更上心。色克色那做啥事都顺手，
汗王喜欢有本事的年轻人，汗后也是。
色克色那善待所有人，心底善良。哈，
他那爹爹总算死了。有时他觉得羞耻，

那有什么呢？扎木扬是坏人，就该死，
是汗王的命令。汗后只是一时的主人，
色克色那才是，他才是我一生的主人。
伊犁，还有多久才可以到伊犁？伊犁。

其其格很少回忆死人，她觉得他们——
死去的亲人都躲藏在透明的日子里。
她不情愿地想起阿爸，马上摇摇头，
把阿爸从眼前驱散到蔚蓝的晴空中。
其其格坐起来，脱下短上衣，起身，
解下长裙搭在左臂。蠓虫们在飞舞，
她不时用手在脸上挥一挥。她走到
开阔的空地，把衣服搭上野蔷薇丛，
漫无目的地来回走几步，坐下休息。
看似随意地坐在那里，看似随意地
朝四下望去。乌兰嫂子丰满的腰身，
在大车和帐篷间时隐时现忙碌不停。
她瘦了一点吗？可她还是那么漂亮。
其其格拔起一丛小花，蓝色的小花，
闻这束小花的瞬间，忽然热泪盈眶。
暖风悄悄吹来，轻轻摇动野蔷薇丛。

2

春天刚一到，马就悄悄地上了膘。
战士们给马剪鬃毛，在河边刷洗。
油亮的哥萨克式的嵌螺钿的鞍具，
堆放在岸边，太阳一照光彩熠熠。

春天显得格外明亮，像是玻璃的。
风吹粼粼碧波，冲破松脆的薄冰，
荡着一缕缕的绿苔和岸边的砂石。
春水浸透了河边的草地，野草肥壮，
在稀疏的林间空地上长得比人还高。
雁行在蓝天上追逐着流云，水塘里
慢悠悠的野鸭像珍珠似的闪闪发光。
色克色那稍稍抬起头，嗯，就它了。
瞄准一只野鸭。枪一响，野鸭挣扎着
飞上半空，再直直栽入水中。一大群
直直地腾空飞起，盘旋几匝慢慢远去。

战士们脱掉皮靴在温暖的沙土上走动，
刀枪靠着树泛着光。不知道为啥高兴，
累了就趴在沙土上。有的人高声问道，
要是乾隆皇帝不这样想，咱们怎么办？
是咱们的土地祖传的土地，值得拼命。
可以和皇帝相处得好一些，不应该吗？
还远着呢，到伊犁才知晓。又有人说，
想一想都觉得高兴，冰雪闪烁的山峰，
幽深宽广的河谷，甜美而清凉的草茎。

不知为什么忽然躁动，两人摔起跤来，
扭在一起喘息着你进我退。脚深深地
抠进细沙里。弯着腰盯着对方的脚掌，
瞅机会带着对手仰面倒下，把腿一弯，
嗖的一声，把对手从自己身上翻过去，
转身压在对手身上，喊道：“我赢了！”

然后两人坐在地上，喘着气眺望远方。
一会儿，低低地哼起一支轻快的曲子。

裸地露出暖色，沟里的残冰泛着蓝光。
斜坡上向阳的嫩草比别处的又密又高，
色克色那趴在沙土上，感到心情安逸。
一只黑甲虫缓慢地在他面前爬爬停停。
行军宿营和战场上，他都感觉到快乐。
不过这快乐也使他愤怒，无名的愤怒
使他更加快乐。一天比一天自由自在，
使他忘记自己抽刀时爹爹惊讶的面容，
同时感觉自己越来越像传说中的英雄。

色克色那起身，松松垮垮没拿刀和枪，
牵过马翻身认镫，把马一夹跑上山岗。
这一匹背宽身长的枣红马，毛色发亮，
尾巴蓬松，不时拂着后胯。身形健硕，
形态优雅，眼神温驯，眼睛大而水灵。
然后，他看到了不远处的哈萨克士兵，
没有队形，催动着战马渡到小河正中。
他用膝盖轻轻碰碰马，想退到坡下去。
可在一瞬间，双方都看清对方的面孔。
色克色那拨转马头，听见背后的枪声。
子弹嗖嗖追来，他心说："你们打不中。"

哈萨克人擅长埋伏和偷袭，突然出现，
抢夺牲畜，拦截行动迟缓的老弱百姓。
黄昏时牲畜爱迷路，小股的哈萨克人、

巴什基尔人和哥萨克人轮番骚扰偷袭。
遇到还击时放一排火枪，潮水般退去。
这次哈萨克人主动进攻，喊叫着冲击，
子弹嗖嗖地从色克色那的耳边飞过去。
战士们迎面冲上去，色克色那拨转马。
敌人的枪声先停止，随即密集地响起。

第一波射击结束后，双方的队伍交叉。
他瞄准一张细长露齿的丑脸直冲过去，
这张年轻的红扑扑的面孔未长出胡须。
色克色那紧踩马镫，挥起刀斜着砍去，
刀锋直砍进有弹性的身体。两马相错，
年轻的哈萨克士兵从马头前斜栽出去。
色克色那心想："这小子和我年纪相似。"
就在此时，第二个敌人正面开了一枪。
这家伙的脖子黑又粗，两臂则分外长。
子弹钉入色克色那左上臂，挨着骨头。
色克色那稳住力，与敌人两马交错时，
挥刀斜劈出去，削去敌人多半个首级。
色克色那拨马，朝近处的敌人冲过去。

小小的混战，战士们保持配合的队形，
三个战斗小分队，驰骋在敌人的阵中，
战马强壮迅速，像猎犬一样穿插纵横。
战士们由于愤怒，脸变成紫色和黑红。
杀声、呼喊声和惨叫，此起彼伏不停。
哈萨克人见状忙撤退，跌跌撞撞逃命。
在自己人和马的尸体上跌跌撞撞逃命。

勇士们穷追烂打渡过河，号角声响起，
勇士勒住缰绳，腾起的灰尘慢慢浮动。

“哈萨克人只用了百十个骑兵就抢走
一两千头牛羊，尝到甜头必定会再来。
回去求援，向巴木巴尔将军报告战况，
派两千人来包围他们。哈萨克人轻敌，
要么五百，至多来一千，咱都能围歼。”
色克色那吩咐道，哨兵得令策马回营。
“春天暖和好作战。”色克色那心里说。

3

炎热和干旱每天都折磨着土尔扈特人。
正午，一团一团卷曲的白云遮住阳光。
黄昏时天空一碧如洗。太阳慢慢落山，
只有露水滋润大地。缓缓移动的云中，
月亮半隐半现，把草地映得闪着暗光。
穹隆罩着一摊摊的水洼像脓肿的疮疤，
草地的夜本来就凄迷荒凉，或大或小
似断似连的水洼，绵绵延延无边无涯。
乌鸦愁苦地望着人，不飞走也不哀啼。
芦苇干透，当年的幼兽陆续迁往他乡。
蚊虫盘旋在黄色水洼，个头比蜻蜓小，
只在晚上吸血，白天一只也不见踪影。
能埋住脚踝的浮尘不时扬起，雾气般
悬浮在头顶，不时地钻入人畜的眼睛、
耳朵和鼻孔，黏在那里越积越厚越硬。

遍地趴着死鸟，干瘪的胸脯一动不动。
黑云翻腾，只撒下沙尘却不降一滴雨。

水，水呢？遍地是蛇，马不吃草料，
却吞吃毒蛇。每个水洼都有人乱爬，
把脑袋扎进水里，大口大口地狂饮，
而后，肚子咕噜噜好似藏着几面鼓，
疼得人满地打滚，一把一把揪头发。
用不了一刻钟，上吐下泻七窍流血，
个个暴毙。不敢喝脏水，那就喝血，
人们切开骆驼的血管喝骆驼的热血，
谁知死得更加惨烈，活人更加疯癫。
神啊，这勇敢的战无不胜的勇士们，
没向敌人屈服，眼看着被毒疫剿灭。

满怀着苦恼，民众在帐篷外面聚集，
密密麻麻的人群正从四面八方会集。
头顶和眼神散发出一股一股的怨气，
族人在聚集，愤怒的喧哗高低不齐。
渥巴锡和策伯克·多尔济并排站立，
二人面向部众，倾听着众人的怨戾。

“大家的埋怨我都知道，我也这样想：
真不如留在伏尔加河，可能比现在强，
不至于抛尸荒野。不过呢埋怨归埋怨，
逃跑者应该明白：被抓到的一律处死。”
策伯克·多尔济说，“走过一万俄里，
一千俄里就到家。返回马努托海牧场，

继续为奴，继续过着生不如死的日子？”
人群沉默着，脸上却露出反对的神情。

有人小声嘀咕，在人群后小声地嘀咕。
“老这样逃命实在受不了，就想回去。
不打仗了碰到瘟疫，喝口水也能死人。
多重的活计咱不怨，只不想死在这里。”
策伯克·多尔济看去，发现是钢巴图。
他还没开口，从钢巴图后面闪出一人。
“说啥？”乌兰指着钢巴图，“是你，
不知道往回走就是陷阱？女皇正等着。
存的什么心故的什么意？可恶的女皇，
多少妻子变成寡妇，孩子变成了孤儿？
我就是例子！怎么出了你这个救世主？
为啥不回话？黑脸鬼，我说的不对吗？”
钢巴图面带病容，袖口满是亮亮的油渍，
双手绞在一起，脸憋成青色头垂得很低。
“你们想想，几万人，几万人死在路上，
竟然想再回去趴在刽子手刀下，真够傻！
你们的羞耻和勇气呢？就这样贪生怕死？
钢巴图你这个酒鬼，喝醉后喜欢说俄语。
现在就得把你杀掉，反正你早就死过了。”

“昨天已经切断了，也不知道明天会怎样，
但是可以确定比今天好。苦思冥想想不出
苦难的意义，不知道为何有这般的赏与罚。
我看埋在这里很好，咱们不是有亲人埋在
伏尔加河畔吗？至于我，埋在哪里都一样。”

阿廖沙说完这番话，感觉着既文雅又正义。

“我们绕道原是为躲避哈萨克联军，现在，
往南，前面是戈壁滩，应该有干净的水源。”
渥巴锡一低头，发现草丛里卧着一具尸体。
枯干的男婴尸体，眼球没了，剩两个黑洞。
脖子上挂着小铃铛，两腿蜷缩，嘴唇干瘪，
小脑袋歪向一边，像在寻找着母亲的乳汁。
渥巴锡的内心一阵酸痛，连忙扭过头去。
每个人都挣扎在自己的宿命里，尽管无力。
渥巴锡默默地安慰道：“睡吧，睡吧孩子。”

“可是，”钢巴图梗着脖子喊，“我渴！”
“好吧，”策伯克·多尔济说，“转过去。”
钢巴图闻听此言一脸疑惑，慢慢地转过身。
等钢巴图转过脸，他拔出短枪瞄准后脑勺，
“你渴吗？”子弹直直钉入钢巴图的后脑，
却没有鲜血溅出。钢巴图向前栽倒在水洼，
鲜血慢慢洇出，顺着钢巴图的耳后和脖子
流入水洼，像逃进江河的鱼急急地游开去。
“警告过你，对吧？”策伯克·多尔济说道。

人群霎时安静，再没有叽叽喳喳的喧闹。
“汗，”乌兰打破沉寂，上前一步说道，
“丹增大喇嘛和腾格尔，他们有法子，
能把水里的毒除掉。请您派他们，一是
祛除水毒，二是熬制丹药，眼下来得及。”
话未落地，其其格惊慌地跑来。“汗王，”

她分开人群，声音颤抖，双臂胡乱挥舞，
“我去烧水的当口，小王子想必是口渴，
偷偷喝了一口水洼里的水，就……就开始
上吐下泻。一会儿牙关紧咬，两眼紧闭，
两腿乱踢，脸色黑又青，两只拳头乱舞，
两个耳朵眼儿里都流出血水。佛祖啊，
这可怎么办？后来，汗后不知怎么了，
汗后没有喝脏水啊。请您快来看看汗后，
从早上吐到现在，和小王子宝音是一样，
双眼还紧闭。”渥巴锡听此言内心剧痛，
强忍着泪水和慌乱，跌跌撞撞走下山坡，
他不敢抬眼不敢说话，怕自己失声痛哭。

4

桌上摆着酥油灯、糌粑、茶叶、糖果等，
还有焚香用的物品和法器。供桌后一面大鼓。
丹增大喇嘛双手合十趺坐在汗后的一侧。
曼德莱汗后躺在褥子上，头枕着枕头。
她身穿一件长袍，面色苍白，形容消瘦。
一方小手帕握在枯干的白得透明的左手，
另只手的手指偶尔一动，嘴巴微微张开，
眼睛直勾勾地望着半空中。小王子宝音，
躺在母亲的左侧，双拳紧握，双眼紧闭，
牙齿紧咬，一缕黑发贴着前额，掩盖着
紫青色的脸蛋儿，微弱的鼻息已经消失。
渥巴锡俯身亲吻儿子，慢慢地抱起宝音，
跪倒在曼德莱汗后的一侧。他抱着宝音，

一手抓住汗后的右手，放嘴里死命咬住，
泪水顺手滴滴滑落，身子止不住地颤抖。

“小嘴巴，直挺的鼻子，丰满的额头。
爱画画的小男孩，可不能让他拿到纸，
要不他马上给纸画上四边，画出一个
带烟囱的五彩帐篷。还画上那黑小子，
那条小狗，黑小子爱蹲着耷拉出舌头。”
曼德莱汗后的脸和嘴角突然颤抖起来，
抖得越来越厉害，美丽的嘴扭曲变形，
不连贯的话语变成模糊不清的嘶嘶声。
渥巴锡止住泪水，轻声呼唤着曼德莱；
他止住泪水，呼唤曼德莱汗后的名字。
曼德莱汗后的呼吸放稳，把眼睛睁开。

“汗，我在你身上看到了众生的归宿，
看到佛打坐莲台。看到你无数的手臂，
无数的眼睛和脸，看到你在每个方向
都有无穷无尽的样式，却看不到未来。
汗，你头戴王冠手持金刚杵威风八面，
张开血盆大口咬住敌人，敌人的脑袋
被你咬得粉碎，像麦粒被石磨碾碎。
无数的人冲进你的燃烧着烈焰的大嘴，
像飞蛾扑火一般，他们冲进你的嘴里，
奔向毁灭，你就用血盆大口吞噬他们。
我的汗王，你是智者，你将被人崇拜。
你是无边无际的风，我看到以前的你，
你变成了骏马，你的眼睛一只是太阳，

一只是月亮。身体变成年岁，光与暗，
你的四蹄替换四季，肚子容得下高山。

“我的汗王，好久没吃一顿像样的饭菜，
如果有酒更安逸。命运想把我们分开，
我只怕……我只怕幸福就此一去不回返……”
曼德莱汗后断断续续地说着，眼神迷离。
“别说了，佛是慈悲的，你会好起来的。”
“别打断我的话，汗，我说话已很吃力。
烧一点儿热水，我想死后身上干干净净。
请给我穿上那条绿裙子，绣花边的那条，
好像放在箱子的右角，丝绸围巾的下面。”

长桌上摆放着酥油灯、糌粑、茶叶、糖果、
焚香用的物品和法器。供桌后有一面大鼓，
供桌前五张坐垫，喇嘛们按顺序趺坐其上。
曼德莱汗后倾尽全力，对丹增大喇嘛说：
“佛性具足的因缘上师，你是慈悲的化身，
我用全部身心和殊胜的虔诚祈祷和赞美。
在你慈悲的加持和指引下，在强大的佛光
映照下，愿我的业得以宽恕，愿我悟佛性
而不迷失，愿我能够获得浑然天成的解脱。”

“尊贵的曼德莱汗后，你的愿望已尽说。
尊贵的曼德莱汗后，现在请你仔细谛听。
死亡是生命进程的一部分，本来无迹无形。
若要得到无边无际的自由，唯有诚心修行。
尊贵的曼德莱汗后，你将走完最后的旅程，

死亡将要降临到你身上，肢体逐渐地变冷。
你将得到解脱，气息微弱，生命不再前行。
你要放下杂念，放下执着，进入无欲之境，
入观光明，体验实相中的境相。无瑕智性，
如无遮的万里晴空，也如无涯无界的透明。
当此之时，你应赶快了知自己，并安息在
极乐境界之中。我此时也在助你进入其中。”
丹增大喇嘛双手合十说道，声调犹如晨钟。

“慈悲的佛引导我靠近，温柔地欢迎。
对于死亡的喜悦，远远大于此前新生。
犹如一位旅人，时间到来就即刻启程，
我不再流连这人世间，愿安息极乐中。
我的一世时已尽，业已消，利益用罄，
世间的事业完成，一世的表演已告终。
这一瞬间，我将在纯净广袤的虚空中，
认证佛性的空明。我身上发现的财富，
已使诸多的心快乐。我用一世的福报，
体悟到解脱。我可爱可贵的亲人们啊，
佛光的喜悦弥漫我全身，我心满意平。
现在，我们这一世的一切因缘将告终，
我是一个毫无目标的乞丐，离开人间，
不必为我悲痛，要为我不断祈祷新生。
这是我心里的话，愿轮回六道的众生，
透过这些话得利益，证悟自性的澄明。”
曼德莱汗后说完后，慢慢地合上双眼，
双手无力地松开，停止了均匀的鼻息。
曼德莱汗后闭上双眼，再也无法呼吸。

黑发覆额，两眼深陷在青色的眼眶里。
一绺青丝半遮住她苍白而美丽的面容，
勉强的微笑包含着无限歉意，似乎说，
我爱世间众生，从未虐待过任何生灵。

几位妇人燃火焚香，用杜鹃花、野蒿、
柏木、白果燃起火焰，向火中撒五谷
和酥油拌成的糌粑、剪成碎片的绸缎，
一股混合着花香的焦煳气味弥漫半空。

“这自发的明光，无始以来无一刻曾有终。
奇妙啊。这自发的智慧，不是任何人所创生。
奇妙啊。它没有死亡，也没经历自生的过程。
奇妙啊。它那么明显可见，却无人识其真容。
奇妙啊。它在六道轮回，每一次都无比从容。
奇妙啊。它原本就是人的，人竟然荒野寻踪。”
丹增大喇嘛双手合十，亲切温和地念唱道，
“尊贵的曼德莱汗后，请你注意谛听。
死亡实实在在痛苦，生命确确实实诱人，
更奇妙的乃是从死亡之中再次获得重生。
不要恐慌，你现在已往生，脱离尘境。
从现在起与人间再无瓜葛，与家人世人
全无蔓藤。你离开肉身的束缚，离开家
和这个虚幻的人世间，前往极乐之境。
尊贵的曼德莱汗后，请你注意谛听。
不要恐慌，在实相的境相中，不论遇见
什么凶神恶煞，不论遇到什么险恶绝凶，
不要惊慌，集中心念观想你本尊的澄明。

全心勉力地回忆平生种种功课的修行。
尊贵的曼德莱汗后，请你注意谛听。
现在你肉身死去，身体幻化为意念之身，
没有负担的血肉之躯。不要灰心和伤痛，
我们将尽力修持和祈祷，为你证得圆融。”
丹增大喇嘛的眼、手等身体的每个部位，
甚至眼角和抿起的嘴角那些细细的皱纹，
闪耀着平静、安详和温柔、圣洁的光晕。

妇女们肃立在右侧，手持彩缎唱着颂歌。
歌声与喇嘛们浑厚低沉的诵经声鼓钹声
交织在煨桑的浓烟中。丹增大喇嘛说道：
“尊贵的曼德莱汗后，请不要留恋这尸身，
它将腐烂变化为灰尘，你要离开它入光明。
尊贵的曼德莱汗后，不要惊吓，顺着白虹，
离开不属于你之地，踏上极乐世界之旅程。
尊贵的曼德莱汗后，请你仔细谛听。
往生的时机来临，不要惊慌，你将看到
六道耀眼的光芒，那是投生之路的征兆，
是六道轮回之门，不要恐慌，不要迷蒙。
尊贵的曼德莱汗后，也不要因往生心切
而失去自控，迷惑的炫光终会变得透明。
尊贵的曼德莱汗后，投生之路的征象显现，
你善自认证，观察的同时选择投生的处境。
若不知选择胎门之法，请在见到乱象之时，
恳切呼唤三宝佛法僧，请求予以加持证明。”
丹增大喇嘛稍微停顿一下，双手合十说道，
“如期而至，死亡不过是生命彻底的澄清。

只有诚心修行，才能得见无边无际的自性。
一切生灭，无非一切因缘。唯愿众生觉醒。”
曼德莱汗后平静地闭上双眼，不再呼吸，
面容苍白而平静，似乎脱离一切的伤痛。

渥巴锡将宝音慢慢放在汗后身旁，起身，
颤巍巍地起身，转过身从腰间抽出匕首。
色克色那抓住渥巴锡的手，说：“汗王！”
渥巴锡回应：“我不自杀。我不再流泪，
我看看是否流血。”甩开色克色那的手，
匕首横在左手心，牢牢攥住匕首的锋刃，
将匕首狠狠地从手掌中抽出。血，鲜血，
像山泉不绝如缕，滴落在干燥的黄土中。

“尊贵的汗，死亡的结局乃是最公平。”
丹增大喇嘛上前来，对渥巴锡安慰道，
“没有死亡就不会有新生。任何生命
不论一世幸运无比，或一世烦恼无终，
最终都将遇见死亡，本尊独自来迎送。

“汗后做自家主人，不为烦恼之奴隶，
内心深广而不黑暗，单纯而不盲目。
纠缠哭泣的祷告或抱怨都全无益处，
只有安息在开放和交托的无限灵境，
才可以获得浑然天成的自我之澄明。

“没有更坏或更好，未曾死也未曾生；
未曾来也未曾往，不逼迫也不受制。

尊贵的汗，明白真相方可引领族人
不惧生死到达彼岸，礼拜十方神明。”

“感谢慈悲的上师。我的内心之中
盛开莲花，升起辉煌温暖的大光明。
我曾为行为和烦恼所折磨，我祈求，
在我的不幸中保护我，做我头顶灯，
加持正念和信心，证得觉悟和解脱。

“感谢慈悲的上师。我的内心已平静，
如暴雨后的天空。太阳和月亮同光，
交相辉映在清澈和宁静的九天之中。

“感谢慈悲的上师。汗后内心智性纯净，
生只为亲人和族人，无丝毫顾念自身。
今日往生极乐光明，感谢上师的引领。”

“尊贵的汗，诸佛加持信心于完全之人。
汗王就像运载众生渡过无名的艨艟，
还像一盏令人喜悦开悟的如意明灯，
不管是看到你，还是听到你的声音，
或思想你的话语，俱照见内心信心，
不惧生死到达彼岸，礼拜十方神明。”
渥巴锡闻听，双手合十，颔首礼敬。

5

曼德莱汗后的法事已毕，求雨即刻开始。

丹增大喇嘛在前，阿克扎巴和达瓦扎巴
两位弟子分列左右两侧。三位喇嘛趺坐，
一面大鼓在中央。乌兰、托雅和其其格
站在喇嘛的身边，捧着摆放杂粮、盐巴
和奶酪碎块的托盘，其他人围出个半圆。

丹增大喇嘛闭目双手合十，虔诚诵念道：
“诸天神佛，请勿怪罪。有土尔扈特部
凡一十七万部众，为摆脱异族回归故国，
屡经磨难，九死不悔。今行至黄水沼泽，
水中陆上毒物遍布，民众因愚昧而不察，
故不分贵贱，一时死伤无算，惶惶无策。
土尔扈特部首领曰渥巴锡者，自罪不及，
岂敢再怨怼旁人？渥巴锡自省虽然饱受
异族恶人之辖制，今日毅然脱离樊笼，
勇而反抗投奔光明，求今生永沐深恩，
难免妄杀滥杀之罪愆。诸天神佛怪罪，
以致十万部众深陷瘴疫，人不得饮，
马不得食，人畜两伤。故此焚香而拜。”
丹增大喇嘛话语未毕，只见那面大鼓
缓缓升至一人高，稳稳当当不再上升。
乌兰几人把杂粮等撒向周边，连声问：
“雨来，雨来，雨来，雨来了吗？”
“来了，来了，来了，已经来了！”
群众双手合十颔首致礼，高声回答。

“诸天神佛，请勿怪罪。土尔扈特部
首领曰渥巴锡者，自认返归故国心切，

凡所阻挡者，未予一一查明交神审判，
自作主张，伤及无辜。今有诸天神佛，
大慈大悲，自然一体怪罪。渥巴锡者
愿意一人承当，只求绕过部众之艰难。”
丹增大喇嘛话语未毕，只见那面大鼓
慢慢升至三人高，稳稳当当不再上升。
乌兰几人把杂粮等撒向周边，连声问：
“雨来，雨来，雨来，雨来了吗？”
“来了，来了，来了，已经来了！”
群众双手合十颔首致礼，高声回答。

“诸天神佛，请勿怪罪。察世间万物，
不论善恶不论高低不论尊卑不论寿限，
皆非人力生造蓄养，世无一物由人生。
其大而不当者以下犯上者戕害同类者
荼毒同宗者，无一不为。实神佛慈悲，
一忍再忍，再忍三忍，而人之不自省，
故祸伏于足前，藏于床笫，隐于宇下。”
丹增大喇嘛话语未毕，只见那面大鼓
慢慢升至十人高，稳稳当当不再上升。
乌兰几人把杂粮等撒向周边，连声问：
“雨来，雨来，雨来，雨来了吗？”
“来了，来了，来了，已经来了！”
群众双手合十颔首致礼，高声回答。

热气蒸腾的半空，一朵乌云急速翻腾，
沉甸甸的像一块黑冰。乌云越来越近，
越来越扩张，严丝合缝遮住半个晴空。

突然，狂风旋转撕扯，几股黑云翻涌。

“诸天神佛，请勿怪罪。现罪人伏拜，
各人勉力内省。诸天神佛，请勿怪罪，
降下甘霖洗去我等罪愆，使愚众见证。”
丹增大喇嘛话语未毕，只见那面大鼓
慢慢升至半空，倏忽隐没在黑云之中。

其其格的心思没有在祭祀和求雨中。
“我做了什么？我才是那有罪之人。”
她瘫坐地上，像老人一样呜咽啜泣，
托盘和杂粮等祭祀物胡乱撒一地。
乌兰将她搂在怀里，亲吻她的发丝。
“哭什么？不要哭，悲伤终会过去。”
“不，若是你知道这多么令人生气，
正像我所遇，眼看好好的人会死去。
我的心痛到不能忍，痛到不能更痛。”
其其格颤抖不止，神情越发悲戚。
“别这样说，要知道你没有过错。”
“可我晓得，我有过错，有罪过。”
其其格倒在乌兰怀里，失声痛哭。

此时，三位喇嘛再次诵经。这梵音，
既是中心也是外延，既是动也是静，
既是皮也是核，既是轴心也是轮廓。
从盘旋直到上扬，从低沉跃上激昂，
不是单纯的人声，而是灵性的光亮。
蓦地，云端中一声炸雷，一道电光，

鸡蛋大的冰雹漫天倾倒，百姓人等
连忙四处躲藏，顷刻数人被击倒受伤。
此时，云中再一声炸雷，闪过电光，
大雨倾盆一泻再泻好似浓稠的奶浆。
“神明啊，”渥巴锡站立雨中求告，
“赐给我们的灾难，请勿再给其他人。”

6

暴雨到来前，杜丁大尉刚刚把火生起来。
蛙终于呱呱叫，鸟儿啼鸣，虽没有人声。
他坐在一块石头上，一边休息一边倾听。

“我的《圣经》不见了。”他提出个问题，
“往后怎么办呢？”他立刻自己回答自己：
“没关系，继续活下去。啊，多么完美。”
他突然认识到，既不靠语言也不靠推理，
而是靠直观感觉，认识到上帝就在心里，
这里那里，无所不在。他一直向外追求，
其实不用登高远望，应向自己内心寻觅。
现在他学会了在一切东西中看见伟大的、
永恒的和无限的，因而变得平和而快活。
他终于知道了这个问题的答案：因为祂，
因为神就是道路、真理和生命，不会错。

“我的头发白了，头发白了又怎么样？
我总是忘记，你们是这草原的流浪者，
而我是被神放逐的。幸运者不祈求神，

幸运者无须求神眷顾，幸福自会光临。”
杜丁大尉一边念叨着，一边把火拨旺，
他坐在上风，搜寻上衣褶皱里的虱子，
不像猴子般啪地一咬，而是扔进火里。
捉一个扔一个，怡然自得，乐此不疲。
阿廖沙问他：“难道我的比你的少吗？”
他麻利地脱下肮脏的制服，抓住肩领，
靠近火堆一抖搂，立刻炸出一片火星，
噼噼啪啪乱响：“怎样？裤子里更多。”

阿廖沙抖搂一下制服，不过这次不多。
穿上制服，扣上扣子，他严肃地问道：
“知道吗？策伯克·多尔济杀了钢巴图。
策伯克·多尔济杀了他，因为他想逃跑。

“他们不知道这一切有什么奥秘，沼泽，
你看那弥漫的瘴气，他们称之为瘴气。
不，那是薄雾，把一切都轻轻地笼住。
雾的后面隐藏着秘密，那是精灵之国。
精灵，水精灵，他们居住在沼泽深处。
白天像青蛙一样躲起来，晚上浮在水面，
像鱼一样用尾巴拍水。精灵，水精灵，
这些水精灵善于变形，在半夜和正午
迷惑人，将人淹死。精灵们只和死人、
和淹死的处女结婚，强迫男子做奴隶。
喜欢在月光下跳舞，穿着苔藓的彩衣，
戴着芦苇的帽子。旱季时他们不强大，
阴雨连绵季节，他们成为沼泽的霸主。

他们埋伏在芦苇荡里，驱赶牛羊入水。
冬天时冬眠，春天时把水面的冰垒起。
精灵女子个头高，皮肤白，神色忧郁，
随芦苇摇摆，哼着悲伤小调。而男子，
喜欢恶作剧，总折磨那些被淹死的人。
好美丽好残酷的断章，一个童话故事。
可惜，这不是我的大作，是伊凡转述。
伊凡说是腾格尔告诉他的，我不明白，
腾格尔这个舌头半截的家奴，怎么会
知道的比我还多？他怎么讲给伊凡的？
他根本说不出完整的句子，真够离奇。

“你看，浓雾弥漫，一条猎犬狂吠，
接着，更多猎犬嚎叫。它们四处奔跳，
跳上去又叫又咬。不是追捕而是恐惧，
恐惧无法降服的异物。你在听我说吗？
杜丁大尉，你在听我说吗？你知道吗？
策伯克·多尔济杀了他的牧户钢巴图。
策伯克·多尔济杀了他，他想逃回去。”

杜丁大尉没有开口，神情专注于火堆。
他将上衣穿上，随便地拢了一下炭火，
随意地眺望一下远处的乌云，随口说：
“肯定下大雨，我闻到了咸咸的湿气。”

“你还好吧？我看你的酒量在我之上。”
阿廖沙手搭凉棚，往云飘来的方向瞭望，
“昨夜我吐得一塌糊涂，唉，现在嘴里

还酸臭难闻，脉搏沉得跟脑袋一样。
你烧开水吗？不如把我的枪装满子弹，
去打猎吧？伊凡呢？我吃得下整只野兔，
一大盘鸡肉、一条烤羊腿，还有一大瓶
陈年的葡萄酒，嘿嘿，像昨天晚上一样。”

“保重啊准将大人，你得安全抵达伊犁。
从这里出发，最多七天的脚力，我打赌，
赌你的运气，你们能冲过哈萨克的围堵。”

“为什么打赌？冲过哪里？为什么不？
我的使命还没完成。爱情，你知道的，
真正的爱情，我还没享受。我不会死，
不会草草地死于什么游牧民族的猎捕。”

“穿过那扇门，圣母和圣婴迎接我，
天使长加百列和米迦勒侍立在两侧。
树上最后的橄榄，大地最后的麦子。”
杜丁大尉自顾自地念叨着什么句子，
不再理会阿廖沙，不时吸一下鼻子。

“杜丁大尉，我要告诉你一个秘密。
我爱上曼德莱汗后，也爱上其其格。
不要告诉其他人，这在汗国算重罪。
哈，圣母啊，说不定娶个哥萨克女人
更带劲呢。我猜他们背后这样讽刺我。
我只有一个愿望：我要娶曼德莱汗后
这样贤淑的女子。自从第一次见到她，

我不敢相信我竟会爱上一个龌龊女人。

“她那宛如美德一样整洁而朴素的长裙，
唰唰轻响，雪白的脖子、发亮的头发，
半真半假的笑容，没半点傲慢和骄矜，
恰恰相反，恰像为自己的优越而抱愧。
谁拥有曼德莱汗后，谁就会无比幸福。

“我的朋友，永远，永远都不要结婚；
这就是我对你的忠告，在你没有说
你已经做好你力所能及的准备之前，
在你看清所有女人以前，不要结婚！
否则，你就会铸成大错，无药可救。
和女人捆在一起，你就会失去自由。
希望变成了累赘，动力变成了束缚，
还承受懊悔。不过，曼德莱汗后呢，
不一样。我还可以再喝一瓶，你呢？”
“不过，我的妻子，”杜丁大尉说，
“是挺好的女人，堪称善良的女人。”

“其其格有奇异的想法，说话就像歌词
跳动和响亮，像一只训练有素的小羊，
温柔善良，世上有什么能使她苦恼呢？”
阿廖沙闭嘴，盯着篝火旁路过的甲虫，
“你知道，杜丁大尉，我并不能娶她，
这是桩憾事，她是牧户，她爹是得力格，
一个说唱艺人，名列贱籍，虽然不在了，
可是我不能娶她。我喜欢她，我很苦闷。”

阿廖沙从怀里摸出香水瓶，食指按瓶口，
抹抹耳后。“您也抹一点儿吧，你闻闻，
曼陀罗香。”“谢谢，我喜欢山楂香的。”
“我头一次听说山楂香。”阿廖沙说完，
看看空瓶子，然后小心翼翼地放回怀里。

“阿廖沙，你不应该苦恼，她不喜欢你，
一丁点儿都不喜欢。色克色那是她男人，
雪灾前，当着众人的面求爱的英俊青年。
你知道，是他活捉了我。他们俩很般配。”

“在马背上过一辈子，可不是闹着玩的。
伊犁会是什么模样呢？庭院就是打谷场？
几间正房、厢房、马厩和谷仓？大楼房，
带有月亮门镂空墙的砖石结构的大楼房？
围墙和大门都是崭新的，后院有个花园？
从动物中解放出来，这才算诗人的本行。
幸福？幸福不是牲畜的幸福。对不对？”

“这算幸福？我猜有人特意将它隐藏。
知道吗？准将大人，我的秘密更致命。
还需要加点什么作料，才能使我成为
最不幸的人呢？我岂非已到达最不幸？
谈论幸福的话题，请教我当然最合用。
反躬自问，凡是我没有体验过的苦痛，
我都欢迎。任何害我的人，我都致敬。
但是我厌倦所有人，想远远离开他们。

我宁可变成一个隐居的人，宁可生活
在蛮荒之地，也不愿混迹于罪恶之中。”

“也许，我回不到闪闪发光的伊犁河，
但是，我热爱这一切，包括鼻烟壶。
因为爱是死亡的敌人，是生存，
是繁衍。”阿廖沙抬高嗓门嚷嚷着，
“遍地长满刺黑莓，灰鹳鹊和喜鹊
卜筑在榆树上。当橡子在秋天散发出
浓郁的芳香，成群的乌鸦会飞来借宿。
暮色苍茫，同袍们围坐篝火畅谈荣光。
远离欧洲喧闹，回到安静的伊犁河旁，
向世界宣告自由。那时，全世界的奴隶
都羡慕我们，渴望听到我们自由的歌唱。

“太阳正在赶来，月亮也在路上，
自由是我的荣光，我将自由颂扬。
自由是神的恩赐，任何人休想隐藏。
照神的指引向前，沐浴自由的光芒，
我们像乌云铺天盖地，掀起滔天巨浪。
离开腐烂的沙俄，离开蛆虫涌动的尸床，
魔鬼，啊，魔鬼，离开魔鬼管辖的地方！
世界是上帝的，伊犁是我们的，
世界的一切统统属于自由战士！”

“好啊，看这位新人，崭新的准将！”
杜丁大尉龇着满口黄牙冲阿廖沙大笑。
“大尉，”阿廖沙道，“向女皇保证，

我本人是高级军官，我有封号呀封号，
伏尔加河下游的封地。叫什么？伊凡，
得让仆人提醒我，伊凡，把封号拿来！”
“我知道大人，你的封号是自由准将！”
迎着翻卷而来的乌云，他开始吹口哨，
阿廖沙开始吹口哨，口哨声断断续续。
口哨声断断续续，像蹦蹦跳跳的珠子。
雨下来了，冰雹下来了，冰雹和雨点，
冰雹夹着又圆又大的雨点直往脸上砸。
杜丁大尉从火堆中刨出土豆塞进怀里。

“未来的风吹向哪里，我们就向哪里；
自由的风吹向哪里，我们就向哪里。”
杜丁大尉拉住阿廖沙跑向帐篷，帐篷
被冰雹击穿散在地上。杜丁大尉连忙
捂住阿廖沙的脑袋，冰雹已经击中他，
阿廖沙向前扑倒在地。杜丁大尉跑向
坐骑，解下马鞍，扣在阿廖沙的头上。
杜丁大尉坐在一旁双臂紧紧捂着脑袋。
忽然，冰雹停止，雨，雨却越下越大，
顷刻淹过脚踝，马鞍漂浮在水面之上。

“起来！”杜丁大尉拽着阿廖沙的领口，
一手托着他的腰部，阿廖沙勉强坐起，
头抵着杜丁大尉的肩膀。“能听见吗？”
杜丁大尉拍打着阿廖沙的脸，“醒醒！”
“鱼。”阿廖沙睁开眼，手指着面前。
鱼，一臂长的大鱼，活蹦乱跳的大鱼，

忽地游过来游过去。人和牲口的尸体
正缓缓地浮上水面。

没有栖身之处，没有帐篷，没有大树。
水淹到胸口，所有的东西都浮上水面。
阿廖沙和杜丁大尉各自扒在马鞍一边，
阿廖沙推开眼前的杂物望向远处，
语调深沉地对杜丁大尉说："你信吗？
杜丁大尉，我打赌我看到自己的归宿。"
"是吗？"推走阿廖沙推过来的垃圾，
杜丁大尉专注地望向远方，肯定地说，
"我信，因为我也看到了自己的归宿。"

就在此时，伊凡抱着马鞍眯缝着双眼，
和洑水的牲口一起漂来。他皱着眉头，
像马一样歪着头抿着耳朵，挥着手说：
"我的工钱，准将大人，您先留着吧，
我还欠花剌子模国王好几个铜板呢。"
阿廖沙看着伊凡慢慢漂过，没有答言。
"原谅我大人，对不住的地方多担待。
对了大人，马鞍下面藏着一包牛肉干，
现在就拿出来享用吧，水一泡会变酸。"
"那副银质的刀叉呢？"杜丁大尉问。
阿廖沙从马鞍下摸出个四方的小包袱，
举在手里冲伊凡喊道："伊凡，这个？"
"准将大人，"漂远的伊凡回过头来，
"是的大人，请享用吧，没什么刀叉。"
"我说伊凡，你把衣服脱掉，游回来！"

"好的，准将大人，好，我马上就脱。"
伊凡一面高声答应，一面渐渐地漂远。
"不，伊凡死不了，他怎么死都死不了。"
阿廖沙望着远去的伊凡，自言自语。

八、乾隆

乾隆三十六年三月（公元1771年4月），清廷的定边左副将军车布登扎布向朝廷奏报：“俄方派人来通报说，土尔扈特汗国民众凡一十七万余人，举部东返。”得知这一消息后，清廷内部分为两派，争论激烈。

乾隆皇帝召集亲王固伦额驸色布腾巴勒珠尔和经理回部事务、乌什参赞大臣舒赫德，还有蒙古杜尔伯特部的巴图济尔噶勒，询问对策。

“诸位臣工，此番土尔扈特部不远万里，
前来归附，想必俱已知悉，如何处置啊？”
乾隆言罢，御前大臣巴图济尔噶勒奏道：
“回皇上，土尔扈特属卫拉特四部之一，
只因前朝时部族内讧，彼不堪厮杀惊扰，
由首领和鄂尔勒克率众西迁至伏尔加河，
至今已一百四十余年。彼认同异邦教化，
习当地风俗，援外族律法，已非我族类。
彼等忽然来归，想必彼与沙俄皇帝生隙，
反目成仇，叛而去之者，当属意料之中。

故此，实不宜收留，恐因此而授人以柄，
与俄罗斯国徒生边衅，实在是无谓之举。
不如遣使前往，好言劝慰彼等部众返回，
不失为两全稳妥之策。请皇上明察定夺。”
御前大臣巴图济尔噶勒奏毕，站定身子，
但见他朝服上祥云片片层层，红日高升，
黑熊张牙舞爪，官帽上白水晶烁烁明明。

“嗯，言之有理。朕知你巴图济尔噶勒
属卫拉特之杜尔伯特部，与彼同祖同宗，
心同一理。朕接伊犁密报，土尔扈特部
因为俄罗斯国连年征调师旅，岁岁不停，
此次征贵族子弟为质，有亡族灭种之虞。
故此土尔扈特部之首领渥巴锡密谋决策，
带领全族毅然出走，且与沙俄兵戎相见，
已然是反目成仇，势不两立，再无退路。
况且迤逦而来，屡经劫杀，死伤者无算；
若劝彼等回返，部众无所依靠，而沦为
贼寇，恐非上策。舒赫德，你怎么说？”

“回皇上，自从天威降临，大军所至，
剿灭准噶尔部后，十五年来伊犁空虚。
此番土尔扈特部扶老携幼，连缀而来，
恐首领渥巴锡别有图谋。彼惑于人言，
是否企图窃取会宗之地？乞皇上明察。”
乾隆闻言沉吟不语。舒赫德继续奏道：
“皇上，土尔扈特部是否觊觎伊犁？
若果真如此，其部劳师万里，乏民疲兵，

给养匮乏，我以偏师击之即可一举肃清。
只是，土尔扈特部若为沙俄侵入打前锋，
我当如何处置？渥巴锡部众亦有辉特部
与准噶尔部余孽，是否与其他旧部串联，
阴谋别图？还乞皇上明察定夺。”
经理回部事务、乌什参赞大臣舒赫德奏毕，
站定身形，朝服上云海翻腾，红日高升，
仙鹤翱翔云层，官帽上红宝石烁烁明明。

“嗯，言之有理。这俄罗斯国属于别教，
非黄教，土尔扈特部渥巴锡偕全族出走，
不辞万里，投奔中国，归黄教大兴之地。
彼等毅然背弃俄罗斯国，恐非临时起意，
必然计谋良久，妥帖筹划，谨慎实行之。
而今彼等万里疲惫而来，岂敢大费周章，
玩弄苦肉计，欺瞒于朕，而觊觎我伊犁？
此种猜测虽属意料之中，实在不通情理。
况当年准噶尔汗国强盛之时，辖地千里，
驭民百万，兵强马壮，尚不能与我并立，
何况今日之土尔扈特部？岂敢与我为敌？
岂敢怀图谋伊犁之意？彼归顺十有八九，
诡计之伏者十之一二尔。应当如是观之。”
乾隆言毕起身，于龙椅前缓缓踱步，道，
“再，土尔扈特部远来实非一人一时之计。
彼不堪俄罗斯骚扰，历代汗王，阿玉奇汗、
敦罗布喇什汗等，屡次派遣使者入京朝觐，
上献方物彰明心迹。渥巴锡不过秉承遗愿，
顺应民众之愿望而已。彼等向往天朝之心，

历历可见。而今朝廷若明知远人向化而来，
却以畏事而制止，大不当，实属大不当也。
况且拒之门外，彼部众老弱妇孺十几万余，
无所依靠，要么沦为草寇，要么自相残杀，
甚而为外族异邦欺凌掠夺，实在不堪想象。”

“皇上英明。皇上天恩隆重，实黎民之幸。
皇上，据报，此次土尔扈特部与舍楞同来。
此舍楞者，叛国投敌一十五年有余。此前，
朝廷曾因通缉舍楞等屡次与俄罗斯国交涉，
俄罗斯国百般托词，不肯交还。虽舍楞者，
情节恶劣不足与匪首阿穆尔撒纳相提并论，
然其附逆作乱，扰乱边疆，实在罪无可赦。
此次舍楞等叛贼主动前来，是否情属叵测？
微臣因而主张慎重行事，请皇上明察定夺。”
巴图济尔噶勒言毕停顿一下，继续奏道，
“皇上，舍楞等系出尔反尔之奸诈暴徒，
为防其裹挟渥巴锡妄生事端，滋事边疆，
扰边犯境，如何使其不能呼应，无法自保，
而后两罪并议，收尔诛之，还请皇上定夺。”

“嗯。诸位对舍楞之事，实在不必多疑。
试想，舍楞一人岂能煽动渥巴锡全部？
且俄罗斯亦大国，彼等既反目背弃而来，
再扰我天朝边界，岂非腹背受敌？那时，
彼等必进退无据，彼将焉往？何以自处？
此次彼等前来，并非朝廷以武力相威逼，
实属彼等自愿归附，焉有再行问罪之理？

如舍楞者，可一概赦免前罪，既往不咎。
若此，其他叛将前来投奔，亦酌情安置，
并优待彼等属众，为渊驱鱼之后患可除。”

“皇上英明，天恩隆重。舍楞等叛将，
出身行伍，久经战阵，而今正值壮年，
彪悍异常，且曾诱杀朝廷大员唐喀禄，
恐彼等与我将士心存罅隙，一言不合，
导致祸生肘腋，待那时再行派兵弹压，
恐怕手足无措，疲于应付，悔之晚矣。
皇上，是否增兵两万精锐，从旁协助，
以防不测？请皇上定夺。”舒赫德奏道。

“所谓既往不咎者，前罪一律宽宥之谓，
而且额外加恩。按照杜尔伯特部之前例，
接济彼等牲畜产业，分定各自游牧区域。
此事细节繁多，牵涉人物地理气候诸事，
可以逐项落实。舒赫德你提议增兵两万，
朕看来，增兵大可不必。以我虎狼之师，
岂有难敌乏民疲兵之理？不过所虑也是，
舒赫德心思周密。朕有一策，不妨如此。
舒赫德你可否深入其部，当面问询舍楞，
面询舍楞等几名叛将之真实意图。
彼若支支吾吾，心怀鬼胎，必另有所图，
那时增兵几万尚不为迟。彼若情辞恳切，
认罪自首，真心归附，即可给予彼生路，
将彼部众一并安置。舒赫德，你怎么说？”

“皇上圣明。当面询问舍楞，晓以大义，使彼知晓皇上天恩隆重，如此直截了当，实为上策。臣愿意孤身深入土尔扈特部，面询舍楞等真实意图。若彼等真心悔罪，甘心归附，甘愿受朝廷处置，自不待言，臣速速报与皇上裁决。如若舍楞等叛将支支吾吾，神色异样，臣即刻调兵遣将，围之堵之，待皇上旨意。”舒赫德奏道。

“嗯。方才所谈土尔扈特部众分散安置，分散至相隔牧场，以防串联，便于控制。此次土尔扈特部来归，其中杜尔伯特部以及乌梁海之民，仍旧安置于杜尔伯特以及乌梁海之地；土尔扈特部另行安置。此次务必使得土尔扈特部游牧于博罗塔拉和额尔齐斯等远离城镇处，而且无碍交通，与哈萨克、喀尔喀蒙古换取牛羊近便之处。彼部众仍归各自领主管辖。至于渥巴锡等一干土尔扈特王公贵族，彼抵达伊犁之时，可传旨命出过痘者即日进京觐见，使彼等一体得享圣主恩赐，如此安排是否妥当？”

“皇上圣明，部署周密，必然万无一失。”亲王固伦额驸色布腾巴勒珠尔、大臣舒赫德和御前大臣巴图济尔噶勒同声回应。

“朕所忧者三，一怕彼等任意迁来任意迁走，故不敢安置于邻近沙俄之地；二是安置不当，彼等不辞而别，毁我天朝脸面，反为天下笑；
三是恐彼等谋反。如此分散安置，互不统属，
各管其民，以分其势，分而治之，化解无形，
直至无势无力，方能达到变不生肘腋之目的。”

“皇上圣明，部署周密，必然万无一失。”
亲王固伦额驸色布腾巴勒珠尔、大臣舒赫德
和御前大臣巴图济尔噶勒同声回应。

“不过，彼等不得沿用土尔扈特汗国名号，
渥巴锡不许称汗，应当接受朝廷敕封恩赏。”
“皇上圣明，此理所当然，应当着即申明。”
亲王固伦额驸色布腾巴勒珠尔、大臣舒赫德
和御前大臣巴图济尔噶勒同声回应。

“土尔扈特部自俄罗斯率领妻子颠连前来，
拖家带口迁延时日，窘迫已极。若不抚恤，
彼等恐不日饿毙，朕心实有不忍。舒赫德，
你分拨善地安置之前，先行购运牛羊粮食，
以慰问彼部众，使彼等部众可以赡养自身；
并且速速置办衣裘庐帐等，务必人皆有份，
供部众御寒日用。虽时至四月，塞外之地，
荒蛮之处，必然天寒地冻，昼夜差异甚巨。
所供给部众物资，尤其生产居住等类器具，
不为迁就一时，而应当为其筹划长久生计。
使彼部众安居乐业，老有所养，幼有所依。
土尔扈特部头领渥巴锡等，所赐封赏用度，
不得有尊卑之分，免生不虞；而务求实用，

务求尊荣同等。舒赫德，你记住了？”

“皇上圣明，天恩浩荡，微臣谨记在心。”
经理回部事务、乌什参赞大臣舒赫德回应。

“嗯。传旨：着陕西银库内拨银三百万两；
另，新疆、甘肃、陕西、宁夏、内蒙古等人民，
以物资供应土尔扈特部众，凡马牛羊等牲畜，
米麦等五谷，及茶叶、羊裘、棉布、棉花等，
御寒生养物资不得耽搁。一旦彼等到达伊犁，
依据人数以及所需数目，速速办妥交割清楚，
而且沿途督促押运，凡延误者以律重办。”

“皇上圣明。皇上圣恩怀柔，远人来归，
彼等必感激涕零，肝脑涂地，无以为报。
臣担心沙俄讹诈，向我索要渥巴锡等部众，
将如之奈何？请皇上示下。”舒赫德奏道。

“嗯。沙俄虽为大国却惯于纠缠，一向无耻。
如若沙俄因颜面尽失而恼羞成怒，向我讹诈，
可如此应对：彼土尔扈特部原是我中国子民。
彼等土尔扈特部在尔处不得安居，不辞万里，
率领妻子，拖家带口，颠连前来，资财耗尽，
欲蒙我天朝大皇帝恩泽，实属彼等诚心归附。
大皇帝施恩，将彼户口属众等分别指地而居，
各自得安生之所。今日尔等若执意追索彼等，
自可于尔之境内追索搜罗之，天朝绝不干预。
然彼已入我界，则尔等不得于我境内追逐之。

如若放肆，不从我言，我天朝必与尔等交战。
尔等要和便和，要打便打。”乾隆正色道。

“皇上圣明，恩威并用，谅沙俄不敢造次。”
亲王固伦额驸色布腾巴勒珠尔、大臣舒赫德
和御前大臣巴图济尔噶勒同声回应。

“朕记得，当年发兵五万，兵分两路直捣伊犁，
讨伐达瓦齐。准噶尔大者数千户，小者数百户，
携奶酪，献牛羊，络绎道左，行数千里而不绝，
而无一人抗颜者。叛贼达瓦齐之部下不战而降，
贼阵脚大乱，仅带亲信七十余人逃往天山以南，
投奔乌什反被擒获。固我大清江山社稷，必当
以雷霆手段剿灭准噶尔，否则，沙俄乘隙而入，
四处启衅，致使祸端蔓延，届时恐悔之晚矣。”

“皇上英明。我大清天威所至，无不披靡。
皇恩浩荡，光泽生民，国祚万万年长。”
亲王固伦额驸色布腾巴勒珠尔、大臣舒赫德
和御前大臣巴图济尔噶勒同声回应。

“朕记得，我大清天军所至，叛贼阿穆尔撒纳
亡命沙俄。沙俄本与叛贼勾勾搭搭，觊觎边疆，
岂肯将到手的筹码轻易交出？怎料，天佑大清，
叛贼藏身酒窖出痘而亡，沙俄不得已交还尸首。
至此，我大清心腹大患尽除，海内安定。”

“皇上英明。我大清天威所至，无不披靡。

皇恩浩荡，光泽生民，国祚万万年长。”
亲王固伦额驸色布腾巴勒珠尔、大臣舒赫德
和御前大臣巴图济尔噶勒同声回应。

“朕记得，祖爷康熙五十一年至五十三年间，
朝廷派殷札纳和图理琛不远万里，绕道沙俄，
出使土尔扈特部。其首领阿玉奇汗感动异常，
请使臣向圣祖爷代为谢恩，称‘寄居异邦，
却心怀天朝，一日不敢忘乃大皇帝臣民’。
足见我天朝恩眷隆重。虽有民孤悬海外，
我天朝亦不忘亲往慰问，使彼感怀由衷。”

“皇上英明。我大清天威所至，无不披靡。
皇恩浩荡，光泽生民，国祚万万年长。”
亲王固伦额驸色布腾巴勒珠尔、大臣舒赫德
和御前大臣巴图济尔噶勒同声回应。

“今土尔扈特部来归，实乃三朝累积之洪恩，
而非一日之果效。尔等三人即日可驰驿往迎，
以彰显朝廷优待之重。真是胜算在握得要领，
方可如雷斯厉风斯行。天佑大清，幸甚幸甚。”

“皇上英明。我大清天威所至，无不披靡。
皇恩浩荡，光泽生民，国祚万万年长。”
亲王固伦额驸色布腾巴勒珠尔、大臣舒赫德
和御前大臣巴图济尔噶勒同声回应。

“诸位臣工，此等兴事，

岂不应当作诗纪念，勒石记之？”
乾隆稍稍沉吟，遂吟诵道，
“土尔扈特部，其汗阿玉奇。
今来渥巴锡，明背俄罗斯。
向化非招致，颁恩应博施。
舍楞逃复返，彼亦合无辞。
卫拉昔相忌，携孥往海滨。
终焉怀故土，遂尔弃殊伦。
弗受将为盗，俾安皆我民。
从今蒙古类，无一不王臣。
朕即兴联句，其意如何啊？”
乾隆吟罢面色喜悦，随口问道。

“皇上圣明。皇上真乃高屋建瓴，条分缕析，
一语中的，原委道尽，天恩畅明，古圣先贤，
不过如此。皇上万岁万岁万万岁。”
亲王固伦额驸色布腾巴勒珠尔、大臣舒赫德
和御前大臣巴图济尔噶勒同声回应。

乾隆起身，稳稳下得御阶，款款移驾，
肃立正大光明殿门口。三位大臣相随，
侍立在乾隆身后。乾隆眺望紫禁城内，
但见朱墙黄瓦，檐牙高啄，一禽一兽，
栩栩如生。极目远望，只见阡陌之间
百姓安居乐业，四海之内藩属俯首称臣。
不由得壮志心生，意气豪迈，口占四句：
“国家中外大一统，昔唯西陲费经营。
渥巴锡汗识向背，万里来归兹为荣。

脱离罗刹入乐土，自此畜牧安生平。
试看稽首列万帐，尽隶臣仆归大清。”

“皇上英明。皇上真乃一语中的，我大清天威所至，四海安宁。皇恩浩荡，光被生民，国祚万万年长。皇上吉祥，万岁万岁万万岁。”亲王固伦额驸色布腾巴勒珠尔、大臣舒赫德和御前大臣巴图济尔噶勒同声赞道。

九、巴什基尔人

黄灾之后，土尔扈特人往南逼近哈萨克人的地盘。冲出哈萨克和俄国龙骑兵的包围，就可到达祖国。

1

片片彩霞掩映，一轮旭日喷薄而出。
战马挤在一起不愿踏进冰冷的河水。
勇士们高声吆喝着，鞭子用力抽打。
色克色那催动坐骑，铁青马果断入水，
脖子和脊背露出水面，尾巴歪向一边。
其他的战马随即跃入水里，打着响鼻，
划开水流，争先恐后地直朝对岸游去。
铁青马头一个爬上河岸，色克色那
跳下马来，将鞍鞯卸下摆在阳光下，
粉色的朝霞映着战马湿漉漉的身躯。

早餐后，哨兵报告发现哈萨克的骑兵。
敌人缓缓而来走走停停，约莫十来骑。

色克色那手搭凉棚观察附近，没树林，
也没灌木丛。色克色那站立在马镫上，
打算瞭望得更远一些。此时，在对面，
那一道沙梁子的后面，砰的一声枪响，
子弹嗞嗞地叫着迎面扑来。刹那间，
铁青马咕咚栽倒，色克色那摔下马来。

从马背摔下来的那一瞬间他清醒过来。
摔得劲头那么大，膝盖好像擦伤一片。
色克色那不慌不忙地站起，拍拍灰尘，
拍拍抽搐的铁青马的脖子，卸下马鞍，
放在一棵榆树后，隐在树后观察对面。
一个勒勒车轮、烂箱子，还有烂毡子。
刚才竟然没有发现。枪声再次响起来，
一颗子弹钉入树干，他半蹲在树后面。

“头儿，这帮小子劫了咱们几家牧户，
你往左看，沙梁子下面有个女人趴着，
像是遇害。”有战士向色克色那报告。
色克色那捡起地上的长枪，靠在树后，
从腰里抽出短火枪，察看了一下燧石。

对面传来嘈杂的叫骂声，听不出人数，
子弹高低不齐地嗖嗖飞来。他抬起头，
看到兄弟们迎面向敌人冲去。敌人呢，
一面后撤一面盲目地向后或朝天开枪。
他下意识地撮起嘴唇，打了个呼哨。
铁青马躺在离自己十来步远的地方，

马头一动不动，两条后腿蹬了两下，
湿漉漉健硕的躯体慢慢地不再抽动。

枪声和杀声渐渐平静，敌人似乎
逃得远远的。色克色那在树荫里
叉腰静等。勇士们押着俘虏过来，
一名战士牵着一匹枣红色的战马。
这俘虏身材适中，眼光一闪一闪，
嘴角挂着血沫，蓬松的络腮胡子，
戴一顶土耳其的毡帽，灰色军裤。
他来到色克色那跟前站住，说道：
“我要见渥巴锡汗，有要事告禀。”
俘虏他的勇士们轻声笑起，说道：
“这个凶手总念叨这一句，像念经。”

色克色那从战士的手里接过缰绳，
摸一下枣红马的鼻梁，翻身上马。
这是匹英气勃勃的战马，身量好，
跑得快，步态也轻松。遛了一圈，
他掉转马头问：“逃走的有多少人？”
“顶多也就十二三。”勇士们答道。
色克色那纵马到那人面前，盯着他说：
“我认识你，巴什基尔人，记得我吗？”
巴什基尔人点头说：“老朋友，你好。”
“巴什基尔人的马个头矮，品相独特，
脖子上一臂长的毛。这不是你的坐骑。”
“你眼光独到。巴什基尔人百年流浪，
哪里顾得上繁育良种？这是抢来的。”

"张口就夸我，我怎么夸你好呢？嗯？
巴什基尔朋友，你说，你是不是灾星？
每次你一出现，土尔扈特人就遭袭击？
告诉我，逃走的有多少人？有无伏兵？
告诉我，这就带你去见汗王，不然……"
"没有，哪里有埋伏？他们本来送我，
碰见几家牧户，临时起意抢走大牲口。"

"把老朋友先捆在树上，咱们追上去，
把几个凶手全干掉。委屈你了，老兄。"
色克色那说完，"驾"的一声催动坐骑，
勇士们七手八脚将巴什基尔人捆绑，
牢牢地捆在一棵榆树上，策马而去。

太阳斜着穿透乌云，金光泻向大地。
不到中午时分，雾气在阴凉处氤氲，
阳光下翻滚。云雀的歌声时远时近。

色克色那他们追上几个哈萨克士兵。
哈萨克人无心恋战，抛下几具尸体。
色克色那勒住马说："就这样，撤。"
枣红马撒开蹄子，平平稳稳地疾驰，
来到河边不等驱使，径直跃入水里，
高昂着硕大的马头，直朝对岸泅去。
战马卸下鞍，随意散放在小树林里。
战士们脱掉皮靴，踩着温暖的沙地，
有的趴在沙土上，有的仰面晒太阳，
嬉戏着打闹不绝，另几个起了鼾声。

太阳落到马头那么高，暑气渐渐散去。
黄蜂落在草丛，蠓虫在脸边上下飞舞。
“动身吧兄弟，勇敢的侍卫长，兄弟，
不想吃喷香的烤羊腿吗？你听咕噜噜，
咕噜噜，难道是我的肚子叫？动身吧，
向渥巴锡汗禀报完毕，我还要赶回去。”
被松垮垮绑在树上的巴什基尔人催促。

“瞧，他比咱们还着急。催什么呢？
你今晚赶回营地？你把树暖热了吗？”
勇士们纷纷打趣。色克色那坐直身子，
注视着巴什基尔人，似乎在等他解释。
“我是来帮你们的，当然也帮我自己，
实在不是一句话的事，英俊的小伙子，
请给我一匹马，我得面见汗王渥巴锡。”

色克色那起身向勇士们挥手：“上马。”
勇士们纷纷站起，顾不得抖落身上沙土，
备鞍，勒紧肚带，翻身上马，等待命令。
“给老朋友一匹快马，”色克色那吩咐，
“你的这匹就归我了，枣红色我最喜欢。”
“下次我骑一匹千里良驹，看你馋不馋。”
巴什基尔人嘟囔着，“驾”的一声催动坐骑。

2

“尊姓大名，朋友？能请教您的名讳吗？”

策伯克·多尔济向巴什基尔人颔首致意。
端坐在首位的渥巴锡微笑地注视着来宾，
达仕敦杜克的眼神则充满着警惕和怀疑。

“想必您就是博学的策伯克·多尔济，
今日得见，荣幸之至。有幸被您提及，
我的姓名不足挂齿，本名叫作巴克斯。”
“你不叫巴克斯，巴克斯是巫师的意思，
巫师都叫作巴克斯。巴克斯是受到神恩
与神对话的人，是与亡魂和神相通的人，
是连接神人的先觉先知。他们云游四方，
通过看手相或用羊粪蛋来预测人的命运。
他们给活人和幽灵号脉，善用药物诊治。
甚至聚集乌云，能够向苍天向云神祈雨，
大雨顷刻而至。”策伯克·多尔济说道。

“名不虚传，博学的策伯克·多尔济。
您对巴什基尔人的见解超过我的学识。
原本的名字不用提及，远远没有今日
我远道而来想要告诉您的秘密紧急。
尊贵的渥巴锡汗和策伯克·多尔济，
请允许我从头讲述巴什基尔人的来历。

“据说，巴什基尔人的始祖名叫恩胡特。
恩胡特的意思是头狼。为什么是据说？
因为那时我们没有绘画，更没有文字，
记事全依靠一代一代口耳相传的记忆。
恩胡特是善于观察的青年，性情耿直。

因为某件事开罪于部落酋长，只好逃离，
离开宗族，一直往南逃。逃到一处地方，
叫作卢萨提亚的所在，意思是丰饶之地，
卢萨提亚这地方在我们祖居之地的南方，
确实丰饶富裕，酒比水比蜜还多，葡萄
和无花果树遍地都是。与他的出生地比，
可算强一百倍不止，恩胡特想在此定居。

“恩胡特遇到一位同龄的酋长，年轻富裕，
酋长劝他改穿亚麻布，脱去兽皮的外衣。
酋长每次宴请恩胡特，必有肉有酒有蜜。
丰饶之地还生活着其他部落，部落之间
常常爆发战争和杀戮，抢夺女人和牲畜。
早上你迎着黎明醒来，中午还能够享受
烤牛肉，月亮升起时不知道暴尸在何地。

“恩胡特迫不得已像其他人一样参与杀戮，
他善于用脑，能指挥部落勇士协同攻击，
自己又身先士卒，因而赢得酋长的赏识，
渐渐地赢得地位，在敌人中也声名鹊起。

“有一次，敌对部落的酋长来向他挑战。
那人身材高大，勇猛无比，侵夺牧场，
拥有无数的女人和奴隶，求战只为赌气。
恩胡特没有把握战胜强敌，但他会算计。
决斗之时，先射出带有三支箭头的利箭，
迷惑敌人，对手不知哪支箭头瞄准自己。
箭头却因过重而落地，敌人嘲笑恩胡特，

于是放松警惕。恩胡特随即再射出利箭，
对手没有防备，箭锋直插入敌人的鼻翼。
敌酋摔落在马下，惨状刺破敌方的勇气。
按照惯例，恩胡特应该割下敌酋的首级，
炫耀胜利，但是他却拨转马头决然而去。
他已厌倦了杀戮，开始怀念家乡的土地。

“恩胡特赠给酋长一些浮财，带着妻子
和三岁的儿子、挑选出的仆人和奴隶，
返回故里。从恩胡特返回家乡之日起，
一千八百多年前，我们自称巴什基尔人，
就是自由人的意思。咱们都是自由人。
我的祖父名叫朗杰维，恩胡特的后裔。
朗杰维在巴什基尔话里的意思是神谕。
祖父不但是部落的首领，也担任祭司。
他喜欢在酒兴正酣时商议族群的事宜，
酒醒时决定的事项，酒醉时否决再议。

“祖父朗杰维得罪了神，因为有次醉酒，
未离席就便溺。神惩罚他，期限是十年，
十年间双眼看不见东西。第十一个年头，
神启示说，惩罚已满期，用尿液洗双眼，
可恢复视力。但这尿液须是忠诚于丈夫，
从没和其他男人发生过龌龊关系的女人的。
他第一个用妻子的尿液洗，竟毫无效力。
他一个接一个地用其他妇女的尿液来试，
最后恢复视力。他把这些妇女集合在一起，
除去让他恢复视力的那妇人，他把她们

带到被称为忠诚之城的荒野，挨个儿杀死，
并且埋在那里。后来，你知道，在那里，
建成草原上第一个木头城市，忠诚之城。

“朗杰维建造了巴什基尔人的第一座城。
四面的城墙高大，每面墙长过十俄里，
不但高大而且是木头建造，民居也是。
城里有个湖，有水獭和有牙没牙的鱼。
巴什基尔人务农，吃五谷并种植菜蔬。
巴什基尔人的风俗与其他民族大不同，
喝酒时不准当众呕吐，这是寻常规矩。
婴儿降生，亲人聚在一起为孩子哭泣。
这种风俗恐怕与其他民族的大异其趣。
亲人们悲叹孩子遭受病痛，经历别离，
失去青春，无法留住所有美好的甜蜜。
您瞧，自由人也有满腹心事排遣不去。
除去风俗，我们跟其他民族也易辨识。
身材上和相貌上，尤其说话的腔调上，
与哥萨克不同，跟哈萨克也差异甚巨。
您看，我是淡蓝色的眼睛，黑发浓密；
族人全都是淡蓝色的眼睛，黑发浓密。

“城市落成，祖父将人民聚集在城市中，
围着用来雕刻神像的石块，问巫师说，
雕刻什么材质的雕像好呢，铜还是石？
巫师答铜。朗杰维身为祭司询问巫师，
是对神大不敬，以致触怒神明。另外，
朗杰维心疼黄铜，他口头上没有反对，

私下却偷偷换用，用石头来换掉黄铜。
他让石匠用石头雕刻最大的一尊神像，
然后，用橄榄木雕刻大大小小的神像，
把大小木头神像密密麻麻地竖在街上，
走路不小心，会接二连三撞到脑袋疼。

“神像落成，巫师围着神像跳舞，说道：
‘我们被诅咒了，将受到血和火的洗礼。
我们被诅咒了，因为玷污了“忠诚”二字。
不幸的人啊，为什么你们还待在这里？
不要住在原来之地，西方来了纵火犯。
逃离你们的家园，藏在大地的尽头吧。
烈火要把这座木头之城烧得灰也不剩。
不单如此，还把老人和孩童化为黑泥。

“‘巴什基尔的女子啊，纵火犯强行娶你们。
杀害你们的父亲和丈夫，强行迎娶你们。
巴什基尔的女子啊，你们要暗暗地发誓，
把誓言传给女儿，就是决不和丈夫同食。
白天和夜晚，决不呼喊这些强盗的名字。
男人们现在就应该赶快撤离，背朝敌人。
但是到了那一日，你们将面对敌人战死。

“‘焚烧整只的牛马和骆驼，穷人用羊代替。
把牲畜带到祭坛去焚烧，把酒浇在火里。
然后割断牺牲的喉咙，呼唤神明的名字，
把脑袋切下来摆上，再剥下整张的畜皮。’

“说完，乌云聚集，狂风骤起，雷电击中
神像头顶的囟门。神像着火，火苗蹿起，
却未烧毁，像一根永远不减不损的灯芯，
昼夜不会熄。七天以后，雕像轰然倒地。
那一刻，俄罗斯的使者从西门进入城市。

“朗杰维迎接这些第一批到访的俄国人，
这些彼得大帝的使者一共有三十九位。
我的祖父朗杰维致辞说：‘尊贵的客人，
欢迎莅临忠诚之城，请到广场洗浴休息，
我们将用精致的美味佳肴款待诸位大使。
巴什基尔人有个习惯，在盛大的宴会上，
把妻妾们召唤，要她们侍坐在客人身边。
请诸位贵宾遵守巴什基尔人的风俗习惯。’
使者们答：‘既然是你们的风俗，那么，
恭敬不如从命。’祖父派人把妇人召唤，
她们到来后坐在使者旁边。使者们见到
姿容如此美丽的妇人，忍不住心猿意马。

“等使者们酩酊大醉，祖父就对他们说：
‘尊贵的客人，请容她们稍稍去沐浴，
之后，再回到你们身边。’使者同意。
妇人们洗浴回来，每人携带一壶新酒，
酒中已下了毒，是鸡母珠制成的毒粉。
使者们狂饮美酒，并非七窍流血暴毙，
而是昏沉沉倒头大睡，个个哑口无语。

“祖父下令将这三十九人全部埋进地窖，

埋得结结实实，并在地面种植盐角草。
您知道，盐角草通常长不到人的膝盖，
而这些盐角草，竟然长到了两人多高。”

“恕我冒昧，巴什基尔人有多少部落？
是不是还有一百个？你们有多少勇士？”
达仕敦杜克插话说，“朋友，我没恶意，
据说你们一百个部落，每年从一个部落
征召一千名壮士到土耳其作战；留下的
从事生产，维持自己和出征战士的用度。
下一年轮到后者去参加战争，先服役的
轮换回家生产。这样无论种地还是作战，
两样不耽搁。你们不买牲口，因为你们
擅长繁育马和牛羊。你们不怎么吃谷物，
日常吃奶类和肉食，所以你们体格健壮。
即便在最寒冷的冬天，也爱在河里洗澡。
小商小贩们最愿意和你们打交道，因为
你们的战利品总是出手得最便宜。是吗？”
达仕敦杜克直视着巴克斯，连声问道。

“这位是我的堂弟达仕敦杜克，巴克斯，
他说话爽直。”渥巴锡打断达仕敦杜克，
“请继续朋友，我想知道后来发生的事。”
巴克斯瞥了达仕敦杜克一眼，眉头微皱，
眼睛眯成一条缝，脸上露出谨慎的神色，
“遵命，渥巴锡汗。达仕敦杜克将军，
感谢您的提醒，我并不觉得您满怀恶意，
不，您的提醒让我回忆起更伤心的往事。

“不久，第二批使者到来，他们质问祖父，
问他如何对待第一批使者。祖父谎称说，
第一批使者已经满载礼物离开，七天前。
一些人还因为礼物的不平均闹了不愉快，
不过三十九人已经全部离开，七天之前。

“第二批使者当然不相信祖父的鬼话，
却也搜寻不到同伴失踪的草蛇灰线。
他们悻悻地离去，临走时撂下狠话：
‘若说你们是自由人，你们不够勇敢。
若把你们当奴隶，你们却不够忠诚。
你们习惯在夜里杀人吗？我们在白天。
三个月后，这城市和神像将化为灰烬。
因为名为忠诚，你们却在神像下撒谎。’

“三个月后，一千名俄罗斯骑兵来到。
不过，我的祖父也并不是没有备战。
他率族人在城外路上深挖一百个坑，
空瓮埋下去，再用干燥的浮土覆盖。

“敌人手持利剑，边冲锋边击打胸甲，
高声叫嚣着：‘真相来了！真相来了！’
气势汹汹地冲锋，未承想掉进瓮中，
马腿当时折断。不过只折损几十人，
剩下的战士越发骁勇，傍晚攻入城。

“俄罗斯骑兵冲进木头建造的忠诚之城，

俄国佬说，神不庇护的人没资格说话。
就割下我祖父的舌头，祖父满口流血，
呜哩哇啦不休，栽倒在地再没爬起来。
他们大肆杀戮，掠夺妇女，放火烧城。
幸存者回忆说那晚的月亮猩红得瘆人。
十天后大火熄灭，无翅的都灰飞烟灭。
侵略者对着废墟发出诅咒，诅咒城市
永不得重建。然后拖着犁耙在焦土上
深犁一周，犁沟里撒一层厚厚的粗盐。

“凡是橄榄木雕刻的神像尽皆化为灰烬，
可是，撒过盐的犁沟里竟然发出新苗。
废墟上唯一的橄榄树，是巴什基尔人
存在过和建造过木头城市的唯一证言。

“我的族人从此漂泊草原，风流云散。
我们在乌拉尔河边哭泣，怀念家园；
我们在涅瓦河岸边哭泣，怀念家园；
我们在伏尔加河边哭泣，怀念家园；
像结冰的酒瓶一样里外透凉，渴望温暖。
我们徘徊在神秘预言的边缘，忍受熬煎。
厌恶杀戮却又报仇乏术，复兴无法实现。
我们在尘世的罪，只能在尘世洗清偿还。
那预言逼近的嘀嗒声，就是不灭的期盼。

“神倾听我们的忏悔，顾念我们这些罪犯。
神向祭司启示：彗星显现后的第六个月，
下弦月的那天，你们用一对白骆驼祭奠，

在长出橄榄树的撒过盐的犁沟旁，祭奠。
我顾念你们的忏悔，许诺你们重建家园。

“我的头发是祖父的头发，脸是祖母的脸；
眼睛是外祖父的眼睛，耳是外祖母的耳；
鼻子是父亲的鼻子，嘴唇是母亲的嘴唇；
牙齿是兄长的牙齿，脖子是姐妹的脖子；
双手是舅舅的双手，双脚是叔叔的双脚；
我所有的莫不来自这个草原，来自亲人，
永不忘记的亲人们，都在我的身上显现。

“我深信，尊贵的渥巴锡汗，您是神裔，
是这无边草原上最优秀最正直的君主。
因为拥有黄金面具的人才配被神召唤，
也才能够召唤出英勇无敌的幽冥军团。”
“感谢你夸奖，朋友，亲爱的巴克斯，
谢谢你坦率的友谊。我想知道，朋友，
我怎样才可以帮助你，你要我做什么，
才能使你们的家园重建？”渥巴锡道。

“尊贵的渥巴锡汗，彗星已经显现，
1771 年，这一颗巨大而明亮的彗星，
好似悬在天空正中间，四周繁星涌动。
它放射出道道白光，长长的尾巴蓬松，
正在预示着希望和灾难。我泪流满面，
凝视这明亮的彗星，它以无法形容的
姿态沿着轨迹飞驰过目力所及的天空，
消失在未来。在今年的一月十日这天，

这颗彗星划过摩羯座和射手座之间；
像神的恩典神的笑容，像人的渴盼，
这颗彗星划过摩羯座和射手座之间。
仰望夜空，我发觉自己是多么可怜，
您相信我吗，尊贵的渥巴锡汗？”

达仕敦杜克从腰带上拽下绣花的荷包，
掏出闪闪发亮的鼻烟壶，用食指一弹，
拔开瓶塞，用小拇指拈一撮鼻烟，道：
“巴克斯，乡下人讲的故事我更喜欢。
我曾学习过两年天文，我看到的彗星，
和您见到的是同一个吧？有一位英雄
名动草原，彗星预示着他将马到功成。”

“尊敬的达仕敦杜克将军，我赞同您，
我赞同您的预判。英勇的土尔扈特人
在渥巴锡汗的带领下，必将重返家园。
徜徉在无边佛光里，享受着先祖恩典。
子孙健康生养，牛羊繁衍无限。圆满，
如所求般圆满。我完全赞同您的预判。
我祈求的只是一匹白骆驼，两个月前，
库拉金纳要塞之战那晚，哥萨克劫走
曼德莱汗后的那晚，我的卫士们已经
从土尔扈特人的畜群抢走一匹白骆驼，
是一峰白牡骆驼，牙口刚刚三岁半。
今天，我冒昧前来，祈求渥巴锡汗，
尊贵的渥巴锡汗，凭着自由的名义，
我请求您，赐给我们另一头白骆驼，

让流离失所的巴什基尔人重建家园。”

渥巴锡同策伯克·多尔济对视了一眼，
再望向达仕敦杜克。达仕敦杜克盯着
巴克斯，又从鼻烟壶挖出一小撮鼻烟。

“你们刚刚摆脱了天灾，又掉入陷阱，
被哈萨克的联军和沙俄的龙骑兵包围，
中帐的阿布赉汗和小帐的努尔阿里汉，
一共七万，龙骑兵五千，巴什基尔人
将出兵一万。无法逃避，我们得参战，
就好似你们被女皇要挟着对波兰开战。”

“哈萨克的联军七万，防线在哪里？
共几门大炮？这些想必你应该知道，
巴克斯，我的朋友。”渥巴锡问道。

“小帐的努尔阿里汗，你们的老朋友，
是个有野心的笨蛋；钦差大臣别克托夫
是个有野心的坏蛋。这就是二人的不同。
不用担心，他俩摞起来也不足您的分量。
您是真正的天选之人，是神选中的摩西，
带领族人逃出埃及的先知。您被神选中，
您才是天选之人。您带领同胞奔向自由，
千秋万代，无论眼睛的颜色，无论肤色
深还是浅，凡是被奴役的，都把您纪念。”
巴克斯挺挺背，扭动下脖子，继续说道，
“哈萨克的联军，就堵在您东进的路上，

联营五十俄里，帐庐如云。那些龙骑兵，
不瞒您说，正在急慌慌赶来。我见识过，
这些龙骑兵可不是吊儿郎当的乌合之众，
而是一支每一个骑士都牢记自己的任务
和使命的精锐之师。骑士的每一个纽扣
都没有崩坏而且闪闪发亮，衬衫的领口
和两个煞白的袖口，都浆洗得一尘不染。

“小帐努尔阿里汗，他自幼跟从巫师学习。
每年冬至要死去一次，从尘世降到黄泉，
仿佛冬眠的黑熊一般，从每年冬至开始。
第二年的春天，太阳到达春分的顶点时，
他重新回到阳世，努尔阿里汗睁开双眼。
他下到阴间哪里，见识什么，无人知道，
他从不谈起。不管精通什么戏法障眼法，
小帐努尔阿里汗不过是个有野心的笨蛋。
他谈吐做作，故作风雅，让人不禁怀疑
他由一个重色贪财的宵小之徒刻意装扮。

“努尔阿里汗的汗后可不是个寻常的角色。
这位出身巫师之女的汗后，为大汗生下
两位王子。只要汗后在场，努尔阿里汗
说话时就不住地拿眼看她，像在蜜月里。
这位比丈夫小二十岁的女子出身高贵的
波斯皇家门第，掌握着一种神奇的法术，
她吸收满月之力，能够改变胎儿的性别。
靴筒藏着金匕首，佩戴古代的贵重饰品，
头饰更是五光十色，脑后飘着七彩绸缎。

小鸽子一般美丽端庄，性情温柔得如同
少女的情怀。当她惦记你时，你的小命
必定归天。努尔阿里汗的一位副将，
自恃出身高贵，智勇双全，枪法也了得，
百发百中，轻视出身卑微的努尔阿里汗。
一次操练，当这位副将刚刚跨上马背时，
一只猎犬从马肚子下窜过，马受惊直立，
副将重重地摔落，口吐鲜血，无法坐直，
没几日呜呼哀哉。那猎犬乃是汗后训练。

“尊贵的渥巴锡汗，我深信您是草原上
最优秀和最正直的君主。渥巴锡汗，
拥有黄金面具的人才配做神的仆人，
才能够召唤出震破敌胆的幽冥军团。
努尔阿里汗必定向您索要黄金面具，
渥巴锡汗，您要巧妙地回避这麻烦。

“渥巴锡汗，我会在您进攻之时，
当我看到您的旗帜与晨星辉耀，
当我看到晨星映照的黄金面具，
当我看到无声冲锋的幽冥军团，
我的朋友，尊贵的渥巴锡汗，
我将带领我的族人高声呐喊：
蒙古人胜利了，蒙古人自由了！
您会看到我的忠诚，看到我被神宽恕，
看到我感激的热泪，还有无伪的誓言。
尊贵的渥巴锡汗，您相信我吗？”

“我的朋友，巴克斯，我相信你，
我们都是自由人，也是无根之民，
我们都听到了神的召唤。巴克斯，
你需要我怎么样帮助你？告诉我。”

“尊贵的渥巴锡汗，请听流浪者的心愿。
神倾听我们的忏悔，顾念我们这些罪犯。
神向祭司启示：彗星显现后的第六个月，
下弦月的那天，你们用一对白骆驼祭奠，
在长出橄榄树的撒过盐的犁沟旁，祭奠。
我顾念你们的忏悔，许诺你们重建家园。

“尊贵的渥巴锡汗，这颗彗星已经显现，
1771 年，这一颗巨大而明亮的彗星，
似悬挂在夜空正中间，周围繁星涌动。
它放射出道道白光，长长的尾巴翘起，
正在预示着希冀和灾难。我泪流满面，
凝视这明亮的彗星，它以无法形容的
速度沿着轨迹飞驰过目力所及的天空，
消逝在未来。在今年的一月十日这天，
这一颗彗星划过摩羯座和射手座之间。

“我所祈求的是一峰白骆驼，两个月前，
在库拉金纳要塞之战后，哥萨克劫走
曼德莱汗后那一晚，我的卫士们已经
从你们的畜群里抢走一峰白骆驼，
是一峰白牡骆驼，牙口刚好三岁半。
今天，我冒昧前来，祈求渥巴锡汗，

尊贵的渥巴锡汗，凭着自由的名义，
请求您，赐给我们一峰白牝骆驼，
让流离失所的巴什基尔人重建家园。”

“如果我没记错，达仕敦杜克兄弟，
我的好兄弟，白骆驼是你的财产。
包括先前被劫走的那一峰牡骆驼，
它们都是你的财产。达仕敦杜克，
我的好兄弟，你愿意帮助他们吗？
帮助流浪的巴什基尔人重建家园？”
渥巴锡微笑着向达仕敦杜克问道。
巴克斯连忙双手合十，颔首致礼。

达仕敦杜克起身走到帐外。“去，”
他命令，“去我的营地，传我的话，
把那峰白骆驼速速牵来，所需鞍具，
一应备全。”卫兵领命，上马驰去。

达仕敦杜克返回大帐，渥巴锡起身，
向巴克斯示意，几人一同起身离席。

“明天准是好天气。”渥巴锡说道。
“不，有雨。”策伯克·多尔济说，
“青草味儿好浓，您闻闻，还有雨。”
说话之间，远远的一骑稳稳地驰来，
一峰白骆驼高昂着脑袋跟随在后面，
银质的驼铃已糊满泥浆，不再叮当。
卫兵将骆驼的缰绳交给达仕敦杜克，

达仕敦杜克再将缰绳递给渥巴锡。
渥巴锡接过缰绳，拍拍骆驼的脖子，
缰绳递给巴克斯。巴克斯双手接住。
达仕敦杜克将马缰递给巴克斯，说：
“你的坐骑，色克色那队长已笑纳，
上次他缴获你的那匹，把他害惨了，
准是哥萨克调教出来的狂傲的家伙，
步子大，性子犟，一上战场就冲锋。
这是我的战马，虽说不比你的高大，
脚程也不算差。每天半夜加两捧料，
蹄铁俩月换一副新的，若能再见面，
记得换回来它。”达仕敦杜克说完，
众人闻言笑起，巴克斯却一脸肃然。

巴克斯双手合十颔首致礼，哽咽道：
“尊贵的渥巴锡汗，凭自由的名义，
尊贵的渥巴锡汗，巴克斯向您保证：
在您发起进攻的黎明，当您的旗帜，
当您的旗帜与星月交相辉映时，我，
巴克斯，当我看到闪耀的黄金面具
和无声冲锋却震破人心的幽冥军团；
真诚的朋友，尊贵的渥巴锡汗，
我将带领我的同胞，齐声呐喊：
蒙古人胜利了，蒙古人自由了！
蒙古人胜利了，蒙古人自由了！
您会看到我的忠诚，看到我被神宽恕，
看到我感激的热泪，看到我们的友谊。
尊贵的渥巴锡汗，您相信我吗？”

渥巴锡重重地点头：“我相信。”
巴克斯再不答言，认镫上马，
拨转马头。巴克斯握着马缰，
向众人点头致意，“驾”的一声，
催动坐骑，一只手牵着骆驼，
纵马驰去，缓缓地登上山冈，
一峰一骑渐渐消失在夜色里。

天际高悬一镰新月，新月的对面，
正是那颗明亮的彗星。这颗彗星，
正预示着巴什基尔人的无限前程。
渥巴锡仰望浩渺星空，暗自喜悦。
多么好啊，有人将因此获得新生。
达什敦杜克忽然“哎呀”一声，道：
“您瞧，汗，这位巴什基尔朋友，
自称巴克斯的这弟兄，只顾高兴，
还是忘记告诉咱们他真实的姓名。”
渥巴锡把目光收回，轻轻笑道：
“不，我的好兄弟，他名叫忠诚。”

3

晒热的土地散发出的气息催人入眠。
半红的浆果点缀着满地刺莓。大鱼，
水塘里大鱼的黑脊不时地刺破水面。
雁群飞翔在高高的蓝天。熏风和暖，
春天生下的羊羔和牛犊的腿还发软。

牧犬耷拉着舌头，警惕地盯着周边。

几十股哈萨克的散兵游勇像牛虻叮牛，
死缠着土尔扈特人的牲口。战士赶到，
一溜烟儿逃走。战士撤退，他们再来。

天空撒满片片紫云。战士们无声地行军，
偶尔听见刀枪相碰。马群像走在地毯上
那样安静，偶尔踩进水洼，啪嗒啪嗒响。
不准高声谈话，不准马嘶，不准打火镰。
马的鼻息也轻，大家默默地向东方前行。
忽然前方闪一个亮点，队伍悄悄停下来，
好一会儿没见更多亮光，应该不是敌情。

夜晚和衣而卧，却像老人一样睡得很浅。
白天偶尔打盹，越疲劳越兴奋越不入眠，
就这样熬过每一天。色克色那想起前夜，
炭火闪着幽幽的暗光。羊羔们挤在一起，
月色照进帐篷，倾斜的光束里轻舞纤尘。
侧脸打量身旁熟睡的战士，黝黑的脸庞，
微微皱着的眉头，还有均匀悠长的呼吸。

雪白的云团从远处飘来。太阳炙烤大地。
金花鼠在草丛里吱吱叫着。风又苦又香，
黑土饱含着生命的气息。燕子掠地飞过，
战马连连打着响鼻，身上冒出一层细汗。
每晚加料，这匹马被他侍弄得膘肥体壮。
在河滩上洗刷时，像天鹅一样闪闪发亮，

就是有时候爱咬人。色克色那勒住坐骑，
好似忘记方向，耳朵转向湿漉漉的树林，
把目光洒向远方，只是漫无目的地眺望。
彩霞落在远山之巅，五彩斑斓美如长卷。

“队长，看山脚下的空地，大片的灌木，
能藏住人。等哈萨克人回过头来逃跑时，
咱们冲出去截住，长刀挑开他们的肚子。”
一个战士指着不远处的灌木兴奋地说道。

大雨说来就来，说走就走。暴雨过后，
草原越发青翠欲滴。彩虹横架在天边。
雷声时不时滚过去。水流冲刷着蹄印。
枞树已长出簇簇新绿，令人想起冬天。
刚刚呼哧呼哧吸几下新鲜空气，忽然，
子弹嗞嗞地呼啸而来。战马跃跃欲奔，
以至于笼它不住。他发出口令，同时，
战士们放开战马包抄队形混乱的敌人。

哈萨克人像从天上倒下来的豆子一般，
挥舞长刀杀过来，一名军官在后指挥。
冲在前面挥舞着彩旗的那个应是旗官。
战士们放了一排枪，任旗官的那小子，
身子晃一晃，一头栽下马来。那灌木，
那道不算太宽的灌木，纵马一跃而过，
差点把色克色那掀下马鞍。哈萨克人
故技重施，转身逃窜，一边放枪挑衅。
色克色那一言不发，奔着军官追上去。

只要三个马身就可以够得着那个军官，
再有两个马身就可以够得着那个小子，
再有一个马身就可以砍得到那个坏蛋。
哈萨克军官弯着腰，用佩刀打马飞奔，
回身招架几下，假模假样地怒视呵斥。

色克色那的战马前胸碰着军官的马尾。
色克色那举起长刀，直照着那人劈去。
一刀削过头顶，皮帽子救了军官的命。
皮帽子被削去一角，那军官扯下丢掉。
军官连声咒骂，更加绝望地气急败坏，
他用佩刀狠狠打马，幻想逃过这劫难。
色克色那再次靠近，举起刀直砍下去。
这一次，劈开了敌人的膀子，他喊道：
“我叫色克色那！”那军官栽下马去。
色克色那勒马回到尸首旁，俯视敌人。
那军官黑发浓密，满脸粘泥，下巴上
有个黑痣，被劈开的膀子斜歪在一边。

战斗结束，勇士们抢着述说如何杀敌。
俘虏们有的披着俄国式大衣，有几个
戴着哥萨克式高帽子，有的顶着马衣。
战马的鬃毛粘在一起，身上冒着热气。
色克色那从马鞍上直起身，粗略点算，
自己人也有损失。他打了个呼哨收兵。

距离营地还老远，战士们就听到笛声。
伊凡吹着笛子，第一个迎接战士回营。

腾格尔提着鼓鼓囊囊的皮囊小跑过来。
伊凡挥着笛子，问：“哪位品尝牛奶？
抓了这么多俘虏，他们不消耗粮食吗？”
没人搭腔。战士们兴高采烈意气高昂，
一人起头，众人合唱，歌声雄壮嘹亮：
“在伏尔加河，在萨拉托夫美丽的草原，
蒙古人啊自由的人，世世代代的自由人。
在伏尔加河，在萨拉托夫美丽的草原，
蒙古人啊自由的人，世世代代的自由人。”

巴木巴尔策马赶来，询问色克色那说：
“我们的老朋友，巴什基尔人巴克斯，
这次没来吗？我给他留了一对大白牛，
都是三岁口，一体白色不见一根杂毛。”
色克色那笑道：“他怕我惦记他的马。”
话锋一转，下巴指着大队哈萨克俘虏，
“将军，留下俘虏为做哈萨克马肠吗？”
“不，为了释放。”巴木巴尔微笑道。

十、布鲁特人

他们疯癫时杀人，绝望时杀自己。

1

“浑身发黏，打桶水来伊凡，快点儿。”
阿廖沙甩掉汗臭刺鼻的制服，吩咐道，
“往头上浇。”身子被冷水猛地一激，
“哈！”他搓几下瘦骨嶙峋的胸膛，说，
“明天早上你把马洗刷干净，喂好草料。
我自己不醒，你不要叫我。我俩去兜风，
这一望无际的戈壁滩可够跑的。你瞧，
多好的马。我看不出有几岁口，你说，
是不是有六岁口？它几岁口了，伊凡？”
“是的，准将大人，我看一准六岁口。”
伊凡打量着缺牙的顿河老马，犹豫道。

土尔扈特人总算能歇上一口气，不必
在峡谷里在旷野中在暴雪下在沼泽里，

在夺命的敌人的残酷追杀下疲于逃命。
眼下这片戈壁滩，看上去没什么物产，
好在也没有敌人袭击。连下几阵小雨，
并没有渗透干裂的土地。野草刚露头，
斑驳的绿色点缀了灰色卵石。地面上
薄薄地结一层硬壳，风一吹过，硬壳
就化作一股股的尘雾，随风飘来荡去。
阻挡归程的最后障碍，应该是哈萨克，
相距不足五天的行程，可以稍作休息。

色克色那送给阿廖沙一匹顿河老马。
“当然是战利品喽，这可是匹种马。”
色克色那把缰绳往马背上一扔，说，
“好好待它，兴许还能出几年大力。”
阿廖沙当然高兴，他不认为几岁口
是衡量马匹优劣的标准，他只觉得
这是将士和自己逐渐熟起来的标志。

一夜比一夜迟到，渐渐亏缺的月亮，
宛如一把红钩挂在头顶。戈壁滩上，
刺龙牙、胡枝子和毛榛纠缠在一起。
石头缝冒出浅浅的茵陈，芬芳袭人。
随便什么树都不见，没有野兽出没。
天一亮就冒出小蚊子，一团一团的。
大雾不时光顾，像一个懵懂的孩子，
就这么赤裸裸立在人前，不知掩饰。
毛毛雨来了，人们烤着火又淋着雨，
湿牛粪直冒烟，眼睛熏得又痛又涩。

夜深时露寒霜重，上下牙连连打战。
战士们爬起来，喝口热茶烤会儿火，
钻进潮湿的帐篷，盼着能续上梦境。

甲虫赶在布鲁特人之前发动了袭击。
这甲虫大得出奇，两个天牛那么大，
须子不长，独角，绕篝火爬来爬去，
常常冲进火里，叭叭爆响；背一层
硬硬的绒毛，黑黑的尖角向上翘起；
两侧眼睛全是小格格，像蒙着层网。
飞着的更烦人，嗡嗡不止，一会儿
落在头发上，一会儿又钻进衣服里。
孩子们喜欢这新玩具，他们折腾出
新鲜奇怪的玩法，尝试着各种刑具。

甲虫的攻击看来一时半会儿不会停止，
土尔扈特人没心思对付它。众人忙于
点算人口和牲畜的余数，各领主需要
清楚自己帐下还幸存多少牧户，多少
大牲口和多少给养物资。难得的休息，
天气渐热，个把月就进入潮湿的雨季。

四个精壮的男人抬一张类似床的卧具，
出现在戈壁那头，在毫无征兆的午后。
毫无征兆的午后，危险突然不期而至。
哨兵报告，渥巴锡和舍楞来到了戈壁。
胳膊粗的棍子从卧具两头的空隙穿过，
一边两个人，稳稳地扛在肩上。胖子，

卧具上端坐赤裸的大胖子，一丝不挂，
肚皮耷拉着盖住了小腹。硕大的光头
明晃晃油亮亮，活像庙里的一尊佛像，
只是肚子比佛像的更大。胖子的左侧
立着一个神色骄傲的青年，嘴角下撇，
眼角上扬，手握一杆长枪，就是长矛。
大胖子不知拈着什么，好像是根权杖，
包着蜥蜴皮，系着黄澄澄锃亮的金环，
朝这边指指点点。而后四个男人转身，
走路的样子像穿着新鞋，抬胖子回返。
尾随的人群随之返回，不时回头窥探，
神色充满敌意和不屑。众人衣着破烂，
像弄到什么就穿什么；个个一脸菜色。
这些人衣衫虽破烂，眼神却包含凶残。
这就是布鲁特人吗？是朋友还是敌人？

“此去东北到伊犁有一千多俄里，这里，
是布鲁特人的地盘。其他支迁至黑龙江，
眼前这一支，应该是留守此地不愿随迁。
胖子是部落酋长，听说已经活过一百岁。
他拿权杖是点算咱们的人头，整个部落
就他识数。”舍楞说，“我没跟他们打过
交道，也不熟悉他们的习性。他们抢亲，
那是以前的旧风俗，先前此地人烟稠密，
还能抢到外族女子。布鲁特人性格豪爽，
平日载歌载舞，一人独处也爱又说又唱。
布鲁特人不造帐篷，也不居住砖木房屋。
戈壁哪有石山供他们挖洞住？他们只好

向地下挖掘，先凿个竖井，朝四方开掘。
不过，通道里宽敞高大，足够通行骡马。
洞穴像砖房的布局，养着羊和鸡狗猫猪。
坚硬处挖出台阶供上下，斜坡处有梯级。
布鲁特人最拿手的是蜂蜜，不知道蜜蜂
采什么花粉，芳香扑鼻。蜂蜜得兑水喝，
水兑少了人扛不住。喝一点就头晕呕吐，
醉酒一般；多喝就举止癫狂，胡言乱语。
因为越来越干旱和多虫，外族渐渐离去，
只好族内通婚，儿女的个头儿越来越低，
骨节越来越粗大，行为越来越乖张暴戾。
我猜他们今晚来偷袭，谁敢跟我打赌？”
舍楞说完，把烟斗从左边挪到右边去。

好像要给舍楞的预测做个证明似的，
布鲁特人及时发起一场致命的攻击。
世界还未醒，薄薄的雾气正在隐去。
查哨的渥巴锡带领着侍卫巡视营地，
忽然觉得有什么触动卵石。恰此时，
戈壁滩的对面凭空长出一长溜灌木，
像长长的黑布。“布鲁特人！开枪！”
渥巴锡忙后退，侍卫随即鸣枪报警。
布鲁特人号叫着冲到戈壁的半中央。
渥巴锡看清他们穿戴着各式的护胸，
头戴各种头盔，有的还穿着羊皮袄
和长及膝盖的袍子，有的持藤盾牌。
背后和前胸文着图，各式花鸟虫鱼。
女子梳着一条辫子，头发上耳朵上

手腕和脚腕插着吊着缠着各式各样
贝壳纽扣大小铃铛，叮叮当当乱响。
握着弓箭，挥舞长刀，却没见火枪。

布鲁特人没目标，见人就杀不分男女。
冲入帐篷沉默地厮杀，刀与刀的相碰，
牲畜的惊逃和人的惨叫，合成喧闹的
惊心动魄的死亡啸叫。战士奋力抵抗，
在长官们的指挥下，用火枪逐个杀敌。
布鲁特人尝过火枪的威力，迅速撤退，
互相招呼，跳跃着越过戈壁扬长而去。

众人忙着清点伤亡，整理损坏的帐篷。
一顶帐篷被烧，女主人的脖子受刀伤，
眼睛还没闭上，双拳紧握倒在血泊里，
一只甲虫在她的脸上爬来爬去。突然，
一声尖叫，激起大家的恐慌。“孩子！”
凄厉的尖叫声提醒了所有人。“孩子！
孩子不见了，强盗们抢走了咱们的孩子！”
一个妇女跌倒在地，撕扯着自己的头发，
绝望地望着了无人影的戈壁。几个母亲，
有几个母亲尖叫着赤足狂奔，跪倒在地。
丈夫们紧抿嘴角把妻子紧紧地搂在怀里。

孩子被抢？强盗们抢走了咱们的孩子？
渥巴锡意识到这次遭遇到别致的敌人。
布鲁特人不像哥萨克，钟情夺杀人命，
抢劫和掳掠算顺手生意。不像俄国佬，

战斗纯粹是为了炫耀，要么就是一种
根深蒂固的隐疾。当然更不像哈萨克，
哈萨克人真是草原民族，只在意牲畜。
当然，也不像巴什基尔人。想到这里，
眼前浮现巴克斯那庄重又可怜的面容。
布鲁特人谁也不像，就是他们自己，
想不通他们为何如此下作抢别人孩子？

随后的几天里，布鲁特人越来越靠近，
仿佛被人胁迫着。他们一次次地偷袭，
戴着各式的头盔，穿着各式样的护胸，
有的穿着羊皮袄，沉默地杀人和被杀。

要么往南去，尽快避开布鲁特人。只是，
族人无法得到休息，还得提前面对包围，
面对努尔阿里汗、阿布赉汗和龙骑兵们。
待在原地，布鲁特人的无耻偷袭像根刺，
时时发作，不知何时夺命，更无药可治。
一筹莫展，众人不约而同想到巴图兄弟，
江基尔和扎瓦，巴图兄弟和胜利在一起。

江基尔·巴图和扎瓦·巴图两兄弟，
他们两兄弟再一次及时地从后队赶过来。
把缰绳朝马脖子上一扔，一手扶着马鞍，
站着嚼了几口奶酪，咕咚咕咚地喝完水，
把水囊挂在鞍前，把油亮亮的双管猎枪
往肩膀上一甩，说："带我们去见汗王。"

“是喇嘛的医术吧？这断手看不出受伤。”
渥巴锡端详江基尔的断手，好奇地询问。
“不，汗王，是一个会接骨术的哥萨克，
在奥琴峡谷，会接骨的哥萨克给我治愈。
感谢舍楞将军，那哥萨克也拣了一条命。
这手还行，只是落下个奇奇怪怪的毛病，
只要听见有人骂我，这手就自己去拔枪。”
渥巴锡大笑道：“这不是一种恐吓吧？
好了，这只能听懂人话脾气火暴的断手，
请先收起。告诉我们，你们俩如何对付
这伙喜欢抢劫孩子的歹徒？有何妙计？”

“是这样，汗，感谢您愿意听咱的主意。
可怜兮兮的布鲁特人，不管他们抢什么，
他们都是可怜的罪犯，都该被乱枪打死。
咱俩并不是对他们怀有仇恨，而是这里，
脚下的戈壁，有一种邀请保准敌人欢喜。
这种方法能让他们又蹦又跳，欢歌笑语。
汗，这样，咱们把和石头一样硬的牛粪
铺在戈壁滩乱石上，铺在敌人来的路上。
平日生火做饭的时分，平常的时辰点燃。
汗，您知道，牛粪永不烧完，像炭一样，
永远热乎乎，把石头烤得比牛粪还滚烫。
咱们坐等布鲁特人送上门来，只管休息。
他们准来，悄没声，一踩上滚烫的石子，
就管不住嘴，各人喊各人的号子。跳舞，
管不住腿，各人疯狂地扭动腰身停不住。
战士不要往前冲，不要开枪，只投火炬，

冒烟的松木最好，扔到布鲁特人的脚下。
汗，他们没火枪，不是他们不会造火药，
是没人跟他们做生意。他们也没有铁器，
造不出一张强弩和铁箭镞。咱们端着枪，
他们跳舞累了，想要退场，再开火不迟。”
江基尔说完，兄弟俩的神情扬扬得意。

渥巴锡和策伯克·多尔济相视而笑，道：
“好的，去找巴木巴尔吧，牛粪什么的，
他会供应你。你们俩这坏点子一准管用，
说实在的，我巴不得他们今晚就来偷袭。”

晚霞照耀下的戈壁滩，像是熔化的铁汁。
吃过晚饭，大家躺在高低不平的卵石上，
望着渐渐变蓝的天空，盼望着敌人偷袭。
没有风，亮亮的夜晚像密不透风的皮子。
时近午夜，月轮变得大了点，颜色酡红。
几只老鼠刚蹿上卵石，就吱吱叫着逃离。
战士们围坐篝火旁，一边喝酒一边等待。
阿廖沙将一块肉皮扔进火里，吱吱作响。
腾格尔一把抓出，倒腾两下，呜哩哇啦，
讲了一堆说辞，气得两道眉毛堪堪立起。
“除非祭神，不能烧掉食物，要给鸟啊
蚂蚁啊什么的吃。”伊凡替腾格尔翻译。
阿廖沙不愿继续这尴尬的话题，转过脸，
对着巴图兄弟俩说：“江基尔，你来说，
讲讲你兄弟俩的经历吧，我想写进诗里。”

巴图兄弟俩对视一眼，哥哥江基尔说：
“唉，哪一顶帐篷下没有欢声笑语？
哪一家没有熬过眼泪浸泡的苦日子？
准将老爷，您要是打听咱们家的故事，
保准让您认定没有谁会比咱们家更苦。
所以呢，咱俩可不想说出来惹人妒忌。”

“嗬，没想到你们俩说话这般滑稽。
嗯，这样，我把你俩的苦写进诗里，
故事传开，别人听见了才会羡慕你们。”

“为啥要别人羡慕呢？每个人都应该
羡慕自己。你看每人来时不知怎么来，
走时不知何时去，像在奶酪里糊得严实，
好运气全靠奶酪化掉才得知。尚不知
是在阳光下化开呢，还是化在汤锅里？”

“哈，你这个家伙还会说出这般话语？
必然有非同寻常的经历。上次烧据点，
跑得飞快，没来得及向你请教，说吧，
你老人家借这当口也好把愁肠理一理。”

“大人，咱俩不过是牧户，一切随喜。
只要大人吩咐，哪里有不依从的道理？
阿妈因为难产抛下咱俩，孤苦的阿爸
就用羊奶牛奶马奶等什么奶喂养咱俩。
可是他自己呢每天狂喝不兑水的烈酒，
整天醉醺醺的，没见他嚼过硬的东西。

在他三十一岁那年，一个刮风的深夜，
阿爸像往常一样在火盆前饮酒，谁承想，
砰的一声就着了，火苗熊熊忽蓝忽绿，
那架势就像过节时烧着的草人和纸人。
阿爸一动不动直到熊熊烈焰把他烧尽，
没剩下一根骨头没剩灰渣，只有酒气，
浓浓酒气一年都没散去。咱们兄弟俩
那一年还不到九岁，刚刚高过车轮子。
打那起咱俩开始养活自己，就是靠着
羊奶牛奶马奶和什么奶吧，没有饭食。
后来，主人才知道了咱俩的遭遇。”

这时，只听一声惨叫，布鲁特人来到。
头一个踏上卵石的家伙号叫着往前冲，
在滚烫的石上一蹦一跳，后面的紧从。
战士们起身，从篝火里抽出根根柴火，
朝敌人投过去，戈壁滩瞬间烈焰蒸腾。
布鲁特人在火中光脚跳舞，有的竟然
捡起火把投回来；战士们再次投过去，
夺命的战斗竟然变成了投火把的闹剧。

阿古拉没有大炮可以指挥，沼泽地里
陷进去一门，另一门在奥琴峡谷炸膛，
炮弹也已经打光。库拉金纳要塞之战
消耗太多。他是投火把最欢实的一位，
不停地高喊：“轰你的头，开你的花。
钉一个掌，打你的爪。再吃老子一发！”

整整五个月土尔扈特人都没这么兴奋，
他们领起号子唱歌，将火把投向敌人，
欣赏着布鲁特人千奇百怪的男女舞姿，
伴随着前所未闻的鬼哭狼嚎。看上去，
仿佛全世界的鬼魂都在戈壁滩上聚集。
头发上耳朵上手腕上脚腕上各式样的
贝壳纽扣和大小铃铛，叮叮当当乱响。
横冲直撞，号叫声，哭喊声，怪笑声，
盖住大地。细碎的牛粪纷纷飞扬升起，
舞动千万火星，飞扬飞扬，上升上升。
跳舞的布鲁特人吸进去火星咳嗽不止，
横冲直撞，号叫着，哭喊着，咳嗽着。

战士们不再投掷火把，而是默默观望。
几千支火炬把戈壁滩照耀得如同白日。
砰，江基尔朝天开了一枪，一切静寂。
片刻，布鲁特人一瘸一拐地往回逃去，
卵石滩一会儿没了人影。哈，胜利了！
父老乡亲弯腰大笑鼓掌大笑跳舞大笑，
不说话就是笑。只要一对视两人就笑，
一个字不说就笑，一直笑到瘫软在地。
喝酒吧，烤肉吧，跳舞吧，欢庆胜利！

明火熄灭暗火还在，风吹牛粪一闪一闪。
江基尔找几块破布，一层层缠住脚，说：
“谁跟咱们去捡拾宝贝啊？见者有份。”
立时，有几个年轻人刺刺地撕扯烂布。
江基尔·巴图和扎瓦·巴图他们兄弟，

端着枪刚走上戈壁滩，立刻回头喊道：
“将军，您请看！”几个战士迅速接应，
拉开散兵线，小跑着上前，四下里巡视。
焦黑的尸体横七竖八地斜趴着和仰卧着，
弥漫着焦煳的恶臭和一丝蜂蜜的香气。
巴木巴尔抽出刀来大步上前，低头打量：
只见一具尸首算不上魁梧，大睁着两眼，
黑乎乎的眼眶像是回忆永不再醒的梦魇。
一只手，那只左手，伸出食指指向苍天。

巴木巴尔上前攥住这干枯的焦黑的左手，
一刀削过，没有一点粘连，那人的手掌
已在他的掌间。他握着断手回到篝火旁，
右手抚摸着敌人的手掌，眼睛盯着篝火，
幽幽地吩咐：“给我酒。”战士们连忙
递给他一碗酒，他接过酒来一口气喝完。
温柔地抚摸，啜泣着抚摸，抚摸着手背，
他潸然落泪。他开口说话，像另一个人。
语调平稳，忽而沉痛；眼神悲伤，忽而
又热烈飞扬，却欲言又止，好似要说的
内容无法启齿，像旁观者讲述家族丑事。

“我的同胞自作聪明，其实他们是贼。
我们无奈才来偷袭，我们被世界抛弃，
被所有人唾弃，只有靠袭击与人交际。
为了不再吃人和被吃，我们也曾努力，
可是过去的噩梦，活在我们的记忆里。
一切阴暗肮脏，并不属于我们的品质，

只是被辖制。被谁辖制？被自己辖制。
谁会来解救我们，还是我们自来自去？
谁带领我们？从哪里来？将到哪里去？

“你们是神的使者？是魔鬼来自地狱？
你们土尔扈特人来自哪里？俄罗斯，
还是来自我们布鲁特人东边的伊犁？
你们去哪里？为何经过我们的领地？
为何你们停留在此？并且带来大雨？
你们带来的三天三夜的雨，不是雨，
而是洪水、洪水，漫灌我们的穴居。
幸亏洞中人畜逃得及时，可是蜂箱，
我们布鲁特人赖以喂养孩子的蜂蜜，
被洪水冲得所剩无几。没一个蜜蜂
活下来，今年我们可能熬不过冬季。
有鱼，一臂长的大鱼，黑黑的脊梁，
游来游去，可我们布鲁特人不吃鱼。
我们布鲁特人从不吃鱼，不会吃鱼，
甚至没有刮掉鱼鳞的铁器。就这样，
酋长说你们带来的洪水淹死了蜜蜂，
饿死孩子，带来看不见头尾的祸事。
就这样，我们只能抢夺你们的孩子。
谁还有比这个更简单的复仇的法子？
你们是神的使者？是魔鬼来自地狱？
你们是拯救我们帮助我们的那个吗？”
巴木巴尔哽咽着说完，一头栽倒在地。

2

狗尾草和随便什么草的种子将成熟。
长出针长出钩，等待毛茸茸的野兽
路过时把它们捎走；有的等待着风。
它们被一种比自己大的东西吸引住，
这是它们的轮回，也是种子的归宿。

既然夜里来吃了亏，就改成白日偷袭。
布鲁特人显然把土尔扈特人当成候禽，
把儿童当成可以驯养能够调教的幼兽。
他们的眼里看不见什么土尔扈特战士，
而是直奔儿童和妇女。脑袋和脖子上
长着疖子，不停地捻虱子，眯眯眼儿
血红血红的，脸色发青，头发油腻腻，
耳朵上戴着各种环。在戈壁滩的下午，
空气像蜂蜜一样黏在身上，堵住口鼻，
令人窒息到想死。布鲁特人又来偷袭。

巴图兄弟指挥着火枪手，防守在营地。
“只要他们进入营地和乱石间，射程，
一进入射程就开火。”江基尔指挥着。
见过布鲁特人的女人们不再心生恐惧，
把大锅煎锅炖锅统统搬来，烟雾弥漫，
就在火线上做饭，有的送奶有的送酒。
战士们趴着站立着半跪着，各种姿势，
子弹东一把西一摊地散在身边，等待。
布鲁特人不辜负江基尔的安排，冲锋，

发起一轮又一轮的冲锋。每一发子弹，
干倒一个，布鲁特人随枪响扑倒在地。

渥巴锡本来在阵后督战，手握着腰刀。
好一会儿，他感觉不能再这样打下去。
收刀入鞘，发烫的脸深深埋进双手里。
可耻啊，谁能说这不是刽子手的欢聚？
一个身穿烂袍子的大胡子，赤脚奔跑，
挥舞着一把长砍刀，破袍子迎风鼓起，
像一只受伤的猛禽，一次次地跌倒，
一次次跛脚往前奔，咬着牙不出声。
江基尔举起双管火枪，甚至不瞄准，
砰一声，大胡子重重摔倒在乱石里。
渥巴锡把腰刀插回刀鞘，发烫的脸
深深地埋进张开的双手里。真可耻。
可耻啊，谁说这不是刽子手的欢聚？

恰在此时，从天而降一道宽广的屏风，
屏风上的人和物栩栩如生，往来走动，
远处矗立着隐隐的山峰。双方的战士
一时目瞪口呆，双方不由得止戈息兵。
土尔扈特人和布鲁特人眼睁睁地发愣。
一座宝塔直插青天，层层红砖和琉璃。
又见城墙巍峨，垣堞凹凸，连绵数里，
竟是一座都城。人物车马和亭阁楼台，
轮廓清明。流水潺潺，绕城不止三重。
忽而隐身忽而显形，简直是鬼斧神工。
又见车马成行，张灯结彩，穿梭不停，

旗幡摇动，原是成婚场景。忽然大风，
枯草败叶旋转随风，方向也无法辨明。
布鲁特人不再往前冲，四人抬着卧具，
大胖子端坐在正中。他仰视海市蜃景，
叽里咕噜讲一通，布鲁特人开始撤兵，
搀扶和搬运着受伤的族人，一声不吭。
片刻风流云散，景象成空，天地澄明。
只一座高楼宛若孤峰，俄顷消失无踪。

3

“是神的使者，还是魔鬼来自地狱？
你们去哪里？为何经过我们的领地？
为何你们停留在此？并且带来大雨？
你们带来的三天三夜大雨，不是雨，
是洪水，是水灾，漫灌我们的穴居。
我们布鲁特人赖以喂养孩子的蜂蜜，
被洪水冲得所剩无几。没一个蜜蜂
活下来，今年我们可能熬不过冬季。
有鱼，一臂长的大鱼，黑黑的脊梁，
游来游去，可我们布鲁特人不吃鱼。
我们布鲁特人没吃过鱼，不会吃鱼，
甚至没有刮去鱼鳞的铁器。就这样，
酋长说你们带来的洪水淹死了蜜蜂，
饿死孩子，带来看不见头尾的祸事。
就这样，我们只能抢夺你们的孩子。
谁还有比这个更简单的复仇的法子？
你们是神的使者？是魔鬼来自地狱？

你们是拯救我们帮助我们的那个吗？”
巴木巴尔停下来，眼神空虚喘着气，
“汗，这是我从那个戈壁滩上的死人，
布鲁特人的断掌中得到的信息。昨天，
我昏迷过去，因为他的诉说让我想起
同样苦命的咱们土尔扈特人自己。汗，
他们无奈才来偷袭，他们被世界抛弃。
这个陌生人的断掌，断断续续地讲述：
为了不再吃人和被吃，我们也曾努力，
可是过去的噩梦，活在我们的记忆里。
我们被辖制。被谁辖制？被自己辖制。
谁会来解救我们？是我们自生自灭？
你们是拯救我们帮助我们的那个吗？

“汗，这就是我从那个戈壁滩上的死人，
布鲁特人的断掌中得知的消息。昨天，
我昏迷过去，因为他的诉说让我羞耻。
他们不是吃小孩的野蛮人，而是被逼。
我们误会他们了，不要再戏弄他们了，
是咱们先伤害他们，虽说完全是无意。
杀戮换不回咱们的孩子，给他们山羊，
产奶的羊，给他们山羊绵羊换回孩子，
母亲们将不再哭泣。”巴木巴尔说完，
面色苍白继而发绿，然后慢慢地变黑，
嘴唇显得更黑紫。他伸出手来讨酒喝，
江基尔赶忙把酒碗搁在他发抖的手里。

“好的，巴木巴尔，你的消息非常及时。

不然还会发生杀戮。白天的那一场战斗，
我也感觉到可耻，我当时脸发烫，内心
颤抖却不知道底细。现在看，你的消息
讲述得周全及时。巴木巴尔，我想听听
你的建议，你有什么换回孩子的好建议？”

“汗，派人去交际，派两个或三个人去。
布鲁特人掠走咱们男孩女孩共七个孩子，
五个男孩和两个女孩，舍楞将军的牧户，
也有您的牧户和雅兰丕勒老爷的牧户。
给布鲁特人七只山羊八只绵羊共十五只，
合计十五只羊，我愿从我的牲口里扣除。”
巴木巴尔咕咚咚一口饮尽奶酒，长长地
呼出口气。他巡视众人，等待众人判语。

渥巴锡正想开口，江基尔抢着说：“汗，
我愿意去，咱兄弟俩愿同布鲁特人交际，
赶着十五只羊换回咱们土尔扈特人子弟。”
“你俩会不会讲布鲁特人语？”舍楞说，
“靠打手势顶多就是把十五只羊送出去。”
“放心吧老爷，布鲁特话咱是不会一句，
但是，没人傻到看不懂另一个人的善意。”
江基尔抿嘴微笑，众人也随之轻声笑起，
巴木巴尔苍白的脸上终于泛起一丝笑意。

“说得好，没人看不懂善意。巴木巴尔，
你不要自责，也不要你来贡献十五只羊，
哪怕更多的牲口都由我来支出。江基尔，

你俩明早就出发，备上两大皮囊马奶酒，
我猜佛爷般的胖酋长，对美酒更感兴趣。”
众人闻听渥巴锡此言，莫不欢欣鼓舞，
争相跑着去向失去孩子的母亲们报喜。

4

两头骡子先出现，出现在众人的视线。
蹦蹦跳跳的男孩面涂油彩跟随在后面，
戴着大大的耳环，耍着长矛你追我赶。
女孩子手牵着手，花枝招展，头发上
耳朵上手腕上脚腕上系着各样的贝壳
纽扣和铃铛，叮当当乱响。七个孩子
仿佛远足归来，巴图兄弟跟在最后面。
他们披着一身朝霞，闪耀着一层金光，
像天上的神兽下凡。妇人们喜极而泣。

“汗，吉祥如意，向您禀报一个好消息，”
巴图兄弟站在临时搭起的棚下，汇报说，
“布鲁特人的酋长，您见到的那个胖子，
他的儿子，站在旁边的那位青年，萨雅克，
名字叫萨雅克，黄色高山的意思。萨雅克，
恳请今晚前来拜访您。请汗王务必准许。”
渥巴锡闻言不由得与舍楞对视，二人一笑。
“汗，还有一事。布鲁特人因为风俗禁忌，
遗落戈壁滩上的尸首，他们无法前来清理。
汗，萨雅克求告说，请咱们帮助焚烧祭奠，
丧葬事宜并无特别之处，不留存骨灰骨殖。”

渥巴锡闻言再与舍楞对视，二人点头同意。

“来，你俩坐下，先喝碗酒。我问你俩，
布鲁特人是否说出其意图？若我们向东，
是否侵犯利益？哈萨克的兵力怎样布置？”
巴图兄弟跪在渥巴锡对面，捧着个酒碗，
闻听此言不知如何回答，一时面面相觑。
“汗，戈壁滩上的尸骨收殓，男女人数
分别详细记录。请阿克扎巴和达瓦扎巴
两位喇嘛一一超度祭奠。”巴木巴尔道，
“汗，方才您询问之事，不妨待到晚间，
等那位年轻酋长萨雅克到来，向他探知。
汗，他应当知晓哈萨克情势和伊犁之事。”
渥巴锡没有再言语，巴图兄弟神情释然。

风已止息，整日里雾一般的细沙筛下来。
细沙被天地间的一张箩慢慢筛过才落下，
落在头发上帐篷顶上牲口背上，落在草
和戈壁滩上，地面像铺了薄薄一层毯子。
阿克扎巴和达瓦扎巴两位喇嘛在石堆里，
把布鲁特人的五具尸首收殓，施行法事。
气味随着烟雾弥漫开来，臭得让人想死。

傍晚，四个壮汉抬着卧具出现在戈壁一端。
四个壮汉抬着卧具出现在戈壁滩那一端时，
迎接的人群响起一阵轻轻的笑声。卧具上
端坐的不是大胖子，而是他的儿子萨雅克。
四个壮汉抬着卧具，歪歪斜斜地穿过戈壁，

卧具上的萨雅克握着两侧扶手，端正姿势。
侍卫的另有四名年轻战士，手持长矛随行。

萨雅克光着脊梁，披一张绛红色的毯子，
在渥巴锡的对面就座。渥巴锡仔细观看，
萨雅克的左胸文着一只蜜蜂，左右肩膀
各文着一只锋利的矛尖。渥巴锡心里想，
矛尖应该是蜜蜂的刺。萨雅克双手合十，
颔首致礼，说道："高贵的渥巴锡汗，
您可能早有耳闻，布鲁特人实在悲惨，
萨雅克不打算隐瞒。高贵的渥巴锡汗，
诸位尊贵的老爷大人，萨雅克不隐瞒，
布鲁特人多么凄惨。我们一部分的族人
早年东迁前往阿穆尔河畔，我们这一支，
我们留下因为擅长养蜂，贪图采粉方便。
一代代攒下来的养蜂经验，从来不外传。
我们挖地窨子居住，是为蜜蜂过冬打算。
哈萨克草原的冬天，在座诸位必有所感。
我们的香柳蜜和苹果蜜，称为天下第一，
得感恩这大草原的香柳和苹果不可替代。
再就是布鲁特人的手艺，算是独门经验。
传说我们的蜂蜜兑水才能喝，不然晕眩，
实在没半句虚言。晕眩不是因蜂蜜变坏，
而是蜂蜜的效力所致。兑水后效力减半。
蜂蜜还有奇妙功效，人到年纪须发斑白，
瞳仁昏花，眼白暗淡，饮用当年的蜂蜜，
连喝七天，一勺当早饭，一勺就着午饭，
入睡前一勺，连喝七天，黄斑消散不见，

眼光神采重聚敛，比二十岁时看得更远。
此次拜见高贵的渥巴锡汗，把蜂蜜贡献，
请大汗笑纳，不要责怪，小小的一坛。”
萨雅克说完，身旁的壮士赶忙递过蜜坛，
土黄色的陶瓷罐，一块粗布封罩着顶端。
萨雅克双手捧着坛子，献给渥巴锡，说：
“请高贵的渥巴锡汗笑纳，请汗后品尝。”

渥巴锡双手接过，交给身旁的巴木巴尔：
“尊敬的萨雅克酋长，实在是不胜感谢。
布鲁特人的蜂蜜，乃是八方闻名的特产。
初次见面，回敬薄礼，十五只山羊绵羊，
另有五只火枪，一百发弹丸，两头骡子。
一来之前因为误会，误伤了你们的族人；
二来布鲁特人山野放蜂，遭遇豺狼袭击，
想必用得着火器。只因为今日天色太晚，
明早自然安排人送往。”萨雅克闻听此言，
当即双手合十举过额前，低头礼拜。
“尊贵的渥巴锡汗，大汗真是草原的君王。”
双手放下，擦拭眼角的泪水，萨雅克说道，
“尊贵的大汗，请让我继续讲述布鲁特人。
萨雅克不会隐瞒我们布鲁特人有多么凄惨。
布鲁特人向来居于此地，依靠畜牧和养蜂。
只是周边的大中小汗风起云涌，连年征战，
无一不图谋个人私利，并无一人是为公义。
蓄养的牲畜不是被征战死，就是借走不还。
我们这一支养蜂为生，其他部众尽数远迁。

“哈萨克人见我们养蜂红红火火，非要学习。
我们当然不会慷慨相传。哈萨克人纠缠说，
蜜蜂所采花粉的苹果树长在哈萨克的地盘，
胆敢不传授经验，往后一见蜜蜂就放黄蜂，
来一个咬死一个，来两个咬死一双，
谁让你们布鲁特人不把手艺相传。唉，可怜，
每到采粉季，养蜂人东跑西颠，平添麻烦。

“跟沙俄交往更是难缠。前年女皇派来使者，
要父亲向女皇贡献蜂蜜，每年进贡四十磅，
不给金银也不拿物产交换。沙俄年年纠缠，
见我们不献蜂蜜就抢掠资产，看见值钱的
用手一指说：‘哈，你们这些光膀子的小贼，
女皇失窃的宝贝，原来窝赃在此。’老天啊，
我们从没见过女皇，不知道她长什么模样，
不知道那圣彼得堡在哪个戈壁，怎么窝赃
女皇的宝贝？我们布鲁特人靠着手艺吃饭，
不是靠做贼。老天啊，这些握火枪的强盗，
年年来纠缠。全没出路，离开舍不得蜂群；
谋其他营生呢，说不定又碰见什么坏邻居，
只好在此苦熬苦挨。前几日，哈萨克传话，
交代养蜂人说，看见土尔扈特人赶紧报告，
不可让一个蒙古人溜掉。高贵的渥巴锡汗，
我们少见多怪，以为土尔扈特人跟哈萨克
是一样的强盗才发生误会。现在，我明白，
土尔扈特人才是真朋友。高贵的渥巴锡汗，
我告诉您，小帐和中帐哈萨克汗四处设伏，
想把你们全部围歼，比车轮高的男子杀掉，

妇女配为奴隶。我看你们偷偷地逃不过去，
打仗必然吃亏，他们人多枪多，熟悉道路。
高贵的渥巴锡汗，我看您应该跟他们谈判。
那个小帐努尔阿里汗是个只进不出的主儿。
您是王者，他是商贩，不如给他小恩小惠，
早早地躲过这一次劫难，早早地返回家园。”

渥巴锡闻听此言，与巴木巴尔相视而笑：
“萨雅克值得交往，他是说实话的青年。
他说的每一句话都本着真情，全无假意。”
巴木巴尔接过渥巴锡的话头，继续说道：
“萨雅克酋长，我发觉你们喜欢小孩子，
我能感受你们的心思。我想对您说的是，
咱们经过连番血战，有些烈士留下遗孤，
烈士们撒手而去。但是我不能送给你们，
不能把孤儿送给你们来抚养。那样的话，
孩子的爹娘，身在阴间也不会把我原谅。
这是咱们两头为难的事，希望你能海涵。”
萨雅克双手合十，说：“巴木巴尔酋长，
您胸怀开朗，开言坦诚，令人真心佩服。
以前诸多冒犯，巴木巴尔酋长请多担待。”
巴木巴尔双手合十颔首回礼，不再多言。
“高贵的渥巴锡汗，”萨雅克继续说道，
“高贵的渥巴锡汗，如果谈判不能成功，
由此向东，尽快逃入大帐哈萨克的地盘。
大帐哈萨克地接大清，断不会无端纠缠。
徒步不过七日，骑马或五天，到达伊犁。
只是眼下的围堵，你们必须冲出包围圈。”

“萨雅克酋长，您真是布鲁特人里的好汉，
不愧为父亲的儿子，布鲁特人必然跟随您，
得到美满的蜂蜜一般的明天。此前已点算，
戈壁滩共五具尸首，一位女子和四位勇士，
今日按照礼数，全由两位大喇嘛焚化祭奠。”
渥巴锡从巴木巴尔手中接过一个四方布包，
展开递给萨雅克，里面是一些金银的饰品。
“这是他们佩戴的遗物，请您收下做纪念。”
萨雅克双手接过，眼睛湿润，语带哽咽说：
“高贵的渥巴锡汗，您真是草原的君王，
不但照顾活人尊严，也为死者保存体面。”
萨雅克起身躬身施礼，将手帕攥在手间。
“尊贵的渥巴锡汗，也许以后难再相见，
布鲁特人祝土尔扈特人找到幸福。我想，
你们已经发现。尊贵的渥巴锡汗，感谢
您送给我们温暖的礼物，请再送给我们
智慧的话语，我们渴望听到君王的箴言。”

渥巴锡随即打量左右，发现丹增大喇嘛
不在身边。巴木巴尔伸出手对萨雅克说：
“萨雅克兄弟，请让我握住你的右手。”
萨雅克伸过来大手，巴木巴尔一把攥住，
闭上眼睛，皱起眉头，片刻，慢慢说道：
“一条鱼，一个婴儿，鸡羊猫狗还有猪，
满坑满谷，遍地都是，满天的蜜蜂。”
巴木巴尔睁开眼直勾勾盯着萨雅克，说：
“在人凡事不能的，在神万般都能。”

萨雅克起身，举起装遗物的布包至额头，
而后深鞠一躬，两道泪水顺着面庞奔流。

北极星高悬北方，萨雅克等人施礼辞行。
四个壮汉抬着卧具歪歪斜斜地穿过戈壁。
萨雅克紧握着扶手背影端正，侍卫随行。

夜色阑珊，萨雅克渐行渐远，渥巴锡道：
“咱们和老朋友努尔阿里汗，何时见面？
女皇的龙骑兵好像埋伏在不远，是不是？
不然，为什么一直只闻其名，不见其影？”
“何时交手？得看您的老朋友做何打算。
龙骑兵？怕是因为迷路正在草原上打转。”
巴木巴尔神情轻松好似成竹在胸，说道，
“汗，咱们明早就向东，费上两天脚力，
赶赶行程，争取和您的老朋友尽快相逢。
对，努尔阿里汗也是舍楞将军的老朋友。”
舍楞闻听此言，朗声大笑，点头说道：
“不错，不过我呢并不是他最想见的人。
汗，这一小坛蜂蜜正好送给努尔阿里汗。
他的汗后是巫师之女，草原上大大有名，
希望蜂蜜的甜使她不至于进什么谗言。”

十一、龙骑兵

尼古拉·雷奇科夫上尉记录追剿卡尔梅克人的日记：《1771 年：吉尔吉斯－凯萨茨基草原游历日志》。

1

卡尔梅克人暴动？几千名的帝国驻军牺牲？
定居点的哥萨克和毛皮贩子被杀？为什么？
这些来自前方的消息，目前看来应该属实。
要塞召开军官会议传达这令人震惊的消息。

1 月 24 日，叶卡捷琳娜女皇参加的国务会议，
做出"采取一切措施迫使他们返回"的决议。
会议授权奥伦堡省长"指挥全部雅依克驻军
和巴什基尔人、龙骑兵抓捕暴动的卡尔梅克人"。

卡尔梅克人的首领渥巴锡在征讨库班归来后，
在伏尔加河左岸，致信警察署长基申斯科夫：
征讨库班是由于遭到哥萨克人的进攻，眼下，

仍需集结以防报复。署长命令杜丁大尉警惕。
但是为时已晚，渥巴锡偷袭杜丁大尉的营地，
一共四十多人被俘，九百多名士兵被杀死。
随即，卡尔梅克人爆发全面暴动，前锋部队
摧毁雅依克河岸的至少三个据点，往东逃去。

军官们热烈探讨这个游牧部落暴动的缘由，
猜测边疆民族卡尔梅克人下一步逃往哪里。
“伊犁，”有人提示，“他们内部的奸细，
屡次向政府报告，他们想逃回远东，伊犁，
被乾隆皇帝灭掉的准噶尔汗国的原有属地。”
“对，卡尔梅克人和准噶尔人都是蒙古人，”
有人做证，“起初因为内讧，才逃来这里。”
“为什么厌弃这里？不是生活了几代人吗？”
“干涉，各位，帝国殖民主义的干涉政策。”
“卡尔梅克广阔的牧场吸引着无地的农民，
有的经过批准，有的未经允许，纷纷而至。”
“这是过程，必然过程，商业和工业资本
需要更多的原料市场，怨不得谁，对不对？”
“是，怨不得谁。可是，自萨拉托夫市起，
在伊尔吉兹河上游地带随便什么一个地方，
居民点越来越多，移民者欺负卡尔梅克人，
无缘无故抢夺他们的牲畜，甚至抢掠人口。
卡尔梅克人不会容忍这一切的，怨不得谁。”
“不，一切斗争都是权力斗争。渥巴锡汗，
我猜，这位年轻的汗王面临贵族们的围攻，
只是为保住岌岌可危的权力才挑起了暴动。”
“没错，这些原始部落，军事、行政和司法

三合一的部落，总爱上演政变和暴乱的戏码。”
“各位，特劳宾贝格少将会同奥伦堡的总督
莱茵斯多尔夫和军团指挥官达维多夫少将，
决定提升戒备，做好追剿计划，准备战斗。”
大家的交流到此为止，傍晚有新消息传来：
只有杜丁大尉被掠走，其余战士全部牺牲，
没有什么四十多名俘虏。多名土库曼人被掠，
为什么？卡尔梅克人干吗要掠走土库曼人？

2

时隔三个月，这是平叛吗？时隔三个月！
今天的会议重申奥伦堡省长“指挥全部
雅依克驻军和巴什基尔人、龙骑兵抓捕
暴动的卡尔梅克人”计划。因驻军哗变，
奥伦堡省长未能及时集结足够兵力。

“是的，确实有些延误。早于1月29日，”
阿列克赛·特劳宾贝格少将开会时说道，
少将上装着墨绿色过膝大衣，笔直的马裤，
靴子锃亮如新，正如任意一天的任意时刻，
“卡尔梅克人渡过乌拉尔河。30日和31日，
暴徒接连烧毁库拉多斯卡亚、卡尔维克夫、
莫达山区和索罗奇科夫等防线的数个据点。
战斗异常惨烈，我方守卫将士均英勇殉国。
当然，卡尔梅克人也遭到重创，伤亡不详。
2月1日，卡尔梅克人渡过乌拉尔河以后，
逃入大雪覆盖的哈萨克草原，逃往恩巴河。

这是我们掌握的敌方全部情况。马上动员，
我们要追上去捉拿这些暴徒，不管逃多远。
要相信，他们不会每天都赶路，因为牲口
不能在雪天上路。但是他们宿营地的位置，
我们只能依靠询问牧羊人和落单的候鸟。”
少将说完，等待部下因为他的幽默而发笑。
不过军官们窃窃私语的不是幽默而是疑问。
“他们就是游牧，卡尔梅克人逐水草而居，
不是逃跑，而是去放牧。为什么要追剿呢？
今年追回来，明年呢？明年他们还去放牧，
再抓回来？”“不，兄弟，谁会冬天放牧？”
“暴动，全是杀人犯，是暴徒！杀光驻军，
还杀害了无辜的平民、德国人、哥萨克人，
带着牲口和金银细软逃跑了，懂了？暴动！”
“好吧，这一切是三个月前发生的好不好？
1月份的上旬，对吧？现在？时隔三个月！”
阿列克赛·特劳宾贝格少将及时摆了摆手，
制止了无谓的争论。“先生们，一个计划，”
他扫一眼众人，“焦点：一个追捕的计划。”

众人默不作声，等待少将布置计划或询问。
然而，阿列克赛·特劳宾贝格少将继续道：
“没什么追捕计划。这是我的军人生涯中
遭遇的最大的挑战。因为他们是游牧民族，
敢于在这种天气行军和作战。
我猜他们的兵员和牲畜损失惨重。我们不，
我们需要机动灵活，尾随作战，补养自给。
女皇在御前会议上同意此方案，以免被动。

好了，各位都是帝国的军人，服从命令吧。”
少将的眼神坚毅，军装笔挺，小胡子翘起，
当他说完最后一句话时，大家起立，散会。

卡尔梅克人叛逃应该是因为殖民主义政策，
垦殖导致了牧场减少，经济困难引发骚乱，
和政府企图削弱卡尔梅克汗的权力。另外，
鼓动民众的除了大小领主之外，还有僧侣。
帝国的堤坝企图把愤懑的边疆民族们拢住，
只要有一处小小的蚁穴，堤坝就瞬间崩溃。

早上，少将在整装集合的五千人面前训话：
“卡尔梅克人全是忘恩负义的嗜血的暴徒，
由匪首渥巴锡带领着，残忍地杀害俄国人、
哥萨克，还有德国人，摧毁库拉金纳要塞，
烧毁库拉多斯卡亚、卡尔维克夫、莫达山区
和索罗奇科夫等数处据点。在 2 月 1 日时，
匪徒已渡过乌拉尔河，逃入了哈萨克草原，
而后向恩巴河逃窜。截至目前，情报显示
他们通过奥琴峡谷，和哈萨克人屡次交火。”

少将的讲话不像义愤填膺的檄文，更像是
为敌人请功的表彰信。我猜将士们会感叹：
上帝，渥巴锡勇猛异常，横扫欧亚大陆啊！
少将发觉了训话内容的偏颇，忙收住话头：
“不管匪徒多么残暴，我们都要绳之以法。”
“乌拉！乌拉！”高昂的欢呼中训话结束。

接下来是整装出发，五千大军开出奥伦堡。
我认为，只有我这么认为吗？在三个月后，
卡尔梅克人逃走三个月之后，用五千人马
追赶十七万匪徒并绳之以法，是否太执拗？
只有我这么认为吗？不，至少将军的想法
和我的一样，我们不敢吱声。我打赌他是。

两门炮车没跟上，装炮弹的马车在队伍里。
侦察兵出发寻找，回来报告没有找到踪迹。
车辆损坏了或牲口生病，不得已返回要塞？
第二天早上，炮车还没有跟上来。怎么办？
我跟副官商量后决定，弹药车沿来路返回，
和炮车一起赶来。遇不见，就返回奥伦堡。

3

“只有我听到了神秘的声音吗？草原之夜
如此寂静，黑夜贴着鼻尖和擦着发梢飞过。
突然，从远处传来狗的叫声。太令人惊讶，
这不是我家巴迪的叫声吗？又清楚地传来
婴儿的啼哭和母亲的唠叨。”我的副官，
普利马科夫·马克西姆维奇神情严肃地说。
正直而勇敢的青年军官，家世不能说高贵，
至少清白，为人忠诚，严于律己，怎么说？
合格的军队条例的管理者和执行者。但是，
自打追剿卡尔梅克人以来，尤其进入草原，
普利马科夫·马克西姆维奇的言行与之前，
嗯，与他受的教育和日常智力完全不匹配。

此刻，他站在我的面前，诉说着灵异事件。
我无法表态，甚至找不到合适的词来敷衍。
“好吧，我知道你不信，等你听到就信了。”
普利马科夫·马克西姆维奇神情沮丧地说。
等我听到什么就信了？听到神秘的耳语吗？

帐篷外传来士兵的叫骂声。“喝醉打架呢，
您休息吧，我来处理。”他说着走了出去。

第二天一大早，普利马科夫·马克西姆维奇
急匆匆叫醒我。“两个，一个淹死在水洼里，
另一个喝醉睡在灌木丛，内脏全部被狼掏空。”
我们赶到灌木丛的时候，谢尔盖·别洛夫，
外号猎人，来自高加索山区的老兵正在观察。
猎人趴在地上，斜着眼睛端详着带血的爪痕，
像猎犬般嗅来嗅去，一会儿惊讶一会儿兴奋。
最后，他站起来，拍拍膝盖和手掌上的灰尘，
举起右手食指，面色凝重地宣布：“上等兵
维塔利·谢瓦斯季亚诺夫被三只狼掏了内脏，
是的，三只狼，我确定，不知道有没有一只
吃维塔利·谢瓦斯季亚诺夫的泡满酒精的胃，
醉倒在不远的哪一处灌木丛里。”他四处瞭望，
大家不约而同往周边打量。远处各样的灌木，
刺儿李和刺龙牙什么的纠缠一起，湿漉漉的。
大家不约而同朝四周看去，好像真的会发现
有一只醉狼瘫在某处灌木丛里呼呼大睡似的。

“长官，咱们得祭奠一下。”“不劳你操心，

祭奠的活儿归牧师。”“不，长官，祭奠狼，
我是说祭奠狼。”“胡说什么？宿醉没醒吗？”
“不，长官，我昨天夜里没喝醉，本来可以，
本来可以喝醉，您知道湿气太重，我原本想
多喝一杯好好睡一觉，冥冥之中听到个声音。”
“胡说八道，闭嘴，说正事。”“是，长官。
这是她的国，她是女王，羊啊牛啊就是臣民。
这不是女皇的帝国，咱们也不是狼王的臣民，
咱们算是入侵者。牧人不一样，牧人会留下，
而咱们只是掠夺。女王大为震怒，因为尊严，
她带走了一个灵魂。她会再来，再带走一个，
要是咱们不祭奠狼王，就无法勾兑她的愤怒。”

我竟然一时语塞，不知该如何作答，勾兑？
是这个二等兵使用的与愤怒不相干的“勾兑”，
“勾兑”这个词使我语塞吗？那就勾兑一下呗。
“好，我们需要做什么？需要长官配合吗？”
“不，长官，我自己行，”猎人掏出小刀，
“您瞧，三等兵德米特里·克里切夫斯基，
真幸运，脸朝下淹死在小水洼里。上帝啊，
一个小水洼，刚好埋住他的口鼻，真幸运。
没有搏斗的痕迹，没有瘀血黑青之类内伤，
就是酒后溺水。”“闭嘴，祭奠狼，士兵，
祭奠狼王就行，你不用操那个三等兵的心。”

猎人掏出几根一般长短的木棍，刀口还新鲜。
猎人真是名副其实，总是随身带着两三把刀，
半大的和小刀，银白的刀锋透着无情的锋利。

生起一小堆火来，火焰慢悠悠地舔舐着木棍。
从怀里摸出个扁扁的酒瓶，拧开瓶口闻一下，
往火里恋恋不舍地洒上几滴，然后又闻一下，
喝一口，拧上口揣起来，生怕别人抢走似的。
接着，从口袋里摸出几粒麦子，竟是燕麦粒，
和一块碎布头什么的扔进火里，双手合十说：
“尊贵的女王，您拿走的本来就是属于您的。
原谅咱们的鲁莽，咱们本应该先来祭奠您的。
请原谅这些新兵吧，不会搭帐篷不会捡柴火，
也不会生火，刚刚走出家门，刚刚放下锄头，
什么也不会，爹娘也没教给他们问候的敬语。
请原谅这些粗鲁的家伙吧，咱们很快就开拔，
再也不来打扰您，请您给咱们留出一条生路。”

我忽然有种感觉，这个祭奠狼王的什么仪式，
完全是别洛夫胡编乱造出来的，压根就没有
这么一档子事。老小子纯粹拿我们俩当傻瓜。
我瞥了副官普利马科夫·马克西姆维奇一眼，
他那苍白细长的手指不停地从面颊摸到下巴，
眼神狐疑，嘴角耷拉着，不时地朝我瞥一眼。
我想起父亲端详着弟弟掌心那颗牙齿安慰说：
“放在枕头下吧，半夜里牙仙子会来把它带走，
你很快就会长出新牙的。”弟弟忙不迭地点头，
一脸的虔诚，其实那颗牙是他在半路捡来的。

他是怎么混进龙骑兵团的呢？聒噪的乡巴佬，
一双善于察言观色的势利眼总是滴溜溜乱转。
不像坏人，当然也不像一个效忠女皇的骑士，

就是一个伺机捞取便宜的如假包换的小商贩。

猎人起身把火踩灭，对我说："放心吧长官，
再有哪位兄弟被狼掏了肚子，拿我喂狼就行。"
"好的，谢尔盖·别洛夫，干得好，这件事
将不会被记录在报告里。但是鉴于你的贡献，
我会奖励你一瓶伏特加，表彰你对同袍尽力。
不用说谢谢，闭嘴。现在你们几个处理尸体。"
我转向普利马科夫·马克西姆维奇，"可是，
非战斗减员也需要报告，怎么向将军解释呢？"
普利马科夫·马克西姆维奇耷拉着头没言语。

雾气穿过每个缝隙渗进帐篷、衣服和褥子，
呼吸的也都是黏糊糊的潮气，哪里躲得开？
不过，士兵的情绪没有受到一丁点儿打击，
晚饭后仍然有人大声讲着奇闻逸事，怪兽、
鬼魂什么的。当然，还有人抱着酒瓶猛吹。

哨兵像是无声的纸人儿，还不至于打瞌睡。
银河宛如白练。无数个星球，无数的时日，
一定有某个，上面一定有某个人，就像我，
像我一样遵守仇恨的法则，为了杀掉同类，
在某处追逐和被追逐。是吧？为什么这样？
大雾扑面而来，老鼠在草丛里沙沙地溜过。
忽然所有的嘈杂填塞着耳鼓，分辨不出来，
只是觉得新鲜，渴望的低语，情人的嗔怪，
愤怒的呵斥，垂死的求饶，全交织在一起，
欲望痛苦侥幸懊悔，组成世界，构成每天

不确定的当时，让人不自觉地沉浸在其中。
一个高大笨重的黑影从河面上无声地飘来，
隐约伴随沉重的鼻息，散发着敌意的腥气。
“谁在那里？”我高喊，“开枪，朝水上开枪！”
卫兵们手忙脚乱地点燃燧石，还没等开火，
黑影消失。它是活的。这草原要么有主人，
要么它就是自己的主人，整个儿活生生的。

4

一座芦苇桥，我们发现了卡尔梅克人搭的桥。
芦苇一捆捆地束起来，一人多高，木桶一般，
绳子结结实实地绑牢，并排铺在河面狭窄处，
大约两俄丈宽。无论急流或牛群马群的踩踏，
都不可能使之损毁，甚至不透水。询问土著，
他们说三周前，土尔扈特人分成两队渡过河。
特劳宾贝格少将认为根本赶不上卡尔梅克人，
对于疲惫不堪又饿又病的龙骑兵，完全徒劳。
因为没人知道这些游牧民在什么地方宿营。
“我们该回去了，应该结束这糟糕的恶作剧。
让军队返回去，撤到乌斯特·乌依斯克城堡。”
就是离边界线最近的乌斯特·乌依斯克城堡。
话是这么说，但是我们还是得继续向前行军，
好像为再验证一下判断似的，继续这种愚蠢。

牧人讲述的零碎消息侧面印证了我们的猜测：
某个哈萨克的部落好像和卡尔梅克人谈判过，
谈判的内容是交换俘虏和哈萨克人停止袭击。

哈萨克并不是一个统一的国家，哈萨克诸汗
彼此不和。因此，哈萨克人对待卡尔梅克人，
没达成一致行动的协议。某个部落暂停攻击，
另一部却还在对东归者进行没完没了的掠夺。
就是说，卡尔梅克人一直在承受人畜的损失。

渡过河后宿营，副官在晚饭后来到我的帐篷。
普利马科夫·马克西姆维奇习惯地摸出烟斗，
并不点燃，烟斗里根本没有烟丝，握在手心，
要么叼在嘴上，更像是一种帮助思考的工具。
“知道吗？我变成神秘主义者了，雷奇科夫。”
他期待我回答，我却不想接茬，我在想日记。

普利马科夫·马克西姆维奇垂下头再抬起。
脖子上永远挂着个银十字架，从不说脏话。
“雷奇科夫上尉，我跟您谈一件真实的事。
今天站在河边，当我们观察那座芦苇桥时，
突然感觉到恐惧，我看到水中有很多死人，
密密麻麻的死人，浑身惨白浮肿赤身裸体，
向我胡乱招手，咕咚咕咚吐气泡。上帝啊，
简直令人窒息，我差点叫出声。您在听吗？”

“是的，我在听。”我淡淡一笑示意他继续。
我想说，我也看到了那些死人。他接着说：
“我遇到糟糕的现象，超出自然之力，是的，
完全超出自然力，这样说比较符合我的本意。”
我仍没接茬，他摆摆手：“兽性，你知道的，
这样说吧，我突然会进入一种兽性的状态，

完全脱离之前的模样，我指的是人类的模样。
比如，我感觉自己变成了一头牛，一头牛啊，
悠闲地漫步在某个牧场。我甚至看到蹄子上
沾着的牛粪和黑土。上帝啊，又恶心又恐怖。
我还打算翻越峡谷，到另一个牧场去，本能，
是一种本能的驱使。知道吗，雷奇科夫上尉？
我能清晰地感觉到浑身皮肤发痒，想蹭痒痒。
这真的不是幻觉，我就藏在这头牛的身体里。
这是怎么回事呢？这种状态能否称为兽性？”

“不，普利马科夫·马克西姆维奇，你是
神秘主义者，没有什么不着调的兽性。
或者太困产生了幻觉。休息吧，睡个好觉，
熄了灯，像一个吸饱乳汁的婴儿那样睡去。
明早，你还是普利马科夫·马克西姆维奇，
不是什么蹄子上沾着粪想蹭痒痒的偶蹄类。”
“不、不，雷奇科夫，我不想瞒你，好兄弟，
这不是太困产生幻觉，真的，我曾经感觉，
感觉自己突然变成了女皇，上帝，怎么办？”
“很简单，普利马科夫·马克西姆维奇，
别告诉人家你是女皇，要不他们准去告发，
另一个女皇会绞死你。在臭气熏天的刑场，
污泥满地，脏水横流，像世人阴暗的内心。
那些可怜又可恨的下层人士仰着脸看热闹，
起哄说，哈，长胡子女皇，你的百褶裙呢？
随着一声令下，你这健美的身板咔嚓一下，
重重地掉下来，脖子扭断的脆裂声淹没在
那些小商贩的喝彩声和惊呼声里。告诉我，

普利马科夫·马克西姆维奇，你歪着脑袋，
在架子上荡来荡去，注视着这肮脏的世界，
那时还认为自己是女皇吗？去睡个好觉吧。”

“不、不，雷奇科夫，我没有在开玩笑，
你尽管嘲笑我好了，你知道我不会撒谎。
我是军人，忠于女皇的帝国军官。只是，
雷奇科夫，我感觉到无法理解。告诉你，
某个时刻，我还感觉到有一个无形之物，
我说的是一个生命体，一个无形的生命，
正用沉重的目光从背后俯视着我。上帝，
注意我的用词，雷奇科夫，请注意用词，
这个无形的俯视的目光是沉甸甸的，犁，
像是一张犁，不，像两张犁在我的背上，
犁出两道深沟，嘎啦嘎啦地犁过我的背。
那种生疼，上帝，当我疼得要大喊大叫，
我就会醒来，仿佛一场大梦。可是背部，
却疼得要命。我让厨子帮我看看背上，
圣母玛利亚，厨子惊惶失措地失声叫道：
‘长官，您的背上，有两道深深的黑印子。’
厨子米哈伊尔·卡拉什尼科夫，你知道，
他虽然是一个好战的文盲，却从不撒谎；
说实话，他算得上是厨子里的一个异类。
我让他找来镜子，我亲自来察看，果然，
背上赫然两道深深的黑印子，黑得发紫。”

“好的，普利马科夫·马克西姆维奇，
我听到你的报告，我认为这值得关注。

让我来思考怎么办，现在，回去睡觉。”
普利马科夫·马克西姆维奇扭头就走，
气哼哼的。如果有门，准会被他摔烂。
其实，我遇到的情况比他更糟，真的，
有个声音，耳边低语，絮絮叨叨不休，
直接说出某些隐私，是只有家庭成员
才知道的琐碎隐秘，而且大多与长辈，
与过世长辈相关。如此荒僻如此遥远，
谁在此地向我低语？谁在利用催眠术？
我确信这就是催眠术。谁在利用催眠术，
使我确信另一种智慧存在呢？超自然的，
超自然的智慧，驱赶我们离开这片草原？
他知道我们来了，杀气腾腾，所以驱赶，
用隐私体验使我们了解他的手段？上帝，
我怎么告诉普利马科夫·马克西姆维奇？
告诉他我比他更加困惑？比他更加恐惧？

5

奥琴峡谷，洪水冲刷的河谷。狭窄的小路，
谷口处渐渐开阔。两边的崖壁裸露着砾岩。
鹰在峡谷上空盘旋，寻觅着土鼠。战报说
卡尔梅克人全歼守军，没有一个战士生还。
狼能在三个月之内吃掉一千多具尸体吗？
骨头也不留一根吗？我怀疑是战报在撒谎。
峡谷中悬着炸毁的堡垒，黑黢黢焦煳煳的，
可见战况惨烈，枪炮对着轰，残酷的肉搏。
我们没进到残垣断壁里，没什么好凭吊的。

奇怪，我闻到一股奇异的香气，好似肉香。

欧亚大陆在脚下分界。大陆不是一体吗？
不是好端端的一个吗？谁把它断然分开？
眺望东方，哈萨克草原像北方生命的母胎。
据说哈萨克草原是月神的一滴眼泪，那么，
求月神多流几滴吧，为使这北方草原更美。

回首向西，渥巴锡肯定曾在此驻足徘徊。
他想到什么？这位被女皇称为狮子的汗，
东方狮子的汗王，那一刻是心有余悸呢，
还是心花怒放？那首童谣应在他身上吧？
“伏尔加河的狮子回到东方，身后的狮群
浩浩荡荡。”狮群浩浩荡荡，没有比这个
更形象的比喻。童谣总能撕开真相的一角。

6

4月末了，不止一丝丝的寒意，只是寒冷
已经奈何不了谁。驻马丘陵，放眼望出去，
绿茵撩拨。近水之地丛丛菖蒲，处处杂花。
小鸟儿叽叽喳喳，候鸟留恋。丘陵绿油油，
羊群一会儿上去，一会儿下来。那些丘陵，
那么柔美，翠色自顾涌动，轻轻流入云际。
战马止步，像回味无束缚的儿时。叮当声
隐约传来，是牧人衣角的银饰和马的铃铛。
忽而雨丝霏霏，像绵延千里的离愁。不急，
雨后草原更美，像蓄满雾的七彩纱巾轻舞。

战士和战马齐徘徊，想化成一样什么东西。
随便化成什么，战士和战马反正不想离去。

哈萨克牧人告诉我们，卡尔梅克人遭到他们
和巴什基尔人的进攻。卡尔梅克人一直减员。
离开伏尔加河时裹挟走的人中包括俄罗斯人、
巴什基尔人、哥萨克人和其他民族多少人呢？
当卡尔梅克人途经小帐努尔阿里汗的地盘时，
哈萨克人从卡尔梅克人手中抢下过土库曼人，
大约一百个人、七十四匹马和十峰骆驼。当然，
土库曼人被分给哈萨克的领主，继续当奴隶。

努尔阿里汗对围追抢劫卡尔梅克人的活儿，
当然最为卖力。交手战况如何？没有消息。
没有友军的消息，更不要说敌人。渥巴锡，
据说欧洲大陆没有人比他更彪悍。亚洲呢？
他已经率领同胞回到东方了吧？那个伊犁。
小帐哈萨克的努尔阿里汗，指望他当然错。
他就是个首鼠两端的商人，心中没有明天，
眼里只有钱财，他压根不是渥巴锡的对手。
渥巴锡一定也曾驻足这里，回望身后沃野，
庆幸决断及时。是啊，若是莺飞草长时节，
十几万人和百万头牲畜，一个也逃不回去。

7

饥饿使得战士们疲乏不堪，不想多走半步。
眼前一片繁花似锦的莽莽草原，泉眼密布，

流水淙淙，犹如进入了另一个世界。河谷，
当然早已干涸，丘陵连绵，地势缓缓倾斜。
郁金香！亚洲腹地竟然潜伏着郁金香国度。
没有什么汗国，什么帝国，什么成吉思汗，
什么你来我往粉墨登场的大小汗，只有
郁金香才是这片土地上真正的不朽的王者，
七彩的王者。日月的私宠，每一年的加冕，
都使过去、将来的英雄汗颜。他们埋骨何方？
唯有郁金香肆意开放。天也是七彩的啊，
忽然想起圣彼得堡的午后时光，多么羞怯，
那时的我。先兜几个圈子，在街道上逡巡
好几遭，才鼓起勇气敲门。仆人引我进去，
领进笑语喧哗的沙龙里，虽说没人注意我，
我却会冒汗。今天我也弄不明白，大厅里，
哪来那么多肥大壮硕的腰背笔挺的娘儿们？
嗯，肥大壮硕，端着个红酒杯，目光灼灼，
从人的头顶望过去，一股职业军人的做派，
像在进行一次乔装而隆重的特别围剿行动。
真要命。当然，还有可怜兮兮的像小老鼠、
无毛鼠崽似的干巴巴的欲迎还拒的老处女，
细声细气，眼神不定，散发着浓烈的口臭。
我的心思全在那些高谈阔论的老爷们身上，
为了遮掩自己的窘态，得偶尔干笑两三声。

少将夫人大约四十岁，正值女人的魅力期。
头发粗黑浓密，披散在肩上，面相温顺，
端庄的眼睛让我恍惚地想起过世的外祖母。
“您知道，”她小声说，“这位嫁妆丰厚，

却没一点儿文学底子，她这样的配不上您。”
她用眼神示意，“那一位家世可以，祖上
任皇室侍卫长。她急于嫁人，您不妨等等。”
少将忙着听人说话。他的相貌谈不上英俊，
但也不难看。五官端正只是比常人大一号。
一脸严肃地倾听着讨好他的人讲着不咸不淡
不偏不倚的废话，时不时神情庄重地点头，
要么挑起嘴角，故作爽朗地笑那么一两声。
在这个圈子，他的朋友比敌人更容易对付。
他的手腕绰绰有余，夫人也能助一臂之力，
化解那些善意或恶意的猜测、试探和挑衅。
我怀念那些慵懒的下午，我总是忙忙碌碌，
让自己跑来跑去的，忙着给众人装模作样。
因为内心充满了侥幸，像往常的日子一样，
充满了侥幸和奢望，希望在下一秒撞见谁。
不像在这个该死的草原，每天都撞见绝望。

8

猎人发现卡尔梅克人因积水有毒而挖掘的井。
我们的战士也因为喝脏水，拉肚子死了几个。
看来卡尔梅克人在这里确实遭遇极大的困境，
食品药品缺乏，许多人病死，难以继续前行。
还失去许多马匹和骆驼，极端极端缺乏马匹，
只好徒步前进。不过我们没有发现多少尸体，
那些大牲口不该在烈日下暴晒，一大堆苍蝇
嗡嗡地盘旋吗？没，没见到，还有人的尸首。
要知道，卡尔梅克人不埋尸体，尸体去哪儿了？

“长官，他们因为躲避才往南来，咱们往东，
咱们往东绕过这里，”猎人说，“不用挖井。”
“闭嘴，挖不挖井长官说了算。你少操心。”
“是，长官。这里下了一场大雨，都冲走了，
冲了个一干二净，牲口和人的尸体，冲走了，
原来水洼间是旱地，卡尔梅克人才绕行这里，
眼下变成浅滩了，一定是下了场大雨，长官。”
嗯，这次猎人的猜测合乎逻辑，能说得过去。

这里应该是他们的最后一站，他们当然不会
舍近求远，不会往南去闯入布鲁特人的地盘，
跟那些比他们还野蛮的土著交手。继续往东，
现在他们可能早已越过边境，甚至回到伊犁。
卡尔梅克人为什么返回？准噶尔汗国已被灭，
那个独立的蒙古准噶尔汗国早已经不复存在，
清朝政府不是已在准噶尔故地确立统治了吗？
卡尔梅克人如果去伊犁承认清朝统治的权力，
为什么不愿留在伏尔加河成为帝国的藩属呢？

路线明确了：以渥巴锡汗为首的卡尔梅克人
渡过雅依克河，直奔恩巴河，进哈萨克草原。
草原的哈萨克人是帝国臣民，他们千方百计
阻拦卡尔梅克人。卡尔梅克人到底要去哪里？
有时候路线混乱，忽东忽北的，看不太清楚。
应该往东，为何往北？躲避什么？哈萨克人？
卡尔梅克人后面的行军路线从卡梅什洛夫河
到伊尔吉兹河，到图尔盖河，到萨西库里湖，

到卡拉赛湖，到吉里沙漠，再到马尔古特，
到切科拉克沙漠，到库姆，穿过沙漠再往东，
是泥泞的沼泽和芦苇丛。接着，卡尔梅克人
闯入巴尔喀什湖的沙漠和成格斯察千平原。
这里大多是哈萨克人的游牧地。开春时节，
穿过贫瘠而无人烟的地域，想必苦不堪言。

小帐的努尔阿里汗对堵截和抢劫卡尔梅克人，
应该说兴趣最大。中帐的阿布赉汗则不尽然，
他依附清国，行事未免瞻前顾后，思之再三。
大帐哈萨克的苏丹，一直在向乾隆输诚效忠，
更不会虐待卡尔梅克人。好的，这就是终局。
卡尔梅克人当然已经回到伊犁，看看这路线，
这可是冬天的行军，上帝。我们一路追过来，
距离卡尔梅克人最近时也有大概两周的行程。
这表明他们休整过不止一次，想必因为天气。

“鹿肉，猎人挖地坑，”副官拿来小块烤肉，
“新式烤肉法，味道独特。”“不，我不吃。”
“干净，我在旁边看着呢。”“不，我思考
未来之时，思考关乎命运的未来时不吃东西。”
“好吧，但愿你思考现在的时候，肚子会饿。”
咽下食物，他点点头好似下了决心，又说，
“我可以告诉您我最近的思考吗，上尉？”
我注视着他，以示他的发言并没有打扰我。
“三十年来，学会了发号施令，支使卫兵，”
他又做了一个吞咽的动作，想一下，说道，
“学会了品尝美酒佳肴，学会了宴饮作乐，

还学会了纸上谈兵，阿谀奉承。还有呢？
自以为是？不屑一顾地冷眼旁观这世界？

“迷失方向，被所有的知识抛弃，心中滋长
怀疑；没有死亡，也就没了哲学；当然喽，
有了死亡之后，死亡就是哲学，其他学问
无非是身体和灵魂的补丁，无法带来神启，
也无法带来惩罚。”他说话时的神情好像
牧师面对脑满肠肥的恶之俗世，愚之民众，
因而更加悲伤，更怀着强烈的救世的冲动。
我年轻的时候好像也是这样，极端地厌恶
罪恶、错误和懒惰，厌恶一切的恶，只为
成为赤子，一切好重新开始。美酒、情欲、
荣誉和懒惰，生之大敌的嫉妒，是这些吧？

“我知道为什么河里那么多死人了，上尉，
他们跟我一样，都是，不，都想在这河里
结束旧我，洗涤新我。这条河对我说话了，
它是我的朋友。我要做的就是倾听和服从。
那个绝望的我决定留在河边了，您看到的
是一个崭新的普利马科夫·马克西姆维奇。”
他向我严肃地行了军礼，转身走出了帐篷，
没等我回过味儿，他撩开门帘伸进头来说，
“而您，亲爱的上尉，您的心中虽有痛苦，
却没有悲伤，您知道，这就是我们的不同。”
然后，他缩回脑袋，带着那块鹿肉离开了。

我思考未来，当然也思考眼前。我们去哪里？

往前是布鲁特人的地盘，人称为光膀子屠夫，
饲养会爬会飞的毒虫和毒蜂。众人心急火燎，
要求返回。我们跟各方都失去联系，也没有
哈萨克人和巴什基尔人的消息。也只能返回，
不是撤退，因为没有战斗，没发生一次交手。
渡过伊希姆河，我们先返回乌雅河畔的城堡。
需要休整，最需要休整的是这支远足的队伍。
将军会承担责任吗？将军能承担什么责任呢？
出发延迟三个月，这不是将军的责任，谁的？
天知道，当然也不是女皇的，天知道是谁的。

9

“所有东西一经说出口都会变形，扭曲，
变得愚不可及。雷奇科夫上尉。渥巴锡，
这头东方的狮子已经回到他的洞穴了吗？”
将军问这话时的表情轻松，让外人无法
窥探他的沮丧和恼火。他那比常人的手
粗大一圈的手指揉捏着上衣的一颗纽扣。
我把思绪从将军的大手上拽回来，答道：
“是的，将军，想在广阔的草原上寻找
蒙古人的气味完全徒劳，太久了，早淡了。”
“嗯，哈萨克小帐的努尔阿里汗也没消息。”
将军揉捏着下摆的一颗纽扣，斟酌着进退。
他需要某个部下先提出来，经过大家审议，
以便正大光明地打道回府。“是的，将军，
敌人和友军都没消息。我想，我们不应该
孤军深入，让女皇陛下的忠诚的龙骑兵团

置身于未知的危险之中。我是这样认为的。”
“士气怎么样？他们愿意继续追击敌人吗？”
“士气一直高昂，将军，个别非战斗减员
并不能消减骑士们渴望战斗的激情。只是，
我们身陷未知的险境，如此偷猎式地潜行，
一旦被敌人发现并包围，恐将有灭顶之虞。”
将军不再揉捏那颗纽扣，似乎下定了决心。

10

彻彻底底地痛睡三天三夜，除了就餐时起床，
彻彻底底地痛睡三天三夜。喝酒可以说痛饮，
酣畅的战斗说成痛击，那么，酣睡说成痛睡，
行不行？多么美好的睡眠，犹如第二次出生。
将军没有休整，马不卸鞍地去了土耳其前线。
要么已经到达，要么正在颠簸的马车上痛睡。
草原不会有第二个涅巴锡了，至少眼下没有。
猎人别洛夫带回来三张狐狸皮。这次行军，
他是最大的赢家。三张狐狸皮各自的来历
和分别卖多少钱或换来什么紧俏的必需品，
这些谈资足够他炫耀到明年春天。失忆，
我开始短暂性失忆。痛忘，哈哈，这个好，
凡事总加个“痛”字以示激烈程度。短暂性失忆，
我们去了哪里？我坐在潮湿的硬板床上痛忆，
闻着浓烈的脚臭。别洛夫带回来三张狐狸皮，
这次出征他算是最大的赢家，足够他炫耀到
明年春天。我们去了哪儿？卡尔梅克？哦，
对，卡尔梅克这帮鞑靼暴动，杀了我们的人，

逃走了。我们五千人的龙骑兵团奉命追击，
草原上，在一望无际的哈萨克草原上追击。
上等兵维塔利·谢瓦斯季亚诺夫，死掉了，
他是第一个还是第二个来着？还有上等兵
戈里高利·格列奇科，死掉了；三等兵
德米特里·克里切夫斯基，死掉了，溺毙；
上等兵弗拉基米尔·沃尔科夫，死掉了；
两个意外受伤，一个失踪，死掉的共十一个。
不算多，还是太多？从头到尾没有与敌交火？
幸运啊，如果交战保不齐我不会坐这里失忆，
而是被浅浅地埋在黑土下，随心所欲地腐烂，
守寡的母亲和刚嫁人的妹妹会哭得死去活来。
普利马科夫·马克西姆维奇出现幻视和幻听，
两种症状同时爆发，导致他竟然爱上一条河。
嗯，没有追到吧最后？啊，郁金香，郁金香！
这才是我想回忆的。我们在郁金香的世界里，
在郁金香的世界追赶复仇女神。驰骋在花海，
漂浮在七彩的郁金香花海之上，像一叶扁舟，
一会儿沉下一会儿浮上，与天边皎洁的新月
遥遥相望，永远触不可及。我们驰骋在花海，
飞驰在多彩的郁金香花朵上，要么杀死仇恨，
要么被仇恨杀死。然后，尸体腐烂在黑土里，
来年的郁金香会开得更加斑斓多姿。郁金香。
是把自由人还是奴隶埋进土里，郁金香才会
开得更加艳丽？郁金香，这最美的花为什么
要用鲜血来浇灌？郁金香这最美的花为什么
要用历代人的鲜血来浇灌？郁金香啊郁金香，
它不说话，它在风中摇曳，送来阵阵的香气。

十二、谈判

六月中旬，土尔扈特人陷入小帐努尔阿里汗与中帐阿布赉汗共五万哈萨克联军的包围，五千名俄罗斯龙骑兵正在赶来。

渥巴锡送给小帐努尔阿里汗一车礼物，并释放全部俘虏，希望停战三天。

1

—

大帐设在平缓的丘陵上，微风掠过，
旗杆上蓝白双色的旗子轻轻地飘拂。
渥巴锡坐北面南，丹增大喇嘛居左，
策伯克·多尔济坐在渥巴锡的右边。
从这里望出去，四面八方尽收眼廓。
西面的山脚下，明亮而阴凉的湖泊，
野鸭在嬉戏，野雁在芦苇丛里筑窝。

“白灾降临前，得力格向您发出预言。
您没有及时警告族人，以致蒙受灾难。”

策伯克·多尔济昂着脸神情肃然，说，
“在翻过穆戈贾尔山峦的两个月里，
土尔扈特人仅仅前进了三百多俄里。
本该在穆戈贾尔山朝向亚洲的阳面，
度过水草丰茂的夏天，您驱赶族人，
催促大家往东，才深陷在沼泽地里，
牺牲近三万人和死亡二十万头牲畜。”

“小帐哈萨克在东北，如果不绕个弯，
得提前与敌开战，咱们不是合计过吗？
你不该把路线选择当成失误归罪于汗。”
巴木巴尔冲策伯克·多尔济说，“你呢？
你赞成这路线，我记得清清楚楚。还有，
得力格？白灾？谁授权得力格预报白灾？
没有预警白灾不是个争夺汗位的好借口，
还有，你知道，太后也在白灾中遇难。”
巴木巴尔顿一下，见无人反驳继续说，
“诸位，请不要拿过去给今天添麻烦。
仁慈的曼德莱汗后和小王子葬在沼泽，
咱们都牺牲了亲人，失去所领的牧户，
损失了几十万头大小牲畜，这是选择，
是咱们在维特梁卡秘密开会时的决断。
策伯克·多尔济，请不要一味地指责，
咱们的每一步都是扎尔固商议的结果。
要我说呢，请不要再纠缠汗位的争夺，
汗，咱们得来一次人口和牲畜的清点，
清楚现存家底，还保有多少弹药和兵员。”
渥巴锡点点头，抬眼望向对面的小山坡。

乌兰穿一件领子和袖子缀满穗子的外衣，
正挽着袖口将干净衣物一一晾晒在车辕。

“家家户户的老人最惨，白灾和黄灾时，
老人扛不过去；战士呢仅余十分之二三。”
渥巴锡抬手指指东南，若有所思地说道，
“我闻到牧场的气息，是不是隔得不远？”

“汗王，我要向你报告新消息，在南面
至少一百五十俄里远，有片优良的牧场，
草长到脚踝，三天就能毫不费劲地赶到。
咱们是驻扎在这里，还是动身往那里赶？
如果咱们挤在一起，更多的牲口得饿死。
若是分散，哈萨克人肯定会搞偷袭围歼。”
渥巴锡凝神思考未答言，巴木巴尔又说，
“俄国佬追到半路撤了，别克托夫率领
大约五千名龙骑兵，正在急匆匆地赶来。
咱们遭遇白灾的平原，他们也遭到白灾，
估计发生减员，正犹豫着是否返回要塞。”

“无论如何，现在不应该跟哈萨克开战，”
舍楞说，“得给努尔阿里汗奉上亲笔函，
以谦卑换取宝贵的休整时间，哪怕三天。”
舍楞露出狡黠的微笑：“您擅长吗，汗？
您是否擅长屈尊降贵，向另一位汗服软？”

渥巴锡微笑着注视舍楞，舍楞笑着点点头。
“‘尊贵的努尔阿里汗，咱们土尔扈特人

是一群背井离乡的牧人，只想回到故乡去，
回到先人之地。现在咱们途经哈萨克草原，
只求平安。此前种种，但愿化干戈为玉帛。
咱们一直优待忠于您的一千名哈萨克俘虏，
现和一车珠宝一并奉还。咱们期待您允许，
允许咱们洗刷战马，焚香沐浴，为您祈福，
拜见汗王的尊颜。您忠诚的朋友，渥巴锡。'
舍楞，这般措辞，是否照顾老朋友的体面？"
渥巴锡说完，众人轻声笑起，无人再多言。
"今天务必将信函和一车礼物送达，明早，
策伯克·多尔济、舍楞、色克色那和我，
咱们四位，前去拜见草原之王努尔阿里汗。"
"我跟他算是老朋友再见，"舍楞轻笑道，
"汗，您猜他会不会好客留下我不让回还？"
"那才是求之不得。"渥巴锡微笑着答道。

"女皇料不到咱们走到今天，更不会料到
我们将冲出包围圈。她的性情越发暴虐，
巴不得天下敌人只有一个脖子和一个脑袋，
好让她咔嚓一下，统统解决。努尔阿里汗，"
丹增大喇嘛停顿一下，"他并非夺命而来，
只为谋财。"众人点头赞成大喇嘛的观点。

渥巴锡双手合十，面向丹增大喇嘛说道：
"白灾前我确实得梦，虽说与白灾无关。
我梦见女皇、别克托夫还有努尔阿里汗，
女皇出言威胁，别克托夫劝诫咱们返还。
别克托夫在哪儿，哪儿就有笑话和阴谋。

因为别克托夫爱在蠢人队伍里抛头露面。
努尔阿里汗向我炫耀他的法术多么强悍。

“银质的水晶的玻璃的餐具，整齐地摆放。
女仆们在忙碌，将军们的徽章一闪一闪。
刀叉、酒杯和餐盘碰击的响声混着笑声，
交织成一片。餐桌的中间，努尔阿里汗
嘴角露出巫师一样的笑容，观察着场面。
我梦见穿蓝白红三色制服的龙骑兵出现，
出现在努尔阿里汗的身边。阳光好耀眼，
照耀着龙骑兵闪亮的马刀、皮靴和枪管。
女皇最后在乐声中驾临，面色深沉阴暗。
她昂起头用法文念诵祝祷词，左手挥动
血淋淋的小旗，直直盯着我，口出恶言。
我告诉女皇说，刀锋上写着所有的答案。

“昨夜一梦，征兆似乎与努尔阿里汗有关。
在那梦境中，寒辉洒落山溪，波影闪烁
在乱石之间。一位老者叼着银色的烟管，
一杆枪夹在两腿间。他坐在葱郁的河岸，
把手上的羊油抹在白须上。戴的不是毡帽，
而是缠裹着白头巾，看到我过来就起身，
在前引路。他走路像鹤，从不左顾右盼。
草又深又软，像铺着条新的土耳其毛毯。
‘小狗若是对你龇牙，你得多小心脚踝。’
他止步用下巴指指前边，低声对我安排。

“我看到一只一只的野兽，它们展开翅膀，

一只抓住我的领子冲上云端。我的脚下
不是草原是大海，令人胆战心惊的深渊。
再往上冲，飞到了云彩之上。宫殿连绵，
一片金碧辉煌的宫殿，野兽把我放下来，
我匍匐在地不敢向前。这时一个声音说：
‘来，渥巴锡汗，过来，请进入你的宫殿。’
我按照指示站起身来，一步步走上台阶。
当我进入第一道门的时候，王冠消失了。
当我进入第二道门的时候，权杖消失了。
当我进入第三道门的时候，腰刀消失了。
当我进入第四道门的时候，护身符消失。
这时我置身广阔无垠的草原，百花鲜艳。
我茫然不知所措，内心却觉得快乐平安。
我不知这异象指示什么，恰在此时醒来。
我不知道这梦境的启示，求大喇嘛指点。”

丹增大喇嘛双手合十，闭目沉思，说道：
“汗，你所讲的梦境，不是在检讨过去，
而是预示着将来。这梦境来得正当其时。
我也有一个故事，点破你的梦境之答案。
曾经有一位身经百战的将军，常胜将军，
出生入死，久经战阵，杀敌何止百十万，
损兵折将也非十百千。将军却有个喜好，
中意一个紫砂的茶壶，据说是来自中原。
一日他独自把玩观赏间，险些失手打烂，
将军惊吓出一身冷汗。当时他大彻大悟：
我杀人无数，血流漂橹，何曾一时胆寒，
因为生灵涂炭而心生可怜？从不为部众

牺牲而悔恨难眠，怎么会为这小小茶壶
惊吓出冷汗，以至于失态？他手起壶落，
将茶壶摔碎在脚跟前。尊贵的渥巴锡汗，
智慧的汗，这故事算不算梦境之答案？”
渥巴锡闻听此言，不由得连连点头称赞。

丹增大喇嘛面色平静，不喜不悲，犹如
纯洁和健康的赤子，内心丰富却无隐瞒，
甚至每一根手指，都显示着真实和圆满。
“汗，梦境乃是一个完美无缺的因果链，
将世界真相完美无缺地呈现，不容狡辩。
当年证悟修习时，我始终不得其门而入。
我的师父与我对坐参悟，二人趺坐闭目。
不知不觉间，置身渺渺星汉，无涯无岸。
忽然，头顶凭空垂下一棵偌大的菩提树，
树冠朝下，将将与我师徒二人头顶相连。
满树的菩提子颗颗鲜艳。不过我未睁眼，
全依靠法眼得见。这时，我听见师父说：
‘自我，既是人生追求的目标，也是人生
一切苦恼的根源。世界上再没有更让人
害怕和逃离的，欺骗和躲避的，只有它。’
师父说完，倏忽变形，不停地改变面容，
俏丽的少女，风骚的荡妇，干瘪的老妪，
害羞的少年，健壮的青年，佝偻的老汉，
勤勉的农夫，嚣张的官员，无奈的小贩，
陌生的、熟识的、恍惚的、无数的面孔，
无数的人生，却没有我，没有我这张脸。
一刹那我觉悟，体会到师父所说的自我。

师父也不再变形，而是呈现出另一个我，
趺坐在我的对面，双手合十，略带腼腆。
我情不自禁地喜极而泣，霎时天地澄澈。
头顶上倒悬的那棵菩提，满树的菩提子，
扑簌簌地掉落，活蹦乱跳犹如新生一般。

“我睁眼观看，前不见古人，后不见来者，
浩瀚广宇，无边寂寞，哪里有什么自我？
所谓因果，已经过去的三生是因，之前，
也是因；还未到来的三世是因，之后，
还是因。唯今世是果，唯有今世是果，
唯有当下是果。繁华阅尽，泪眼婆娑，
我独自趺坐，犹如北斗。任凭世界蹉跎，
我知道，这是最后的挣扎，最后的蜕壳。

“汗，世间众生哪一个不昧于虚妄的此岸？
不知此岸虚彼岸也玄，唯有爱永恒常在。
爱在无常生命之外。爱自成完整的圆满，
度量无法标记，岁月无用，万年也妄算。
看破此点，即刻到达神佛的脚前，了然
三千世界在神佛的掌心无限循环和运转。

“尊贵的渥巴锡汗，智慧的汗，您的梦境
不是检讨过去，而是预示着某一种将来。”
丹增大喇嘛说完，渥巴锡双手合十礼赞。

2

两匹战马放开，父子俩并肩坐在丘陵。
苍白的月亮在他们右边慢慢地升起来，
遍野涂上一层淡银色的油彩。昆虫们，
有翅的昆虫在凉爽的微风中嗡嗡盘旋。

“父汗，乾隆皇帝的脚下就是东方吗？
那他会不会赐给咱们一块和平的家园？”
那木扎勒，这目光热切的少年先开言。
渥巴锡没有回答儿子，思忖片刻说道：
“草比马高的牧场，畜牧可富甲一方。
接受朝廷的敕封，听从安排。你记住，
不要拉帮结派滋生事端，要安于生产。”
渥巴锡的面色温暖，眺望草原继续说，
“儿啊，你的性格沉稳，秉性也耿直。
虽有烈火般的心力，有时不免太冒失。
你要热爱学问和道理，钻研生产技艺。
如果是头驴，就不要勉强自己当雄狮。
这句蒙古人的俗语，讲的是认清自己，
不光认识自己的天赋，也要认识短处。
不要事事都高人一头，只要不受欺侮。
记住，自尊就是用剑同自己一争高低。”

那木扎勒侧过脸来望着父汗点点头。
渥巴锡的面色安详，眺望草原，说：
“我最担心的是，你不懂何为畏惧。”
渥巴锡的双手十指交叉，扭在一起，

他直视远处，眉头微蹙，眼神忧郁，
“儿啊，草原上流传着勇气的故事，
我把它讲给你，希望你能体会道理。

“有个叫巴特尔的少年，不知道害怕，
不知道害怕是什么东西。十二岁时，
他敢迎战群狼，脚踩着头狼的后腿，
撕开长满獠牙的狼嘴。撕裂成两半，
一手抡一个，用头狼尸体击打狼群，
直到把群狼个个杀死；还觉得不足，
说狼皮没狐狸皮贵，盼望狼群再来。
阿爸却内心忧虑，担心儿子的勇敢
给家人带来不必要的牵连。你知道，
儿子，蛮干的人总是躲不过去祸端。

“阿爸跟阿妈商议，给儿子一匹劣马，
七天吃的干粮，一把斧子，随他去，
随他去哪里，学会害怕才能把家回。
巴特尔虽然不懂爹娘的苦心，但是
他乐意四处游玩，本着少年的天性。
到过杳无人烟的北海，与鲨鱼嬉戏；
见识过马群如白云掠地，不曾动心；
跟铁匠学习锻造，向商人请教谋利，
也只是让他觉得新鲜好奇。害怕呢？
好像还是没有碰见。转眼四年过去，
白天很短，夜晚也很短，四载过去，
巴特尔开始想念双亲。每当入睡时，
他总是摩挲着护身符，一块普通的

玉石，雕成匕首的样子，拇指长短。

“四年里，巴特尔的劣马早换成骏马，
人也长成英俊的青年。赶回家中时，
阿妈恰巧病重，如果再晚一天回来，
母子恐怕此生再无缘相见。巴特尔，
这无畏的青年，将母亲紧紧拥在怀，
心跳加快，鼻子发酸，热泪流下来。
他终于知道什么叫畏惧，什么叫爱。
儿啊，畏惧不是胆小怕事胸无壮怀，
害怕只是为了要保护爱，成全爱。”
渥巴锡长吁口气，那木扎勒点点头。

凉气袭人，夜色四合，渥巴锡说道：
“儿啊，人需要家庭，也需要朋友。
没有鸟嫌弃翅膀，没有人讨厌友谊。
交友先要对自己诚实。手摸炭一定黑，
跟坏人交往被人吐口水。和善如鸽子，
光明如黄金，平素提防花言巧语之辈。
但是你记住，对狗体贴入微，对朋友
却不闻不问的家伙，什么都不要给。”

那木扎勒郑重地点点头，渥巴锡说道：
“儿啊，记住你是在冲锋号声里降生、
头盔下面成长，枪锋的血水把你喂养。
记住任何时候都不能同情敌人，但是
却设法让敌人同情咱们。战争靠正义
和勇气，不是阴谋诡计；但是有时候

美酒杀的人比大炮多，蜂蜜快过利刃。”

那木扎勒郑重地点点头，渥巴锡又说：
“伟业不是英雄创造，小人物是主角。
我的生命我的能力我的未来属于族人。
抛开一切的杂念，只为公益不谋私利。
别看暴力不可一世，最后必亡于自己。
佛说：爱如一炬之火，虽万火引之，
其火如故。儿啊，我就是一根火炬，
我们就是一根火炬，把光明传递下去，
让亲人族人跟随我们，到达自由之地。”

忽然，渥巴锡忽然想到，他无法塑造，
也无法改变那木扎勒拥有不同的人生。
喜悦，痛苦，取得成就，征战，受伤，
甚而放纵，后悔，再失败，再进取，
然后迷惘，寻找救赎，也可能就此沉沦，
风流云散。那是父亲的力量无法阻挡的。
知识可以学习，技艺能传承，命运不行。
命运需要鲜活的情感和生命当作牺牲。
在轮回中，在属于自己的那个轮回中，
得到，或者失去救赎，谁也无法代替。
命运，他有自己的命运，谁也无法代替。
是福是祸，都是他自己的选择。想到此，
渥巴锡不禁内心隐隐作痛，眼前闪现出
小儿子宝音的音容笑貌。啊，我的儿子。

“宝音，你跟我学，女皇是个大坏蛋。”

“要是我学了，你奖给我什么呢，哥哥？”
“啥也不奖。你忘了你是土尔扈特人吗？”
“我是土尔扈特人，我生在伏尔加河边，
那你奖给我什么呢？奖给一个蛋糕不？”
“快跟我说，宝音，女皇是个大坏蛋，
女皇追来了，她的狗皮靴子跑丢了。
快拿棍子打，快拿棍子打她的脚踝。
女皇恶狠狠地说，不许逃跑到伊犁。”

是啊，父亲的心里都住着幼时的儿子，
过去、现在和将来，住着幼时的儿子。

渥巴锡将腰刀解下来，递给那木扎勒。
刀身的长度和那木扎勒的臂长差不多。
刀柄包银，两面各镶嵌着红珊瑚一颗，
尾部钉着铜环。刀鞘由鲨鱼皮包裹，
三根银线缠绕，蜿蜒上升形状似陀螺。
那木扎勒抽出腰刀来，嚓锒锒的一声，
一道清辉闪过，映照着少年眼神似火。

“将来你娶妻，记着要按母后的标准。
你的母后比世上一切珠宝珍贵，记住，
要娶性格贤淑思虑周全的女子。还有，
可以不必是贵族，也不要丰厚的妆奁，
德行却要高贵，务必像你的母后一般。”
那木扎勒听此言热泪盈眶，紧咬牙关。

“深以为憾，未能为母亲举行隆重葬礼，

我也不求子女为自己把隆重的葬礼举办。
因为神恩浩荡，神赐予的，必定再恩赐。”
渥巴锡仰望星空，那颗预示未来的彗星，
滑过摩羯座和射手座，奔向命运的终程。

3

五颜六色的遮阳棚下，卫兵们面朝外，
手持长枪腰佩长刀，警惕地来回巡看。
六位着花绸子长衣的卫兵分里外两层，
另有六名佩刀的卫士绕大帐巡逻走动。

努尔阿里汗上身穿沿金线的无袖坎肩，
外罩着长长穗子的丝绸薄外套，一条
镏金的花缎腰带，蜥蜴皮包裹佩刀柄。
“俄国人说支持我们，一兵一卒没派。”
努尔阿里汗端坐在大帐的主位，说道，
“蒙古人送来了黄金珠宝和一封信函，
我是应该相信女皇呢还是相信渥巴锡？”
努尔阿里汗手持信笺，仿佛自言自语。
别克托夫侧脸瞥一眼努尔阿里汗，说：
“尊贵的努尔阿里汗，女皇绝不食言。
我们派龙骑兵和巴什基尔人协同作战。
蒙古人是大家的敌人。您眼前的珠宝，
还有什么致敬的信函，就是为了拖延。
在发动袭击之前，他们需要休整几天。”
别克托夫的神情似乎洞悉敌人的打算。

“几个月来，我所做的岂不是为了今天？
我在备战，对吧？”努尔阿里汗皱紧眉，
白胖的手打一个向下的有力姿态，说道，
“土尔扈特人的军力，阿布赉汗捎话过来，
说他先前与土尔扈特人交战，感觉也一般。
眼下却大为不同，难道连番征战加之逃窜，
长进如此快？又说，渥巴锡竟有几门大炮；
还说他们人人随身携带着火枪多达四五杆，
弓、刀、弩也齐全，六七件兵器轮番使用。”

“尊贵的努尔阿里汗，土尔扈特人的力量
不值一提，在女皇全副武装的龙骑兵面前。”
“漂亮的军服和战马，龙骑兵团的将士们，
我见识过那副神气活现的嘴脸，眼下何在？”
“进入战斗状态，尊贵的汗王，随时开战。
您放心，开第一枪时，龙骑兵团一定赶来。”
别克托夫打断了努尔阿里汗，有点不耐烦。
“战斗状态？”努尔阿里汗问，“那么，
别克托夫省长，是不是确保随时开战？
龙骑兵团参战是庄重承诺，可不是戏言。”
“我希望今天就能向您庆贺胜利，而且，
龙骑兵和巴什基尔人要您指挥协同作战。”
别克托夫口气放缓，努尔阿里汗摇摇头。
“认识渥巴锡的都承认，他是最有权威
最有才干的蒙古人。当他和同族的子弟
受启蒙教育时，他被认为有最好的未来。
他审慎、明断，自知、自制，所谈所行
绝无尊卑贵贱；其次，他和任何人谈判，

绝不爽约食言；最后，他对人豪爽慷慨。
当他得到一坛酒，畅饮之时发觉是佳酿，
就送给朋友，说，切莫辜负，赶快喝完。
他常常在众目睽睽之下和牧户奴婢交谈，
态度不卑不亢，没有辱骂只问来龙去脉。
他也从来不嘲笑敌人，这一点尤为可贵。
因为我知道的人物，大多喜欢嘲讽别人。
这样说吧，凡是君子都喜欢他，小人呢
就敢糊弄他，以为他性格软弱不够凶残。

“有的人视我为贪财之徒，我心中明白。
就让他们自以为是吧。不过我想声明，
如果有什么人，存心跟我耍些小手段，
我准把他磨成粉。我不是指渥巴锡汗。”
努尔阿里汗一字一顿地讲，神色淡然。

“尊敬的汗王，我完全同意您的观点，
十分敬佩您的决断。自成吉思汗以后，
神离开了蒙古人，不再无限保佑平安。
蒙古以神话开始，也必冲到神话终点。
可悲啊，眼睁睁看它毁灭且无力救援。
渥巴锡这只山顶上的雄鹰，正待振翅，
随时准备逃出生天。杀了他？谁不安？
放了他？刽子手会变成神话的新开端。”

“渥巴锡会成为什么的新开端不归我管。
别克托夫省长，昨晚我做了个奇怪的梦。
神奇啊，竟梦到女皇的子宫生出葡萄藤，

葡萄藤无边蔓延，遮盖亚细亚所有山峰。
只剩羊肠小道，人们挤满小道狂奔逃生。
女皇威风凛凛降临伏尔加河，长发飘动。
双手合十，高过头顶，女皇为天下祈愿。
向左，为鞑靼祝福；向右，为帝国祈祷。
您瞧，我的启示跟您带来的旨意相抵触。
亲爱的别克托夫省长？”努尔阿里汗道。

别克托夫手心向上摊在膝盖，尚未及答言，
卫兵高声通报贵客来到。努尔阿里汗起身，
向别克托夫伸手礼让，二人一同走出大帐。
渥巴锡、策伯克·多尔济和舍楞来到帐前。

“别克托夫省长，威胁草原的不是蒙古人，
而是女皇的贪婪。”众人尚未开口寒暄，
舍楞直愣愣地对别克托夫说，“对不对？”

“圣母啊，您偷听到了我们刚才的交谈。”
别克托夫笑道，“这不是先知而是经验。”
“我还有一句话送给您，别克托夫省长，
你们的帝国，就像是个女巫手中的药瓶，
气味呛人，乌烟瘴气。你们的那位女皇，
就是擅长玩弄法术的女巫，不知道何时，
砰的一声，帝国和她自己都会烟消云散。”
舍楞问别克托夫道，“要不要打个赌？”
别克托夫微微一笑，想起什么似的，说：
“你们的孤儿超过一万了吗？差不多吧？
你们的战士和女人消耗得过快，打个赌？”

舍楞没有接茬，使劲盯了别克托夫一眼。

努尔阿里汗邀请渥巴锡坐在自己的对面，
策伯克·多尔济坐在他右手，舍楞依次，
色克色那侍立在帐篷的一角，汗的后面。
“今日拜见草原之王，实在是我等荣幸。
草原是蒙古人的命，也是蒙古人的宿命。
努尔阿里汗殿下，我恳请您垂听我的陈情。
我们世代友好相处，你们也备受沙俄欺凌。
我们只不过想摆脱俄国的奴役，投奔祖地，
所以不得不经过贵地惊扰大汗。我恳求您
理解我们的苦衷，谅解我们的唐突和不敬。”
渥巴锡手撑着膝盖，神情庄重，语调平静。

“渥巴锡汗，我直言相告，相比您的珠宝，
女皇许给我的更丰厚，你们全部的人和畜，”
努尔阿里汗举起方才的那封信笺，念道，
“所有的犯人都要处决，女人可以活命，
把她们卖为奴隶，所有的男人处以绞刑。
务必除掉那些危害帝国的隐患；暴徒，
那些侮辱我们伟大的俄罗斯帝国的暴徒，
这是解决一切歹徒的最好的时机，
必须判处每一个背叛者死刑。”
努尔阿里汗把信笺递给渥巴锡，笑道，
“您看得懂俄文，至少您见过这落款。”

“尊贵的努尔阿里汗，雄鹰也知道，
您的酒最醇也是最烈。如若您不嫌弃，

我请求您摆上佳酿，让客人一醉方休。
六个月里食不甘味，我简直痛恨生命。”
舍楞说完，努尔阿里汗回头吩咐仆人：
“把去年的那坛好酒抬上来，要知道，
朋友的赞美才是最醇最烈的玉液琼浆。”

两个壮实的男仆抬上半人高的酒坛，
解开封口，扑鼻的异香刹那间飘散。
仆人用铜舀子将酒分在带耳的玉壶，
半透明的玉壶立刻被淡淡碧色晕染。
仆人执壶，斟满客人面前的玉酒盏。
然后，将一枚人头颅大小的水晶球，
带着红檀木底座，摆在众人的面前。

努尔阿里汗嗅一下杯中美酒，说道：
“诸位，谁忍心拒绝美味的邀请呢？
品尝美酒本身的醇烈甘甜吧，然后，
刚刚提醒过诸位，这佳酿另有妙味。
诸位，当你凝视水晶球，你的眼前
将会呈现出自己内心最恐惧的未来。”

“尊贵的汗，”别克托夫连忙摆手道，
“请原谅我的失敬，我实在勉为其难，
草原上最醇最烈的酒，我怕无福消受。
不胜杯杓，担心在朋友面前酒后失态。”
别克托夫的神情好似在解释一种病态，
“尊贵的汗，这本是茨冈人的小把戏，
像猫初闻猫薄荷。请原谅我不够勇敢。”

渥巴锡把信笺递还，努尔阿里汗示意，
仆人双手接回信笺，仍放回汗的身边。
渥巴锡举起玉盏：“祝汗王福寿绵绵。”
饮毕，又说：“我不怕在朋友面前出丑，
我好奇未来，也乐意看到朋友的未来。”
渥巴锡说完，手摁膝盖，聚精会神地
凝视筵席中间的水晶球，片刻，说道，
“我看到王座上的那个人五官暗淡。
从头到脚，他的全身漆黑赛过煤炭。
铁丝一样的头发，钢刀一样的獠牙，
眼里是遮住瞳仁的白斑，鼻子歪斜，
鼻孔很大，肚子上的皮肤片片溃烂，
长满黑斑；两腿肚朝外，脚踝巨大，
膝盖上结痂。左手挥舞着滴血的刀，
右手抓着人头。人头骷髅穿成项链，
无数蛆虫从每个骷髅头里往外滚翻。
他说道，渥巴锡，这是完美的法令，
不要质疑这仪式，要和它融合为一体。
这时，精灵们聚过来，慢慢把我围拢。
精灵们长得像人一样，张开一对翅膀。
‘我是宇宙力量的全部，既惩罚又慈爱；
我将彻底毁灭恐惧，我是恐惧的制高点；
也是善与恶的结合，是所有死亡的死亡，
只有天资过人的佼佼者能到达我的脚前。’
他的皮肤撕裂开，肮脏的皮屑随风飘散，
丑陋的样貌剥去，变成雪人一般的女神。

“女神的金发缀着十二朵绽放的曼陀罗。
双臂丰满，十指纤纤，双腿修长洁白，
嘴唇像浆果般热烈，双眼满含着训诫；
月亮般偷窥，又像太阳般推动着一切。
‘渥巴锡汗，告诉我，你看到了什么？’
我双膝无力将要瘫软在地，还没有开言，
她说，‘带着仇恨回到你的兄弟那里去。
记住，你的子子孙孙将永远统治这草原，
享有至高无上的福分。这是赐你的法则，
没有流血就没有未来，这是真实的幸福。’”

渥巴锡说完长长出一口气，双目紧闭。
众人盯着他，再齐齐望向努尔阿里汗。
渥巴锡睁开眼疑惑地望着努尔阿里汗：
“尊贵的汗，我所看到的和所说出的，
但愿没有伤害和冒犯到在座的朋友们，
尤其是尊贵的汗，请原谅我快语直言。”

这时，仆人抬上一个四方浅底的木盘，
一只金黄的香喷喷的羊羔趴在正中间。
努尔阿里汗举起碗，向客人敬献鲜奶。
客人依次接过碗，右手无名指蘸一点，
向天弹一次向地弹一次，自己尝一点。
努尔阿里汗抽出腰间的匕首交给仆人，
仆人把烤羊羔分解成大小均匀的条块。
努尔阿里汗向众人说道：“诸位请用。”

“尊贵的渥巴锡汗，您一定久处生厌，

伏尔加河的风景无心留恋，移驾别馆。
您刚才在水晶球里所见实属真实可见，
您知道吗？您瞻仰到的乃是女皇本人。
人类的善良和勇敢再一次完美地体现：
不可征服的勇气还有悲天悯人的情感，
美德和正直的智慧，只为解放和养育
她的子民，现在和将来都将赢得爱戴。
她的敌人，就是自由的敌人，可耻啊，
可惜啊，全是玻璃吹成的，一碰就烂。
而女皇是势不可挡的巨石，滚滚而来。”
别克托夫说完，抿起嘴角，神色傲慢。

“伏尔加河也好，哈萨克草原也罢，
女皇的敌人遍布世界，总有石头的，
别克托夫省长，不全是玻璃吹成的。”
舍楞微笑着插话，别克托夫继续说道：
“贵部尚余多少人？出发时的十七万，
应该剩十万，您的战士是否满额七千？
您知道我们的联军是多少兵员？五万！
五千龙骑兵正在赶来，明早就能作战。
蒙古人的血管流的不再是沸腾的金水，
你们失去神的垂青，成了失群的孤雁。”
别克托夫眼神凌厉，语调不自觉高抬。

“这是刽子手的宴会吗？杯里是毒酒吗？
蒙古人的明天像风中的蜡烛要熄灭了吗？
生养的家奴竟然学着腔调当起主子来了？
挥着皮鞭呵斥牲口般驱赶咱们这些好汉？”

舍楞将酒一饮而尽，酒盏重重地蹾在面前。

“渥巴锡汗请告诉我，你们土尔扈特人
还剩下多少？能够骑马的勇士还有几万？”
努尔阿里汗并没有理会别克托夫的无礼
和舍楞的愤怒，神色关切地询问渥巴锡。
“尊贵的努尔阿里汗，总人数不到八万，
战士满额过七千。”渥巴锡诚恳地回答，
“人不多，每个人都是一把愤怒的长剑。”
“怎么样？”努尔阿里汗对别克托夫说，
“渥巴锡汗乃是诚实的王者，从不隐瞒。”

“尊敬的别克托夫省长，谢谢您的提醒。
龙骑兵没有向导，在伏尔加河与伊犁间
横着数条无法涉渡的大河。他们若被困，
没有一个援兵；如果缺粮，无一能幸免。
我猜他们忧心忡忡，食不甘味寝不安眠，
对坐以泪洗面，悲伤中把父母妻子思念。

“您说蒙古人失去了神的保护，成为孤雁。
其实，我们原不是群雁，我们本是孤鹰。
我们的父系是鹰，我们的母系也是鹰，
我们孵出的还是鹰。我们的祖先谁不是
盖世英豪，个个英雄？从早上杀到日落，
敌人全倒下才箭归囊，刀入鞘，马收兵。
我们不擅长给异族为奴，任懦夫的膝盖
顶着从未弯曲的脊梁，在我们的火炉旁
赤身裸体，当我们的面奸淫我们的妻女。

若不做王，就必做仆。我们最懂这道理。
蒙古人没有被奴役过，从来都是自由人。”

“尊贵的渥巴锡汗，你不要和他费口舌。
别克托夫省长不骑烈马，不耍刀不弄枪，
与鹅毛笔为伴，和空墨水瓶一起被丢弃。
不过呢，他的世系非同小可，大有来历。”
努尔阿里汗摆摆手，似乎是安慰渥巴锡，
“沙俄帝国之前，圣彼得堡还是荒原之时，
统治者叫什么来着？干脆就称他为国王。
国王有一个又瞎又瘸的女儿名叫杰丽布。
成年后没人娶她，便嫁给神殿里的神像，
南来北往的人都可以与她交欢。一年后，
她生下个圆石头，上面刻着奇怪的字符。
没人认识，请巫师来看，也不知晓含义。
于是，把这些符号临摹下来，派遣使者
去周边国家打探，方才晓得符号的含义：
之后来的将统治世界。之后来的是谁呢？
是她生的下一个石头，还是某个君王呢，
还是下一位神呢？国王大大地担忧起来，
命令所有人都不准接近他的女儿，因为
他的女儿已经被神诅咒。但牧羊人除外，
因为牧羊人每天得送饭。谁知一年之后，
她生下一个儿子，对，是牧羊人的血脉。

“男孩儿降生时，从天而降一块黑陨石。
陨石不大也不算小，好像一头牛一般。
黑陨石上刻着‘弗拉基米尔’一行字，

你知道，弗拉基米尔意思是统治世界。
同时，神殿里的神像竟然开口说话道：
‘他是他所不是的，他不是他所是的。
他是他所不是的，他不是他所是的。’
神像反复念叨这句话，念叨了七天。

“国王就赦免女儿，准她嫁给牧羊人。
那孩子也慢慢长大，整日拖着长袍
走来走去，先知一样深沉从不说话。
走到哪儿，烂靴子就啪嗒啪嗒响到哪儿。

“男孩五岁的一天，他决心开口说话。
他走到母亲跟前，当着其他的妇人
和玩耍的儿童的面，一字一顿地说：
‘母亲，等我长大成人后，会把世界，
把整个世界翻个底朝天。我恨他们！’
他说话的神情就像失去王冠的君王，
从流放的未知之地返回自己的宫殿。
妇人们听了男孩的话内心非常震撼，
他的母亲好像等待这天，热泪涟涟。

“他们用早饭的时候起了一阵南风。
把他们全都掩埋，他们就此全失踪。
只留下男孩，就是别克托夫的先祖。
他的名字，因为陨石上刻着的名字，
人称为弗拉基米尔，意为统治世界。
绕神殿走一圈，把所有窗户封堵严。
进入神殿，把神像和木家具全点燃。

是的，如果你们有丁点儿常识的话，
就知道，弗拉基米尔就是伊凡一世，
俄罗斯帝国奠基者，权力来自金帐汗国。”

“您有两张嘴，汗，一张贬损一张夸赞。
请小心从深刻的哲人王变为庸俗的商贩。”
别克托夫的神色腼腆，好像有一丝羞赧，
他嘀嘀咕咕地劝阻，不愿话题继续延展。

“您瞧，您是斧子把，我就是个斧头。
您是真正的贵族，帝国奠基者的嫡传。
您的过去未来，追本溯系的王室根源，
每一条线索都证明，您才是嫡系相传，
理该继承最煊赫的祖先中应得的遗产。
我不是白骨头，却也不是黑骨头贱民，
我知道这无价的名分，应该归谁所有。”
努尔阿里汗神色得意，像执拗的顽童
执意完成一桩恶作剧，原是内心渴盼。

“这可不是臆想的未来，是真实的过去。
别克托夫省长，您不必刻意隐瞒。这里，
没有奸细，女皇永远不会知道这个秘密。
尊贵的渥巴锡汗，我想跟你聊聊我自己。”
努尔阿里汗换个轻松的姿势面朝渥巴锡，
“想必你还不知道草原上称呼我什么。
太阳之子。是的，人称呼我为太阳之子。
我的母亲是少女时，一天对她的母亲说，
她将生下太阳之子。外祖母以为她中邪。

母亲坚信这一点，因为她得到一块宝石。
宝石在梦境中得到，闪烁着七彩的霓虹。
棉花包上宝石放在腿间，母亲赤身裸体
在太阳下暴晒，身体四角点燃四堆柴火。
一个月过去，美丽的身体干缩成皮包骨，
硬得像马蹄子；黑发脱落，美丽的眼睛
再也没有睁开。九个月之后，我出生了，
我拼命地吸吮母亲的乳汁，母亲的乳房
已瘪，我拼命地吮吸完一个再吸另一个，
把母亲的生命彻底吸干。母亲终于死去，
缩成了一张薄薄的皮子。外祖母抚养我，
把我的母亲卷起来用丝线捆缠。阴天时，
就将皮子铺展开来，防止霉烂。晴天时，
摊开在木桩上晾晒。我一直珍藏到今天。

“十五岁时我遇到一个巫师，传授我本事，
把看家本领倾囊相传。传说他来自波斯，
本是皇家的一支，因为卷入王位的争夺，
不幸失败，不得已隐姓埋名逃到沙漠里。
他擅长占星术，能够预测人世间的吉凶；
每天还按照月亮的位置采集植物的叶子。
你知道吗？当我们掐断曼陀罗的叶子时，
它会发出呻吟，能听到的人不死也发痴。
集齐叶子后，就捣烂在一口偌大铜锅里。
熬煮满三日，浓缩成一小瓶绿色的液体，
一滴就足以通灵，可以看到将来和过去。
是的，你猜到了，我们刚饮下的佳酿里，
我偷偷点入了一滴。放心，对睡眠有益。

“那次他累得鼾声直起，我偷尝了一滴，
立刻看到异象迭出，而后就倒地不起。
这时巫师醒来，恼羞成怒地要杀掉我。
我急急慌慌逃出去，发现自己竟变成
一只野兔；回头一看，巫师变成猎犬；
我跳下河变成一条鱼，巫师变成水獭；
我挣扎出水变成一只鸟，他就变成鹰。
当老鹰向我扑来时，我发现一堆燕麦，
我钻入其中变成一粒麦子。巫师无奈，
变成红冠子的黑母鸡，把麦子一粒粒
全都吞吃下去。我被巫师吞进肚子里，
九个月后，我变成一枚蛋，被他生出。
巫师无奈原谅了我，还把女儿嫁给我。
你不知道，我的汗后比我小二十六岁，
却比我更富智慧，比我更懂驾驭法力。

“因为贵部的到访，特使送来女皇谕旨。
我把女皇的信读给她听，她不懂俄文。
她听后闭目沉思，好一会儿才告诉我，
渥巴锡不是敌人，因为她看到了异象：
你离开时没拿走一根草，可是有双手，
偷走了我母亲的那张皮。我的汗后说：
‘在帐篷边打仗，晚年岂能不蒙羞受辱？
你白活一大把年纪，怎么还如此痴愚？
如果还明智，趁早拿一个两全的主意。’
现在，尊敬的渥巴锡汗，你是否猜到
我那智慧的汗后给我出了什么好点子？”

"尊贵的努尔阿里汗，草原上的王者，
您不愧是太阳之子，更是完美的战士。
是英雄的名声，也是英雄命运的顶峰。"
渥巴锡挺直脊背，举起酒杯，说道，
"您的汗后是通神之人，得到神谕。
我不知道神如何启示，但是我相信，
必是保全您财富和地位的两全妙计。
还有，我险些忘记献给夫人的蜂蜜。
这坛蜂蜜，是布鲁特人酿造的奇迹。
布鲁特人的首领萨雅克亲口告诉我，
他们的香柳蜜和苹果蜜，天下第一。
他交代蜂蜜兑水才能喝，不然眩晕。
布鲁特人的首领萨雅克还嘱咐我说，
连喝七天，一勺就早饭，一勺就午饭，
一勺睡觉前，连喝七天，黄斑不见，
眼光聚敛，比二十岁时看得还要远。
刚才只顾着品尝美酒，忘记这蜂蜜，
请尊贵的汗不要见怪，请收下礼物，
以示我们对汗后的崇拜。尊贵的汗，
我不是搬弄是非喜欢嚼舌头的泼妇，
我诚恳提醒您，尊贵的努尔阿里汗，
您的领地富含铜，尊贵的努尔阿里汗，
想必您知道这机密。这铜矿纯净得
犹如处女；铜矿易采，拨去浮土可见。
这铜矿丰富，像郁金香漫山遍野一般。
哈萨克的苹果树，结的苹果是铜果核；
哈萨克的核桃树，结的核桃是铜果仁。

尊贵的努尔阿里汗，女皇惦记这纯铜，
会派遣比别克托夫省长更强悍的勇士，
把铜果核的苹果和铜果仁的核桃留下，
带走纯铜，然后，用纯铜来铸造大炮。
当然，女皇的大炮不会对准您，而是，
女皇的大炮将要对准所有的自由人。
请您转告汗后，渥巴锡猜不出这点子，
但是我猜得出看得见这将到来的危局，
以此来验证我对您的友谊够得上忠诚。”

“渥巴锡汗，你说话的神情像个商人，
你的牛皮胸甲能否挡得住火枪子弹？”
别克托夫不再使用敬语，冷冷地笑道，
“帝国命运波涛翻卷，女皇只手扭转。
有些牲口不听使唤，怎么办？很简单，
钉上掌，烙上印，口中再勒上个嚼环。”
别克托夫带着满脸得意的笑容站起来，
左手高举酒盏，右手从怀中掏出怀表，
表盖上镶金嵌银，徽章纹路纤毫毕现。
他瞄一眼时间，仍然将怀表放入怀中，
手指并拢像钢刀从高处往下一砍，说：
“女皇的勇士无畏地前进，大步进入土耳其。
女皇的勇士迅猛地前进，摧毁自大的波兰。
女皇的勇士安静地前进，城市变成断壁残垣。
女皇的勇士快乐地前进，践踏葱葱的葡萄园。
女皇的勇士和平地前进，重建农舍和果园。
女皇的勇士威武地前进，英名万古永流传！”

“尊敬的别克托夫省长，我要提醒您：
女皇的勇士们到达不了那么多的战场，
他们只有一条命，哪里死就在哪里埋。
她自己想必也明白，就算能去到那里，
空留下无人祭扫的墓碑一块块，好比
土尔扈特人之前那般，血沃异国荒原。
女皇不许自己喘息，也不容对方休整，
因为每拖延一刻意味着敌人增加胜算。
土耳其已断送干净奥斯曼帝国的国祚，
几十万的军队除了禁卫军的两万精锐，
都已疲惫怯战。帝国的三百多艘战舰，
控制个黑海和地中海也已经无力迎战。
沙俄的士兵更是松松垮垮地缺乏操练，
海军？不过是一堆生锈的透水的舢板。
女皇对此心知肚明，只不过进退两难。
民众被女皇浮肿的野心搅得身心不堪。
我猜您认同我的判断。”渥巴锡说道。

“渥巴锡汗，一路浩浩荡荡，斩将夺关，
好像与我们帝国不共戴天。我以为您
持身正大，安分守本，不应该心怀异端，
岂能投敌，铤而走险？恐怕您听信谗言，
才如此莽撞颟顸。事已至此，临战之前，
我为您忧怀。若您率众返回伏尔加河畔，
既免死于非命，也可享更加尊荣的冠冕，
将富贵名声世代相传。我可以为您担保。”
别克托夫说完，慢慢地坐下，脸色惭然。

“我不会背叛汗国和我的民众，决不回返，
请不要再打这个算盘。”渥巴锡郑重说道。

“舍楞将军，您曾经参与阿穆尔撒纳的叛乱，
诱杀大臣唐喀禄后投奔帝国。乾隆恨您入骨，
屡次要求帝国把您引渡。短短数年，我相信
乾隆不会忘怀。您这次随同渥巴锡汗王回返，
岂不是自投罗网？请问舍楞将军如何自裁？”

“尊贵的钦差大臣，您不厌其烦地唠叨往事，
到底有什么良苦用心？指给我一条自新之路？
您说得对，乾隆不会宽恕我，我一踏入伊犁
就会被擒获。我可以坦然前往，或许这正是
我赎罪的机会。死在父母之邦，总比受欺凌，
埋尸乱坟岗上要强。也可能我会留在小玉兹，
请求尊贵的努尔阿里汗收留，也不失为良方。”
舍楞说完，讨好地望一望努尔阿里汗。

“我看，贵部这是远离文明的自我放逐。”
别克托夫抿起嘴角，“必遭时代的抛弃。
一旦被弃，野心什么的自然就无法施展。”

“这风云变幻的乱世，哪一个不是浮萍？
居无定所，谁不是逆旅？这可不是什么
大道理，这是真实的世态。”渥巴锡道，
“至于您提起野心，无非是个人的利益，
实在是无足挂齿，侥幸得逞更令人不齿。”

"为啥不放逐？鞑靼不是整日里在放牧？
你们的女皇，那自大的女皇，啊，哈哈，
她站在命运的石球上，石球滚呀滚呀的，
她像蒙眼的冒失鬼，想偷走别人的羊群，
滚着石球，没想到自己倒摔了个仰八叉。"
色克色那忽然高声插话，说完高声大笑。

渥巴锡当即转过身，意欲制止色克色那。
"渥巴锡汗，这位快人快语的青年是谁？"
渥巴锡颔首答道："尊贵的努尔阿里汗，
这是我的表弟色克色那，也是我的侍卫，
这个月满十八岁，尚未成婚。举止粗鲁，
言辞莽撞，也请别克托夫省长多多担待。"

"好小子，你竟敢如此嘲笑帝国的女皇，
说来也算一位极勇敢极有胆量的青年。"
努尔阿里汗饶有兴趣地问道："年轻人，
告诉我，你想对叶卡捷琳娜女皇说什么？"

"高贵的努尔阿里汗，小的诚恳感谢您，
您不惩罚小的冒犯，还让小的开口发言。
小的出身卑微，哪里敢对女皇指指点点？
高贵的努尔阿里汗，小的倒有一样本领，
别人不知晓，渥巴锡汗也不清楚。大汗，
小的一时兴起，斗胆现眼，高贵的大汗，
小的能从手掌看出富贵穷通，一世贵贱。"

"怎么样？尊敬的钦差大臣，没料到吧？

您的边疆之行，最有趣的回忆竟是看相。”
努尔阿里汗望向沮丧又愤懑的别克托夫，
语带调侃地说道，“好，年轻的侍卫长，
色克色那，你看我这双手显示命运哪般。”

“尊贵的努尔阿里汗，这双手十分完美，
配拿最高的权杖。手掌轻巧，细白绵软，
手指修长，手背四个小浅坑，指甲粉红，
没有突出的圪塄。不是舞刀弄枪的凶徒，
一生中掌印握柄。我们汗王的和您相近，
只是不如您的肥厚。因为他常亲临战阵，
手落伤痕，右手的小指骨因受伤而折弯。

“钦差大臣的双手肤色红润，掌厚而白嫩，
十指修长，指甲齐齐整整，想必是身居
文臣首位，只是心慈手软，常常被欺瞒。”

“他才不心慈手软呢，年轻人你说话小心。”
努尔阿里汗说道，兴致明显高过别克托夫。
“两位大人，小的虽无缘拜见女皇的尊颜，
无从得见女皇的手相，却猜得出来一二三。
哈萨克人或蒙古人，在女皇眼里皆碍脚碍手。
可惜她不是神仙手，若着手，一探手就沾手。
临阵缩手呢害怕往后被咬手。本打算做驭手，
反倒搞成贼手，又不肯就此住手，气得摊手。
干脆甩手，靠两位大人当帮手，免得再失手。
钦差大人是炙手可热，尊贵的大汗只手遮天，
各有一手，上手就把咬手烫手变成不用交手。

只是大人何苦插手？帮人援手，搞不好扎手，
不如随手，那么顺顺手和抬抬手，一转手，
一松手，一停手，一摆手，让羊倌儿脱手。
两位大人，小的色克色那，啰哩啰唆半天，
一句话，蒙古人不会被消灭，活捉也别想。
哦，女皇的手嘛不用猜，君临天下必是驭手。”

努尔阿里汗大笑：“那你自己呢，年轻人？”
“尊贵的大汗，您瞧这双手，小的是武夫，
每日出生入死，手命相连，不免青筋暴起，
指甲缝儿里黑黢黢，虽说有力却显得枯干。”
“年轻人我问你，谁把你调教得如此调皮？
你不识字，为何说得出一连串拗口的誓言？”
“大汗，下下人有上上智这话一点不周全。
若是这般，上上人有下下智还是上上智呢？
小的跟随渥巴锡汗南征北战，见人也识物，
胡言乱语，不免冲撞大汗，恳请大汗海涵。”
“瞧，这个年轻人，进退有度，话不失言，
相貌英俊，一表人才，像郁金香含苞待放。
来人啊，将那匹火焰色的什伐赤良驹牵来！”

努尔阿里汗话音未落，舍楞站起身来说道：
“尊贵的努尔阿里汗，这小子何等的荣幸，
竟能得到您的青睐。蒙古马虽非汗血宝马，
可擅长抗雪御寒；万军阵前不炸也不惊，
奋蹄能踢碎豺狼的脑袋。”舍楞说完，
向努尔阿里汗躬身行礼道，“拜谢大汗，
舍楞是那种遇见良驹不会无动于衷的人。

我代替色克色那感谢大汗的厚谊和慷慨，
大汗的美名绝不是空口虚传。少陪诸位，
请容在下跟这个幸运小子前去瞻仰雕鞍。”
舍楞遂向色克色那示意，色克色那探身，
意欲听渥巴锡的安排。渥巴锡点头同意，
色克色那起身，向努尔阿里汗躬身行礼，
而后紧走两步，跟随着舍楞步出大帐外。

来到大帐之外，舍楞悄声对色克色那说：
“我担心那钦差大臣被你激怒拔出枪来，
那时节咱必得吃亏。刚才他伸手摸怀表，
吓得我一身冷汗。”色克色那轻轻一笑，
尚未回话，只见两个仆人牵来一匹牝马。
好马！色克色那的心中不由得连声赞叹。
马鞍不算宽，土耳其的新样式，前鞒上
多块绿宝石镶嵌，马鞍下铺垫一方锦缎。
舍楞从马的鼻梁一直抚摸到马的尾巴根，
在马的后臀上轻轻拍两下，低声嘱咐道：
“待会儿，那钦差大臣若情急之下翻脸，
你一定要眼疾手快，别让他活着把家还。”
色克色那抚摸着马匹说：“谁都可以活，
只有那个钦差大臣的小命，我已经买断。”
他把缰绳扔给仆人，二人返回大帐内。

“尊贵的努尔阿里汗，”舍楞原位坐下，
开口道，“您真是太阳之子，完美战士。
这良驹能够免于奴仆的鞭策，老死槽间，
而尽情驰骋千里，追云逐日，全因为您，

因为您慧眼识材，物尽其利。我为良驹
敬您此杯。”舍楞说完，将酒一饮而尽。
“尊贵的努尔阿里汗，草原民族最懂得
良驹的宝贵。一匹好马就是贤淑的女人，
娶得这样的妻子真是一世的恩惠。大汗，
请允许舍楞斗胆向您的贤惠智慧的汗后，
向您的汗后敬上此杯。”舍楞再饮而尽，
“尊贵的汗，舍楞还有一言，千里良驹
乃是父母对儿女成才的渴盼。只可怜，
可怜舍楞负罪之身窜逃域外，无家可安。
舍楞敬祝尊贵的努尔阿里汗，太阳之子，
英雄的名声，完美的战士，子孙永相传，
世世代代永为草原之王，汗位永相传。”
舍楞说完高举酒杯，三饮而尽，说道，
“您的行为崇高，必将成为众人之王。
您将骏马成群，奴婢和美女充满宫殿，
不依靠掠夺而是您的爱慕者甘愿奉献，
无须杀伐就获得财富权位如神赐一般。”

“舍楞将军，您作为汗王的座上贵宾，
何年因何事到访？”别克托夫插话道，
说话的语气已经和缓，不见骄矜之态，
“承蒙您下问，尊贵的别克托夫省长，
说起来那时节年轻，遇事总意气在先。
唐喀禄仗势欺人，把自己当成官上官，
视我如奴才。我要让他明白我是男人，
会踩着他的尸首向前，我就这么爽快。
请诸位一饮而尽，祝福自由万寿无疆，

在自由永恒的阳光下，但愿暴君消亡。”
舍楞仰脖儿将美酒一饮而尽，继续道，
“恶棍像牛虻，除了喝血什么都不想干。
自由人只有和平念头，盼日子过得舒坦，
谁也不想动不动就割邻居的喉咙。当然，
哥萨克除外。土尔扈特人没有立足之地，
只想建立汗国，为儿孙浇灌出一块乐园，
用自己的鲜血，几代人拼尽性命地苦干。
别克托夫大人，这就是我们唯一的心愿。”

别克托夫不再言语，努尔阿里汗接茬道：
“十四五年前吧，你这么一问勾起往事。
舍楞他一身乞丐的打扮，虽然狼狈不堪，
但是我让他坐下用餐时，他竟然从怀里
摸出一个肮脏的手绢，擦了擦嘴。
只有贵族才有用手帕擦手和擦嘴的习惯。
这个家伙绝不是个乞丐，也不是流浪汉。
他就是个贵族，是一个遭难的贵族逃犯。”

“您知道吗，尊贵的努尔阿里汗，三年前，
别克托夫省长曾如何评价您，形象多变……”
渥巴锡话未说完，别克托夫满脸涨红道：
“绝无此事，您知道我是谨言慎行之人，
不会语出轻狂，胡乱调侃一位草原大汗。”

“您瞧，别克托夫省长急于阻拦，不愿让我
道出实情。其实不然，我并不觉得他的评价
会让您这样地位的大汗失了体面，恰恰相反，反而让人能够看见伟大人物的活泼的另一面。
别克托夫省长如此向我描述，请您来评判：
‘你知道吗？渥巴锡汗，小玉兹的努尔阿里汗，
既虔诚又残忍，既热情又阴险，既学识渊博
爱好艺术，又是杀人不眨眼的臭烘烘的屠夫。
神情忧郁的漂亮眼睛，尖尖的鹰钩鼻子，哈，
一位小有法力的巫师，也是寡廉鲜耻的无赖。’
别克托夫省长用上面这些话评价您，我认为，
骂的不是您而是女皇。他还描述了您的出征，
我认为算作是赞扬而不是调侃：‘望不到头的，
像潮水般滚滚而来的骑兵出现在哈萨克草原。
努尔阿里汗骑着马，一身豪华戎装，行进在
队伍的最前方。忽然，他勒住缰绳，卫兵们
随即把毡子铺展，祈祷用的毡子。他光着脚，
跪在毡子上，面向圣城方向礼拜。他的身后，
成千上万的将士们一起念念有词，虔诚诵念。
礼毕起身，他说道：“挑战总是迎着伟人而来，
我们不要默默无闻的一生，而是要活出光彩。”’”

“渥巴锡汗，我看得穿您的伎俩是挑拨离间。
也许你的选择正确，但你不是为了同胞族人，
你为保自己的权力。不要讲什么族人的安全，
一派谎言。你、我、女皇和乾隆，无非这般。
这次叛逃是桩意外，你告诉草原上所有的人，
你敢反抗沙皇。这足够鼓舞弱者们一年半载。”
别克托夫说完，脸上浮现出不过如此的神态。

“尊敬的努尔阿里汗，听别克托夫省长的，

他的话不过一孔之见，把您强行与我比攀。
土尔扈特人只是路过贵地，并非恶意来犯。
简单的道理明眼人可见，并没有刻意隐瞒。
女皇穷追不舍，并非我们彼此热恋，而是
主人仇恨奴隶的逃窜。土尔扈特人被消灭，
哈萨克人能得到什么呢？牲畜吗？人口吗？
明天呢？女皇绞杀遇到的所有对手，对吗？
努尔阿里汗，您知道女皇对您下手更快。
摆脱沙俄将成为您的历代继承人的夙愿。
如果从言谈举止还看不出我是您的朋友，
至少请您考虑一点，以后我不会伤害您，
因为咱们相隔甚远，中间还横着两位汗。
您余生的敌人再也不会是我，请您判断。”
“渥巴锡汗，我的愿望和女皇的谕旨，
都不会伤害这土地，更不会伤害朋友。
汗后也是如此相劝。”努尔阿里汗道。

“渥巴锡汗，没人要奴役你们。背叛者，
女皇会让他们战死在癫狂里。你已看到，
尊贵的努尔阿里汗，他本着对你的友谊，
在这场狩猎中他进退两难，他感到不安，
犹豫又厌烦，把简单的事情斟酌好几遍。”
别克托夫说完，讨好地看向努尔阿里汗。

“瞧啊，哈哈，名副其实的金脑袋，
金脑袋就是智慧胜过黄金的意思吧？
别克托夫省长总能看穿别人的意念，
我听说您的母亲是在复活节第二天，

杀了一只金冠子公鸡才怀孕生下您，
亲爱的别克托夫，这可是真实的传言？”
别克托夫搓了一把脸，用宽厚的手掌，
用长满淡黄色汗毛的手掌搓了一把脸。
“他承认，又不承认。渥巴锡汗，瞧，
反正大家都称呼他金脑袋，名不虚传。”
努尔阿里汗饶有兴致地盯着别克托夫，
然后话锋一转，微笑着冲渥巴锡说道，
“渥巴锡汗，我知道您从不向朋友撒谎。
有一个传闻始终困扰我，我想问个明白。
传说，先知赐给成吉思汗一副黄金面具，
黎明前念动咒语，可以召唤出幽冥军团，
日出后战士原地消散。成吉思汗凭借它
联合蒙古的各部，横扫大陆。几经辗转，
听说面具传给您的父汗保管。渥巴锡汗，
不知道我是否能有幸一睹面具的尊颜？”

“尊贵的努尔阿里汗，您所说的没有虚言。
黄金面具的确在我手中，由母后亲自保管。
出发前往祖地途中，母后告诉我面具由来。
只是父汗辞世突然，并未将咒语及时遗传。
不念动咒语，多少面具也不过是摆设一件。
我夜里曾经试戴，透过眼孔只是看见蓝天。
仅此而已，传说中的幽冥军团并没有显现。
尊贵的努尔阿里汗，第三天早上我会送来，
我保证您先看到黄金面具，在看到我之前。”

“瞧瞧，别克托夫省长，这就是蒙古人，

这就是渥巴锡汗，他从来不向朋友隐瞒。
蒙古人的头骨最硬，不信你用奴役敲敲看，
绝对敲不烂。俄国人的头骨最脆弱，因为
常年不晒太阳，一颗小石子就能轻易击穿。
他可没有撒谎，他所说的与我知道的一般。”
努尔阿里汗向别克托夫点头，神态肃然。

“诚实的尊贵的渥巴锡汗，请听我一言。
眼下你们苦度时日艰难，总把过去怀念，
如果把忠诚献给女皇，不幸将烟消云散。
只要渥巴锡汗您率族人返回伏尔加河畔，
帝国永远承认汗的世袭地位，永远免税，
封您为一等亲王，不再受扎尔固的局限。
渥巴锡汗您忠于女皇，女皇也网开一面。”

“尊敬的别克托夫省长，感谢您的良言。
在炉子前扇着扇子，吃着法国的冰激凌，
听乐师演奏，欣赏画师聚精会神地画像。
衣领裁得很低，粉红色的丝裙镶着花边，
袖子长过肘弯，玩弄着竹骨扇子当消遣。
头发卷且弯，粉色丝带束在浓密的发间。
我曾经为她效力，为这女魔王枕戈待旦。
父辈曾和我犯下同样的罪愆，血洒荒原，
勇士们曾无端为她的皇冠平添血色光圈。
将牺牲归罪于女皇和神明吗？显而易见，
是我的退让给族人招致灾难。我是罪人，
我真是罪人中的罪魁。今天所受的一切，
就是杀死土耳其人，屠戮波兰人的报应，

一切正在报应，不多不少，不早也不晚。
我已打定主意，只要族人的自由和安全。
汗的权力我不在意，更不在意什么封赏，
但愿我们流的血能洗清手上无辜者的血。
我愿同你回去觐见女皇，请先撤除重围，
让我的族人离开，奔向他们向往的家园。”

别克托夫闻言虽不耐烦却心有不甘，说道：
“我所说的，请两位汗王不要以为是奉承。
女皇是同辈君主以及一切后世君王的懿范。
集帝王的贤哲于一身，灵魂纯洁美德齐天；
受人爱戴受人敬畏，她的子民都为她祈愿，
敌人战栗和匍匐在她的脚前。她君临天下，
人人能吃到自己种的粮食。追随她的人们，
从她身上可以得见完美无缺的模范和标杆。
红日照耀之处，她的荣耀和声名也必周全。
女皇寿终正寝之时，天上的圣徒向她请安。
俄罗斯必因她而昌盛，后世的子孙必如愿。
和平美好的生活绝不会随她的消逝而消散。
恰相反，这非凡的吉祥将遗留给一位皇帝。
这位哲嗣将从光荣的神圣的胜利中升起来，
重新赢得和女皇相媲美的名声，永世相传。”
别克托夫说完，嘴角挤出微笑，就像巫婆
给患者治病，露出的心怀叵测的一丝笑颜。
努尔阿里汗和渥巴锡相视一笑，没有答言。

“爱情悲歌里的那位男主角，杜丁大尉，
他身体可好？”别克托夫换了轻松语调。

“非常抱歉，奥琴峡谷后我俩再未谋面。”
“渥巴锡汗，你不擅长撒谎。你可以说，
他途中倒毙。这样说我会相信你的谎言。”
别克托夫神情得意，好似下棋扳回一盘。
渥巴锡微微一笑，答道：“正如您所言。”

“渥巴锡汗，那幸福，你们指日可待。
只是一路灾难，不知道遭了什么天谴。”
努尔阿里汗见渥巴锡没有分辩，又说，
“猎人在树下休息，一头熊冒失闯来。
猎人绕着树与熊周旋，熊在后面追赶。
熊立起身一爪抱树，一爪想捉住猎人。
猎人趁机抓住熊爪，再捉住另一只爪。
他们俩就合抱着大树，谁也无法动弹。
不多时有个商人路过，猎人说：‘兄弟，
你帮我捉住这头熊，肉和皮平分来算。’
商人心想这买卖划算，没花半分本钱。
商人帮猎人抓住两只熊爪，换下猎人，
猎人却狂奔逃窜，丢下商人和熊周旋。
渥巴锡汗，您要我做商人还是做猎人？”

“尊贵的努尔阿里汗，您只管脱身而去。
请别加害我的族人，我来和这母熊周旋。
我们害怕暴君的力量，沦为恐惧的奴隶。
使她强大的是我们，不是她的爪利牙尖。

“我们俯首供人驱使，才为自己赢得奴役。
甘做顺民、帮凶和奴隶，甚至自领荣誉，

自鸣得意，真是可悲又可耻。没有什么
比暴君更可恨的。一群奴隶竟想要压迫
另一群奴隶吗？那一定是受暴君的唆使。
世间的恶人或者算多，高居人上的帝王
最十恶不赦。女皇的友谊是毒刺的花饰，
不是自由的保障，我们只想平安回家去。”

“你确定留下吗，舍楞，我的老朋友？”
努尔阿里汗笑眯眯望着舍楞。舍楞道：
“让佛祖和上帝审判我吧，我能承受。”

“渥巴锡汗，我真不知道如何劝说，
你和你的族人们尽是些自负的家伙。
世间再没有骑士再没有英雄，再见吧，
英雄时代已过去。你们这民族已没落，
再不会有明天。”别克托夫神色急迫。
渥巴锡和舍楞相视一笑，渥巴锡起身，
向努尔阿里汗和别克托夫躬身施礼。
众人起身一同步出大帐，暮色四合。

渥巴锡瞥见侍立在大帐一端的巴克斯，
巴克斯与渥巴锡眼光一碰，侧过脸去。
渥巴锡回身，与努尔阿里汗紧紧拥抱：
“光明的太阳之子，从不行走于暗处。
渥巴锡由衷地感佩大汗的慷慨和友谊。”
说完，渥巴锡再向别克托夫躬身施礼。

色克色那对牵马来的卫兵说：“兄弟，

那匹千里良驹是我的，我叫色克色那，
拜托好生伺候它，后天早上我必来取。”

舍楞跟渥巴锡、策伯克·多尔济告别：
“品尝过自由的味道，再不甘愿为奴。”
舍楞说完，把烟斗从嘴右边挪到左边。

别克托夫压低声音对努尔阿里汗说道：
“上帝啊，汗，您不会真的收留舍楞吧？
他当内应怎么办？他是负案在逃的累犯。”
“不，他是走投无路的好汉。三千部下
明早赶过来，比龙骑兵多出十倍的勇敢。”
努尔阿里汗说完，目送渥巴锡三人走远。

别克托夫稳一下神，低声对努尔阿里汗说：
“如果犹豫不决，蒙古人会用咱们的鲜血
泼到咱们的头上。何不用流血来阻止羞辱？
尊贵的努尔阿里汗，您何苦稀罕一车宝贝？
什么珠宝，哪怕您把黄金面具吞进肚子里，
渥巴锡他也会毫不留情地把您的肚子剖开。
渥巴锡，他一定会像狂风暴雨般突然袭击，
电闪雷鸣般山摇地动，像世界末日般到来。”

“他是纯粹的风和火，没有重浊的土和泥。
尽管大敌当前，强敌环伺，依然神色平淡，
依然不动邪念，没有一丁点儿的手忙脚乱。
内心忐忑的人看到他，能够从中得到平安。”

别克托夫闻言，对努尔阿里汗恶狠狠地说：
“这个小部落的小头目，三天后准来偷袭。”
“我也是小部落的小头目。”努尔阿里汗说。

十三、决战

拂晓之前，七千勇士发起了冲锋，掩护七万老弱病残的同胞踏上归程。渥巴锡戴上黄金面具，迎接灿烂黎明。看哪，土尔扈特人的新太阳无比火红。

1

银亮的浮云渐渐勾出大地的轮廓，
翠绿发亮的草原又镀上一层光辉。
所有的天籁累得噤声，唯有羊羔，
咩咩叫着，奔向牧归而来的母亲。

“‘你这扁鼻子的鞑靼，想挨揍吗？
我要让你的鼻梁彻底塌下去，滚开！’”
策伯克·多尔济坐在渥巴锡的对面，
湿润的双眼饱含愤怒和深深的愧歉。
他理一下遮着眉毛的头发，继续道，
“俄国佬的大长脸，至今还在眼前。
‘你就是个鞑靼，长着一张扁黄脸，

我打得你青又肿，把你女人换铜板。’
他念叨的这诅咒，压迫我直到今天。
我当时非常害怕，脸色可能早变暗，
说不出话，头嗡嗡响。可怕的侮辱，
虽说旁人不知道，却一直如鲠在咽。

“我花半年的工夫控制手臂的发颤，
练习拔枪的速度又用掉半年的时间。
受辱一周年的那晚，我去到小酒馆。
这间小酒馆，男人女人，啤酒烈酒，
耍牌的消遣的调笑的，潮湿的地窖，
油乎乎的桌旁，全是没灵魂的尸首。

“那军官果然在，和一个风骚的女人。
‘如果我反抗，你是不是就要揍我？’
我走到他的身后，直截了当对他说。
军官回过头问：‘我们认识吗，先生？’
‘一年前，您威胁把我的鼻梁揍扁。
还要把我的女人卖掉，换几个铜板。’
‘好的，我们出去。’他安慰下女人，
随我走出酒馆。寒风呼啸，不时有人
从巷子口一闪而过。我从腰带解下枪：
‘两把枪一模一样，请随意挑选一把。’
‘不，东方的朋友，我猜你可能来自
亚洲的某个山脉，哥萨克？哈萨克？
好吧，我不想跟你发生任何不愉快，
如果我曾冒犯你，请原谅我，来吧，
进来吧朋友，我们喝一杯，我请客。’

我盯着他，他脸上的笑容渐渐冷淡。
‘好吧，你请尽兴吧朋友，再见。’
我转身离开，独自一人走出巷子。
来到河边时，我把枪扔进河中间。

“当一个人的力量不再来自意气蛮干，
不再来自阴谋手段，而是来自甘愿，
来自甘愿为族人牺牲的大爱，那时，
你会成为神手中的盾牌，永不战败。”
策伯克·多尔济说完，长吁一口气，
好像某人曾奋力抗争，长久地盘算，
虽然仍怀抱不平，却没有发生不幸，
庆幸自己终于躲过某个更糟的灾难。

“我想争夺汗位，甚至跑到圣彼得堡，
向女皇和贾恩母子求援，也受到优待。
当然，回到部落，我造谣说您伤害我，
剥夺我名下财产。汗王您并没那样做，
反给我加官晋级，让我任扎尔固首席，
比别人多一倍的俸钱。您的确尊重我。
我由衷地钦佩您的善良和宽宏大度，
宁愿损失所有，我愿追随您东归祖国。

“在努尔阿里汗的宴席上，我未发一言。
尽管别克托夫一再夸耀龙骑兵的傲慢，
我内心丝毫不惧怕，只有无名的愤慨。
您正告说不要汗王位子，只要你们
放我的族人回返家园。何等大义凛然。

“当努尔阿里汗炫耀法力，我虽然不轻看，
却忧心忡忡，因为他的力量不能算虚幻。
当我听到汗王您舍生取义，愿意为族人
牺牲自己，甘愿孤身承受女皇惩罚之时，
我内心蠢动的贪念啊被自省的羞耻推翻。

“当您答应三天后将面具交给努尔阿里汗，
尊贵的汗，我知道您已经抱定赴死之念。
把我同您相比，我，我是多么可怜可叹。
您就好像是阳光，小草也向往您的恩典。”

“好侄子，这话听着像情人的蜜语甜言。
住口吧，别让人笑话咱叔侄俩不知羞惭。”
渥巴锡大笑起来，伸手拍了拍侄子的肩。
策伯克·多尔济从怀中摸出一张羊皮纸，
双手捧给渥巴锡。他侧过脸去，说道：
“汗，这封信就是女皇密使送来的信件。
女皇要我把您替代，看准时机发动暴乱。
我曾经犹豫，不只为亲族关系更为大义。
况且，我受的教育不齿于此。请原谅我，
汗，我向您隐瞒了这件事，是我的罪愆。
同努尔阿里汗谈判时，我清楚地认识到，
您是土尔扈特的救星，我根本不值一提。
我把罪状呈上，请高贵的渥巴锡汗审判。”

渥巴锡接过信函，看也不看就扔进火盆。
一角先燃，中间鼓起，无声地缩成一卷，

又被火焰摇成碎片，炭火中再不见星点。
策伯克·多尔济望着渥巴锡，涨红着脸：
“尊贵的汗，请准我明早率领勇士冲锋，
我决心死在哈萨克人的枪下，以明心田。”

“策伯克·多尔济，我的好侄子，明天，
你率老弱妇孺突围。我要佩戴黄金面具，
亲自率领同胞杀敌，尽管我不知道咒语。
如果我战死，你就是新一代土尔扈特汗，
要带领族人，到达光明显赫的幸福家园。”

策伯克·多尔济闻言，浑身战栗不止，
双手蒙面，失声哭泣，俯身在地敬拜。

2

铜炮大口直指自己，硝烟迷雾忽然消散。
渥巴锡清楚地看到努尔阿里汗狰狞的脸，
听见他喊：“开炮！”一声巨响惊醒过来。
渥巴锡爬起来抓起腰刀，大步走到帐外。
天色欲晓，繁星将散，勇士们全副武装，
面容平静，目含怒火，肃立在大帐周边。
那木扎勒站在帐门口，策伯克·多尔济
和阿廖沙、杜丁大尉肃立在王子的身边。

“安纳托利亚高原，种番红花的小村子，”
渥巴锡的眼神充满歉意，对杜丁大尉说，
“因黑海的香料生意而大赚其钱。那里，

鹅卵石小巷，楼房是木构之中砂土充填，
刷白的外窗开辟着整齐的里外双层栅栏，
轻风习习，有流水漫过青苔。我的朋友，
瞧，我盼望和平的生活，不是今天这般。”

“尊敬的渥巴锡汗，我心领这番好意。
可惜我已无法回头，这是宿命的安排。
俄罗斯人总爱相信什么大帝，以至于
愿意一次又一次地忍受着侮辱和欺骗；
大胆地幻想着未来，可悲地忘掉昨天，
满含热泪地给下一个骗子奉献上心肝。
我已经回不去了，彻底痛恨头脑简单。
让我跟随您冲锋吧，我要冲锋在最前，
让我死在战斗中吧，成全我这个军官。”

渥巴锡借着斑斓星光打量杜丁大尉，
他微笑着和曾经的敌人紧紧地拥抱。
然后，渥巴锡转身，望向那木扎勒，
纯洁无瑕的青春，这十三岁的少年，
那单薄的身子啊燃烧着献身的火焰。
他扬起双眉，对儿子说道：“你。”
“不。”那木扎勒语气坚定地回答。
“你。”渥巴锡的语气更加肃然。
“不！”那木扎勒神情坚毅地回答，
那眼泪啊，就在年轻的眼眶中打转。
色克色那站到那木扎勒的前面，说：
“汗，我来保护王子，要死我先来。”

渥巴锡转身，举起阿廖沙的右手，说：
“我，渥巴锡汗，宣告：阿木尔，
凭借忠诚和勇敢洗掉名字上的污点，
归在勇士的行列，赢回失去的尊严。”
渥巴锡抽出腰间匕首，递给阿廖沙。
阿廖沙接过匕首，哭泣着亲吻刀锋：
“我是蒙古人，我是蒙古人阿木尔！
我是蒙古人，我的名字叫阿木尔！”
众人欢呼：“阿木尔，欢迎欢迎！
你是勇士你是自由人，欢迎欢迎！”
阿木尔高举起匕首，哭泣着高喊：
“我是蒙古人，我的名字叫阿木尔！
我是蒙古人，我的名字叫阿木尔！”
众人欢呼：“阿木尔，欢迎欢迎！
你是勇士你是自由人，欢迎欢迎！”

策伯克·多尔济举起枪，对众人道：
“我对你们说的就是一句话，前进！
每个人都必须绝不回头，拼死力战。
咱们走了一万俄里，前方就是伊犁。
奋勇向前，向太阳升起的先人之地。
我要你们，能站立的有牲口可骑的，
有马和骆驼的，拿起刀枪拿起棍棒，
前面就是家园，眼前是最后的敌人，
就是吃，咱们也要把敌人撕成两半！”

“蒙古人永不当奴隶，我们是自由人！”
“我们是自由人，蒙古人永不当奴隶！”

众人神情激昂，举起武器，连连呐喊。

渥巴锡示意众人安静，他跪下祷告：
“列祖列宗都是没做过奴隶的英雄，
请你们把这苗裔从危险中解救出去。
我不知道咒语，我向你们求告之时，
不禁浑身战栗，唯恐我的祈求落空。
我们不再哭泣，不因恐惧畏缩逃避，
我们是自由的继承人，时日已来到，
我的后人和族人，将自由传递下去。
使命已经降临，全体勇士即刻冲锋。”

隐隐的狼嚎声。一望无际的平原啊，
好似更加平整。浮云迅速地远去，
天空渐渐地变灰变蓝，寒意也加重，
草叶上凝结露珠，牲口也呼出白气。
每个人都紧紧握着匕首、刀和火铳。

“要么是自由人，要么是奴隶。
要么死在荒野，要么回到家乡。”
渥巴锡站起身来，抓住马鞍纵身上马，
稳定身躯，戴上黄金面具，拔出军刀。
勇士们抖擞精神，凝神屏息只待号令。
渥巴锡举起长刀，刀锋直指哈萨克营地。
勇士们看到了他的泪水，高高举起武器。
他策转马头夹紧马肚，高举长刀，冲锋！
勇士们仰起头，高举着各样兵器，冲锋！

就在此刻，草原遍地冒出蓝色的烟火，
烟火越来越多，逐渐升腾。不是烟火，
又亮过萤火，一粒粒萤火，一团团萤火，
一个个萤火的骑士，无数幽蓝色的骑士，
从四面八方，山坡上草丛里水洼里冒出，
浑身散发蓝幽幽的冷光。骑士端坐马上，
高大魁梧，身披铁盔，头戴艳丽的翎羽，
每个都一模一样，身后无数的旗帜飘扬，
旗帜飘扬在蓝色幽冥战士们头顶的上方。
号角声响起，仿佛从天而降的暴风骤雨。
角声凄凉，那世间绝无仅有的纯净冰凉。
犹如扬琴、四弦琴和风笛的混合的乐章，
乐音不是低沉的徘徊，而是腾飞的高亢，
乐音震颤着大地，从下到上震颤着天空。
策马、进攻、厮杀、冲锋，轰隆的炮声，
孩子的呻吟和母亲的号啕，自己的哭号，
历尽了酷热和冰霜，在异邦人欺凌之中，
这绝唱使他们悲伤。耻辱泪水溢满眼眶，
旋律忽然如此昂扬，如此高亢如此飞扬。
萤火骑士们冲到最前方，超过了渥巴锡，
像狂暴的疾风，无声地朝哈萨克人冲去。

哈萨克人正在酣睡，努尔阿里汗的卫士，
抱着火枪在打盹儿，斜靠着帐篷的角绳。
无声疾风惊醒他俩，蓝色烟火扑面而来。
一个揉揉眼睛转身逃跑，却被角绳绊倒。
“成吉思汗！”他高喊，像野兽的哀鸣，
“成吉思汗！成吉思汗！”另一个也惊醒，

茫然无措地举起手中的长枪，跪地投降。
此时，巴什基尔人驰骋在哈萨克的营地，
巴克斯和舍楞将军驰骋在哈萨克的营地，
他们高声呼喊，他们和众人齐声呐喊：
“蒙古人胜利了！蒙古人自由了！
蒙古人胜利了，蒙古人自由了！”

努尔阿里汗听到喊声：“蒙古人胜利了？
蒙古人胜利了？！”从褥子里忽地坐起，
抓起短枪冲出大帐。幽冥战士扑面而来，
刹那间已闯到眼前。他定睛观看，喊道：
“不，不是成吉思汗，不是成吉思汗！
是渥巴锡，快牵我的马来，是渥巴锡！”
卫兵牵过战马来，努尔哈里汗翻身上马，
纵马狂奔，随手朝身后开了一枪，喊道：
“我看到面具了，渥巴锡，你这个骗子！”

哈萨克人从梦中醒来挤在一起大叫大嚷，
有的吓昏了头，互相射击；有的窜出来，
又跑回去，再跑出来，一个比一个癫狂。
没有阻挡，更没有抵抗，逃的逃亡的亡。

渥巴锡勒住战马，战马前蹄高高抬起，
渥巴锡举起手中军刀，命令停止追击。
勇士们吁住坐骑，马和骆驼喷着鼻息。
幽冥战士无声消失，山坡草丛水洼里，
无声消失，第一缕曙光正在东方升起。

露珠映着朝霞，天籁和着日光。
万物醒了，活了，喧闹起来了。
万物醒了，活了，唱起歌来了。

看哪，这新的太阳；
看哪，这新的世界；
看哪，自由的天地！

尾声

1771年7月8日，策伯克·多尔济率领的前锋在伊犁河流域的茶林河畔与清廷伊犁将军派来的迎接人员会师。

同年秋，渥巴锡等至避暑山庄觐见乾隆，受到隆重礼遇。

清廷勒石刻碑，纪念和表彰土尔扈特部回归祖国的壮举。

族人各自安顿休养生息，却有人思乡心盛。
杜丁大尉执意单骑返回，见过他的牧人说，
他醉倒在山楂树下，叼着一颗果子分外红。
阿木尔徘徊在伊犁河旁，整日里反复念叨：
“火如何，水如何。”五十岁时无疾而终，
埋骨山冈，墓碑上刻“诗人阿木尔”字样。
金秋时节，鸟儿聚集树荫，牛羊盘桓墓旁。
这时，风中飘来断续的歌声，深情而悠扬：
公羊走在前方，在迷迭香气弥漫的山坡上，
只看见羊角和羊的脊梁，牧人啊心有所想。

后 记

2019年的盛夏，一个寻常午后，我一面跟浓浓倦意周旋，一面在素材堆里翻检下部作品的抓手。忽然，土尔扈特部的勇士们斜刺里杀出，不由分说，把我拥到伏尔加河下游——漫漫回归路的起点。

当我认定这座富矿，并着手搜罗相关文学作品的资料时，发现举凡电影、电视剧、剧本、长篇小说甚至包括20世纪河北一位诗人的长诗，还有民歌MTV等，虽说汗牛充栋，却都有意无意地错过了深具时代意义的历史和艺术这两条矿脉。

然后，从艺术审美转向学术审视，在真相中探幽发微，不只为发掘今昔共情的细节，更为回避一些尚无定论的疑难之处，以免埋下贻笑大方的硬伤。

落笔之前，给自己定下创作的历史真实性三原则：

1. 必须确定土尔扈特部回归是反抗，是起义，不是部落间仇杀。

2. 必须明确土尔扈特部回归是爱国壮举，不为割据，不求独立。

3. 必须肯定乾隆皇帝在土尔扈特部东归事件处置上的高瞻远瞩，必须表现出帝王力排众议的眼界和胆识。因为无论从当时和当下来看，清廷的安置措施不但确保了主权不受侵犯，也维护了民族和平与生产。

也定下了艺术真实性三原则：

1. 不回避土尔扈特部上层贵族之间的矛盾，并作戏剧化处理。比如策伯克·多尔济对汗位的觊觎，以其感于渥巴锡的赤诚并幡然悔悟而结束。

2. 不回避游牧部落的信仰，对其作仪式化处理。比如黄灾中的喇嘛求雨。

3. 不回避游牧民族的生活习性，对其作背景化处理。比如土尔扈特人和哈萨克人互相抢掠牲畜。

六条原则既定，名正而后言顺。全因心存敬畏，所以倾尽全力。呕心沥血四载，丑妇终见公婆。只怕力有不逮，无法更上层楼。

在民族团结和国家完整显得尤为重要的今天，土尔扈特部回归祖国的意义更加重大。

不单从民族和国家利益的立场，从人类向往自由的精神来看，土尔扈特人反抗沙俄暴政，追求幸福，拥抱新生，具备更深远更广泛的示范意义。

虽心向往之，遗憾未曾拜访土尔扈特人安居乐业的新疆巴音郭楞蒙古自治州。但愿有朝一日前往瞻仰，抚今追昔，一樽酹地。

刘向阳

2022 年 6 月